Hannah

Hannah

Jan Trouw

www.jantrouw.de
Instagram: @jantrouw.writer

Bibliografische Information der Deutschen Nationalbibliothek: Die Deutsche Nationalbibliothek verzeich-
net diese Publikation in der Deutschen Nationalbibli-
ografie; detaillierte bibliografische Daten sind im In-
ternet über dnb.dnb.de abrufbar.

@ 2023 Jan Trouw
Herstellung und Verlag:
BoD – Books on Demand, Norderstedt

ISBN: 978-3-756-89137-5

Erschreckend ist, dass
Drachen, Monster, Geister und Dämonen
nur erfunden sind –
der Mensch hingegen real.

-Jan Trouw-

Videoaufzeichnung HanSol-1952-013

Ich weiß nicht, was erschreckender ist. Die Tatsache, dass Menschen zu so etwas in der Lage sind und dies auf einem Film festhalten, oder die Tatsache, dass Menschen sich solch einen Film anschauen (können).

So wie ich damals.

Das Abspielen der stummen Schwarzweißaufnahme erzeugte ein lautes und monotones Knattern, welches den leeren Vorführraum füllte.

Am Anfang stellt die Kameralinse die Schärfe ein und erfasst dabei eine junge hübsche Frau mit kurzgeschorenen Haaren und einem Klebestreifen über dem Mund. Die Achtzehnjährige sitzt in der Ecke eines kahlen Raumes, gefesselt auf einem Stuhl. Sie trägt nichts weiter als einen Slip. Ihr Körper ist mit Flecken übersäht. Ob blaue Flecken oder Blut verrät die Schwarzweißaufnahme nicht. Ihr Erscheinungsbild macht deutlich, welche Tortur sie erleidet; und zuvor erleiden musste.

Stunden.

Tage.

Hinter den Augäpfeln, die apathisch in die Kamera blicken, ist keine Regung zu erkennen.

Ein Mann in einem weißen Kittel und mit lichtem Haar taucht vor der Kameralinse auf, geht auf die junge Frau zu und gleitet mit seiner Hand über ihre glatten Beine, dann weiter bis zu ihrem Slip, um dort zu verweilen. Der Auftrag des Mannes sollte es sein, Menschen zu helfen. Doch er scheint seine *Mission* aus den Augen verloren zu haben. Oder er hat sich einer Neuen verschrieben. Statt ärztlicher Fürsorge spielt er seine Macht eiskalt aus.

Die gequälte Seele hinter den glasigen Augen verkriecht sich, die Augenlider fahren herunter. Wer weiß, ob die Frau bei Bewusstsein ist, wer weiß, ob sie miterlebt, was ihr gerade widerfährt.

Als der Klebestreifen vom Mund gerissen wird, zeigt sie keine Regung. Selbst wenn sie geschrien hätte, die Kamera wäre nicht in der Lage gewesen, den Schrei einzufangen. Stattdessen nur das monotone Knattern der sich abmühenden Filmrolle in meinen Ohren. Wer weiß, ob ihr überhaupt jemand zur Hilfe geeilt wäre?

Die Hemmschwelle des Schänders sinkt. Seine Hand fährt weiter über den verführerischen Körper der jungen Frau, streichelt ihr Gesicht, ihre Haare, knetet ihre festen Brüste. Dann greift er zur Schere, die mit anderen folterähnlichen Instrumenten auf einem Beistelltisch liegt, und schneidet den Slip an der Seite auf.

Seine Hand kreist zwischen den Schenkeln des Opfers hin und her. Der Kittel, der als Symbol für Lebensrettung und Genesung steht, ein Stück Stoff, den Menschen tragen, die als weiße Engel gefeiert werden, fällt zu Boden. Das bloße Berühren der Frau reicht ihm nicht mehr.

Bei Beginn der körperlichen Vereinigung schaltete ich den Film ab. Die regelmäßig vor sich hin knarrende Filmrolle blieb nach einem Klacken stehen. Ich hatte genug gesehen, unabhängig davon, was noch folgen sollte. Auf dieser Aufnahme war die Frau der Engel, dem Peiniger schutzlos ausgeliefert. Für den Mann fallen mir keine passenden Worte ein – bis heute.

Regungslos in die Leere starrend, saß ich eine Zeit lang auf dem Stuhl. Erschreckend zu wissen, zu was der Mensch in der Lage ist, denn der Film war kein Spielfilm, sondern eine Aufzeichnung aus einer Anstalt in Illinois. Der Name der jungen Frau: Hannah Soldtobury.

Ich nahm die Filmrolle heraus und packte sie in einen amtlich nummerierten Karton, in dem sich weitere Beweismittel befanden. Das Durchsichten dieser war erdrückend: Hannahs Patientenakte, Videoaufzeichnungen, auf denen sie misshandelt wurde, Tonbandaufzeichnungen mit Gesprächen zwischen dem Doktor und ihr sowie Aussagen von Augenzeugen. Während dieser Zeit habe ich einiges über Hannah erfahren.

Obwohl der Fall mittlerweile abgeschlossen und der Karton mit dem Beweismaterial im Archivkeller gelandet ist, wird mich der Fall bis an mein Lebensende begleiten. Ich kann das Geschehene nicht vergessen.

Es ist erschreckend, festzustellen, wie grausam ein Mensch sein kann, wenn er sich sicher fühlt. Wenn er davon ausgeht, unbestraft davon zu kommen. Für mich ist der Mensch das grausamste Wesen, das ich kenne. Wer glaubt, dass der Mensch sich zu einem Wesen der Vernunft entwickelt, indem die Gesellschaft ihm ein Korsett aus Werten und Normen überstülpt, der irrt. Nichts kann seine inneren Triebe austreiben und in Schach halten. Der Mensch ist egoistisch. Er manipuliert die Umwelt zu seinen Gunsten, er gestaltet sie nach seinen Wünschen.

Manchmal wünsche ich mir, dass Monster, Drachen, Geister und Dämonen real sind, und der Mensch nur eine erfundene Bestie.

Wer kann schon sagen, was der Wahrheit entspricht und

was angedichtet wurde. Niemand kann bis heute sagen, was die junge Hannah dazu angetrieben hat, sich in diese bizarre Welt zu begeben. Eine Welt, die ein Mensch unter normalen Umständen meidet. Niemand würde solch einen Ort freiwillig aufsuchen.

Es gibt so viele Vermutungen, Möglichkeiten und Spekulationen über Hannahs Beweggründe, denen es allen an fundamentaler Beweiskraft mangelt. Dabei lassen sich solche bizarren Phänomene durchaus in der Natur beobachten.

Wie Wildlachse in Kanada und Alaska etwa. Sie schlüpfen in den klaren und sauerstoffreichen Flüssen und Seen – meist in bergigen Regionen – und wandern flussabwärts Richtung Meer. Im fortpflanzungsfähigen Alter kehren sie zu ihrer Geburtsstätte zurück. Der Weg flussaufwärts ist oft steil; und der eine oder andere Wasserfall stellt sich ihnen in den Weg. Schwimmen ist hier unmöglich, daher springen die Lachse den Fluss hinauf. Einige von ihnen schaffen den anstrengenden und kräftezehrenden Weg jedoch nicht. Sie sterben vor Erschöpfung oder springen unbeabsichtigt in die Tatzen, Pfoten, Krallen, Mäuler und Schnäbel der auf sie wartenden Bären, Wölfe und Seeadler.

Müde und abgekämpft gelangen die Überlebenden an ihr Ziel. Und obwohl sie in ihren letzten Atemzügen liegen, beginnen sie zu laichen. Dann sterben auch sie. Sie machen Platz für die nächste Generation, die in ihre Fußstapfen treten, oder besser gesagt, in ihren Flossenspuren schwimmen wird. Ein wiederkehrender Kreislauf.

Wie Lachse folgen viele Tiere ihren Trieben. Auch wenn sie realisieren, dass das, was sie machen, kräftezehrend ist, wie etwa Trauer, Reproduktion oder lange Wanderungen, so setzen sie sich diesem Stress aus. Sie vernachlässigen die Nahrungsaufnahme, schlafen kaum – oder gar nicht – und verlassen sogar den Schutz der Herde. Für den Erhalt der eigenen Spezies geben sie ihr Leben auf.

So auch der Mensch. Auch er ist in der Lage, sich selbst zu belügen und zu richten, indem er seinen eigenen Untergang ansteuert. Aber nicht zur Aufrechterhaltung der Menschheit, sondern, weil bei ihm oder ihr mindestens eine Schraube nachjustiert werden müsste.

Wir sind alle Kapitäne unserer eigenen Schiffe.

So auch Hannah.

Mit ihren achtzehn Jahren stand sie in ihrer vollen Blüte. Ihre makellose Haut und ihre langen schlanken Beine waren seidig zart. Die glattgebügelten blonden Haare verdeckten ihre schmalen Schultern. Ihr perfekt symmetrisches Gesicht glich dem eines Engels. Die Augen funkelten in einem hypnotisierenden Diamantengrün. Sie war wie von einem anderen Stern, von einem leidenschaftlichen Künstler erschaffen. Und weil sie so schön war, lagen die Menschen ihr zu Füßen. Sie hätte alles machen können, und alles werden können. Die Welt stand ihr offen.

Und dennoch …

Angehörige, die etwas über Hannah erzählen konnten, gab es nur wenige, und diese kannten Hannah nur flüchtig. Einige Augenzeugen konnten oder wollten sich nicht äußern. Vermutlich aus Angst, ihre Aussagen könnten als Geständnis gewertet und gegen sie verwendet werden.

Der Journalist Trevor Banks, der Hannah sehr gut kannte, sprach hingegen offen darüber und schrieb die Geschichte in einem Buch nieder, und zwar so, wie das Ereignis seiner Meinung nach stattgefunden haben soll.

Wer weiß schon, wie es sich tatsächlich zugetragen hat. Ich mache Mr. Banks keinen Vorwurf. Es war seine Art, mit der Geschichte umzugehen und sie zu verarbeiten. Zugegeben, er hat mit seinem Buch viel Geld gemacht. Hannahs Schicksal bedeutete seinen Aufstieg als Journalist und Autor. Er wurde in den Staaten schlagartig bekannt. Für die Offenlegung wurde er aber auch von vielen kritisiert; besonders für die intimen Details. Von ihm stammen also die meisten Informationen.

Und natürlich von mir. Auch ich bin ein Bestandteil dieser Story.

Wer ich bin?

Oh, verzeihen Sie mir bitte meine Manieren. Ich verliere mich allzu oft in meinen Gedankengängen, dass ich mich Ihnen noch gar nicht vorgestellt habe. Mein Name ist Mr. Garnier, Inspektor Garnier, und ich habe in diesem Fall ermittelt.

Wenn Sie mögen, erzähle ich Ihnen die Geschichte von Hannah Soldtobury, aber bitte seien Sie gnädig mit meiner sprunghaften Erzählweise. Ich bemühe mich, nicht abzuschweifen oder allzu große Gedankensprünge zu machen. Außerdem hoffe ich, dass der Mix aus Zeugenaussagen, Videoaufzeichnungen und Auszüge aus Mr. Banks Buch Sie nicht irritieren. Die vorliegende Erzählung ist wie ein Teppich, der aus verschiedenen Einzelteilen zusammengeflickt wurde. Oder wie ein bedürftig zusammengeklebtes, mosaikartiges Gebilde.

Wo beginne ich denn am besten? Ah ja, ich weiß schon …

Die Welt ist grausam

Hannah kam in Jahre 1934 zur Welt. Beinahe jeder dritte Amerikaner war arbeitslos; und die Regierung bemühte sich, den gewaltigen Schaden zu reparieren, den der große Bankencrash 1929 verursacht hatte. Sie mussten das Vertrauen der Wähler wiedergewinnen.

Doch es wurde nicht besser. Auf internationaler Ebene führten die jahrelangen, oft undurchsichtigen und wechselhaften Bündnisse zwischen den Nationen zu einem weltweiten Zerfleischen. Der Zweite Weltkrieg brach aus. Von Amerika über Europa bis nach Asien blitzte es am Himmel. Bomben fielen aus Flugzeugen. Menschen wurden verschleppt, vergewaltigt, vergast, verbrannt und erschossen. Ein Krieg, der die geballte Grausamkeit des Menschen zeigte und zugleich offenbarte, dass der Mensch aus all den vergangenen Kriegen zuvor nichts gelernt hatte – und wohl auch nie lernen würde.

Hannah war noch zu jung, um die komplexen und ambivalenten Zusammenhänge der Menschheit zu verstehen, doch sie begriff sehr früh, wie grausam Menschen untereinander sein konnten. Selbst im Alltag, fernab von Krieg und Terror. Das musste sie als kleines Mädchen am eigenen Leib erfahren. Sie lernte, dass selbst die nettesten Menschen eine Gefahr darstellen und ihr wehtun konnten. Sehr weh sogar. Danach war Hannahs Welt nicht mehr dieselbe. Die körperlichen Narben mochten irgendwann verheilt sein, nicht jedoch die seelischen. Und das Schicksal ließ nicht nach. Statt

Hannah nach dem grausamen Ereignis zu verschonen, zeigte das Schicksal ihr immer wieder sein schreckliches und grausames Gesicht. Es schien, als ob das Schicksal Gefallen daran fand, Hannah zu quälen.

Die Insel in Greenwood

1941. Nach einem Sonntagsgebet verließen die siebenjährige Hannah und ihre Großmutter die Kirche von Greenwood. Sie gingen händchenhaltend die Hauptstraße hinunter, direkt am Mississippi River entlang.

Großmutter fiel das Gehen mit der steifen und schmerzenden Hüfte schwer, und plötzlich spürte sie einen Ruck in ihrem Arm, der von ihrer Hand aus blitzartig nach oben schoss. Hannah war aus unerklärlichen Gründen abrupt stehen geblieben. Was auch immer das siebenjährige Mädchen sah und bestaunte, Großmutter sah es nicht.

Bereits sehr früh, im Grundschulalter, fühlte Hannah sich von diesem einen Ort stark angezogen. So, als ob er nach ihr verlangte. Als ob er danach strebte, sie zu sich zu holen. Um jeden Preis. Wenn sie bei ihren Großeltern zu Besuch war, versuchte der Ort sich jedes Mal in ihr jungfräuliches und wissbegieriges Gehirn zu brennen. Er wollte sich in ihren Erinnerungen und Gedanken festigen.

Mit Erfolg.

Das Verlangen, den Ort einmal von innen zu sehen, blieb in ihr all die Jahre bestehen. Egal, wo sie sich später in ihrem Leben aufhielt, und egal, was sie machte.

Der Ort lag auf einer kleinen Insel, unweit vom Haus ihrer Großeltern in Greenwood, Illinois. Eine kleine verschlafene Gemeinde mit wenigen hundert Einwohnern, umringt von einem großen, dichten Wald; genau an der Stelle, an der der Illinois River im Mississippi River mündete und sich in diesem auflöste. Auf der Insel lebten besondere Menschen, zu denen die Öffentlichkeit keinen Zugang hatte; und auch nicht haben wollte.

Hannah konnte die Insel von der Hauptstraße als auch vom Haus ihrer Großeltern aus sehen. Auf der Insel stand ein furchteinflößendes Gebäude. Mit dem Turm in der Mitte und den beiden seitlich anhängenden Trakten wirkte es wie eine riesige Fledermaus mit aufgespannten Flügeln, eingesperrt hinter einem drei Meter hohen Stacheldrahtzaun.

Der regelmäßig auftauchende Nebel stieg auch an diesem Tag auf und tanzte wie eine Ansammlung verlorener Seelen langsam um die architektonische Fledermaus herum.

So furchteinflößend der Ort auch war, auf der Insel lebte ein Mädchen im gleichen Alter wie Hannah, welches hinter dem Zaun stand und vor dem geflügelten Monster keine Angst zu haben schien. Das Mädchen war allein. Keine anderen Kinder oder Erwachsene umgaben es. Und es trug nichts weiter als ein dünnes weißes Kleid, dessen Saum stellenweise rot befleckt war.

Hannah bekam eine Gänsehaut. Sie schaute auf ihre eigene Kleidung hinunter und stellte erleichtert fest, dass diese frei von roten Flecken war.

Sie winkte dem Mädchen zu.

Ihre Blicke kreuzten sich.

Daraufhin bewegte das Mädchen auf der Insel den Mund, ohne dabei einen Laut von sich zu geben. Als ob es nach dem Buchstaben A schnappte und es sodann wieder losließ, nur um gleich wieder danach zu schnappen. Es wiederholte zwei Silben.

HAN-NAH!

HAN-NAH!

Sagt sie meinen Namen?

Hannahs Arme kribbelten. Irgendetwas zuckte kurz und durchfuhr ihren gesamten Körper. Auch Großmutter, die noch immer Hannahs Hand hielt, spürte das Zucken.

„Alles in Ordnung?", fragte eine männliche Stimme. Sie gehörte Sheriff Baxter, der Mitte fünfzig war. Er schaute aus dem offen stehenden Beifahrerfenster seines Streifenwagens.

Hannah stand wie hypnotisiert da. Starr. Die Insel im Fokus. Die Anwesenheit des Sheriffs hatte sie nicht registriert. Sie war in einer anderen Welt. Auch Großmutter hatte ihn nicht heranfahren gehört. Erschrocken drehte sie sich zu ihm um.

„Guten Morgen, Arthur", sagte sie. „Alles in Ordnung, denke ich, auch wenn ich nicht weiß, was sie gerade hat."

Die beiden Erwachsenen blickten in die gleiche Richtung wie Hannah, doch sie sahen nichts. Zumindest nichts, was so faszinierend sein konnte, dass es einen in den Bann zog. Das Gebäude stand – wie jeden Tag – auf der Insel. Und wie jeden Tag befand sich niemand auf der Außenanlage.

„Vielleicht sieht sie ein Tier?", rätselte Großmutter.

Beide lächelten, ohne zu wissen, warum.

HAN-NAH!

HAN-NAH!

Wer ist sie? Wer ist dieses Mädchen?

Die Fledermaus erhob sich. Sie breitete ihre Flügel aus und fokussierte Hannah. „Kooomm zuuu miiir, Hannah", flüsterte sie. „Ich weeerde michh um dichh kümmern."

Das Tier macht mir Angst! Warum hat das Mädchen keine Angst?

Hannah riss sich von dem Ungetüm und dem Mädchen los und wandte sich ihrer Großmutter und dem Sheriff zu. Sie ließ sich nicht anmerken, was soeben geschehen war.

„Kann ich euch beide mitnehmen?", fragte Sheriff Baxter.

„Danke, Arthur, aber das kleine Stück schaffen wir zu Fuß, ist ja nicht mehr weit."

Der Sheriff lächelte ihnen zu, bevor er gemächlich davonfuhr.

„Grandma, was ist das für ein komisches Haus da auf der Insel?", fragte Hannah ihre Großmutter. Das war das erste Mal, dass sie ihr Interesse für diesen Ort gegenüber anderen Menschen signalisierte.

„Da kommen Menschen hin, die ungezogen sind und nicht hören wollen", antwortete Großmutter. „Sie können sich der Welt, in der wir leben, nicht anpassen. Also pass schön in der Schule auf und lerne. Solange du ein artiges Mädchen bist, wirst du diesen Ort nie besuchen müssen."

Großmutters Hoffnung, mit der Beantwortung das Thema beendet zu haben, hielt nur wenige Sekunden.

„Wenn da Kinder leben", fragte Hannah weiter, „dann ist es da drin bestimmt sicher, oder? Ich möchte gern mit dem Mädchen drüben auf der Wiese spielen. Können wir da mal rübergehen? Ich will sehen, wie es dort aussieht."

Großmutter scannte mit zugekniffenen Augen und schwachem Augenlicht den sichtbaren Inselabschnitt ab, ohne jemanden zu entdecken. Und auch Hannah, die sich wieder der Insel widmete, stellte fest, dass das Mädchen verschwunden war. Niemand hielt sich im Freien auf.

„Was hast du bisher in deinen Schulferien gemacht?", fragte Großmutter, um das Thema zu wechseln. Die Schmerzen beim Gehen spiegelten sich in ihrem Gesicht.

„Gefällt dir die Schule?"

„Schule ist doof. Die Lehrer sagen mir ständig, was ich machen soll. Ich mag das nicht. Keiner soll mir befehlen. Ich bin doch schon groß."

Hannah, die mit ihren Eltern in Washington, D. C., lebte, saugte die Umwelt mit all ihren Sinnen intensiv auf. Bereits im Kindergarten festigte sich ihr Wille, selbstständig zu sein. Wehe man half ihr bei etwas, dann wurde sie bockig und verkroch sich.

Großmutter stimmte das traurig. Ihr begabtes und intelligentes Enkelkind musste mit fünf Jahren eine Erfahrung machen, die seelisch und körperlich sehr schmerzhaft gewesen war. Die Erfahrung ließ das Kind schneller erwachsen werden. Die kindliche Naivität diente nur noch dem Selbstschutz. Vor der rauen und erbarmungslosen Welt der Erwachsenen, in die sie zu schnell und auf eine grausame Art und Weise geworfen worden war.

Der Ort verändert sich

Sommer 1944: Hannah war zehn.

Die Großeltern hingen an ihrer Heimat, aber sie merkten, dass sie den Alltag ohne fremde Hilfe nicht länger bewältigen konnten. In Greenwood gab es nur einen kleinen Laden, alles andere musste außerorts erledigt und herbeigeschafft werden. Der nächstgrößere Ort war jedoch zu weit weg und nur mit dem Auto erreichbar. Großvater, der zehn Jahre älter war als Großmutter, baute bereits körperlich und geistig ab. Schon bald würde er nicht mehr in der Lage sein, zu fahren. Und Großmutter setzte sich nicht mehr ans Steuer, nachdem sie vor ein paar Jahren einen Riesenpudel überfahren hatte, der dabei draufgegangen war. Und dann waren da noch die Instandhaltung des Hauses und die Pflege des Grundstücks.

„Wir können doch zu euch nach Washington ziehen und eine Bleibe in der Nähe suchen? Dann könnten wir euch zu Fuß erreichen", meinte Großmutter, die gemeinsam mit Hannahs Eltern auf der Veranda hinter dem Haus saß. Von dort aus hatte man einen schönen Blick auf den Mississippi River. Großvater lag derweil im Wohnzimmer auf der Couch und schlummerte. „Mit dem Verkauf des Hauses und der Rente kämen wir in Washington über die Runden."

Hannahs Vater nickte. Er starrte zuerst auf die Grashalme am Flussufer, die im seichten Wind wehten, und blickte dann zu Hannah, die vor der Veranda spielte.

Hannahs Mutter blieb regungslos und schwieg. Ihre gesamte Kindheit und Jugend hatte sie in Greenwood verbracht. Ein friedvoller Ort, so voller Unschuld. Zumindest früher. Bis eines Tages auf der Insel im Mississippi River diese Anstalt errichtet und in Betrieb genommen worden war. Vom ersten Tag an wussten die Bewohner des kleinen Ortes nicht, wer die Einrichtung führte und welche Funktion sie innehatte. War es eine Klinik? Ein Gefängnis? Eine Anstalt? Wurde die Einrichtung offiziell durch eine Behörde geleitet?

Nur autorisiertes Personal erhielt Zugang zur Anlage. Selbst Greenwoods Sheriff, Mr. Baxter, blieb nur die Rolle des Zaungastes. Auch ihm blieb das Treiben im Inneren verborgen.

Alle zugelassenen Fahrzeuge und Personen erreichten die Insel über eine Zugbrücke. Bewegung vor der Anlage gab es kaum, es sein denn, Krankenwagen und andere Fahrzeuge machten vor dem Gebäude Halt.

Das dort arbeitende Personal besuchte weder den kleinen Einkaufsladen noch die Bar; jene Treffpunkte der Bewohner. Und wenn jemand vom Personal auf Greenwoods Straßen umherwanderte, so wurde der Kontakt mit den Einheimischen gemieden, als sei dies verboten. Es gab keine Berührungspunkte zwischen ihnen. Als ob die Belegschaft selbst Gefangene mit Freigang waren.

Die Anlage wirkte wie ein schwarzer Fleck auf der amerikanischen Landkarte. Und schwarz waren auch die Fahrzeuge ohne Autokennzeichen, die in unregelmäßigen Abständen vor der Anlage parkten. Obwohl nichts darauf hindeutete, gingen die Bewohner davon aus, dass es Abgesandte der Regierung waren. Möglicherweise Kontrolleure, die irgendeinem Ministerium unterstellt waren und dort nach dem Rechten sahen. In medizinischen Einrichtungen, Gefängnissen und Nervenanstalten waren Kontrollen vorgeschrieben; und deren Ausführung Pflicht. Neben dem Zustand der Gebäude und der Außenanlage wurden auch die Räumlichkeiten geprüft: Büros, Behandlungsräume, sanitäre Anlagen, Küchen und Zimmer der Patienten beziehungsweise Insassen. Darüber hinaus die Qualifizierung der Angestellten und wie sie ihren Beruf ausübten. Und auch auf die Insassen wurde ein Augenmerk geworfen. Ging es denen gut? Ging es denen schlecht? War die Anlage für die individuellen und problematischen Sachverhalte und für die Krankheitsbilder funktional? Konnte den Patienten beziehungsweise Insassen geholfen werden?

Doch in einer Zeit, in der der Zweite Weltkrieg tobte und daheim auf amerikanischen Boden ein Rassenhass und Klassenkampf ausgefochten wurde, war zu fragen, ob die vorgeschriebenen Inhalte, vom Senat besiegelt und auf Papier gedruckt, von den umzusetzenden Einrichtungen auch tatsächlich umgesetzt wurden. Solange kein Patient beziehungsweise Insasse aus der Anlage floh – was in all den Jahren noch nie vorgekommen war –, hielten sich die Anwohner aus dieser Angelegenheit heraus. Sie versuchten, die Idylle ihrer kleinen Gemeinde aufrechtzuerhalten und die architektonische Fledermaus – wie Hannah das Gebäude wahrnahm – zu ignorieren. Niemand protestierte. Was auch immer auf der Insel geschah, es wurde kollektiv ausgeblendet. Es war einfach nur eine Insel mit einem Gebäude darauf.

„Wahrscheinlich ist es wirklich das Beste", antwortete Hannahs Mutter, während sie ihren Oberkörper nach hinten drehte und die renovierungsbedürftige Fassade des

Hauses betrachtete. Es fiel ihr schwer, vorzustellen, hier nicht mehr zurückzukehren. „Irgendwie wird die Anlage auf der Insel immer unheimlicher. Wie auch ihr Einfluss auf Hannah. Ständig sieht sie dieses Mädchen auf der Insel. Die Ärzte meinen, dass es bei Kindern dazugehöre, imaginäre Freunde oder Wesen zu haben und diese als real zu empfinden. Sie dienen dazu, Eindrücke, innere Probleme, Konflikte, Ängste und Verluste zu verarbeiten. Möglicherweise hilft dieses Mädchen Hannah dabei, ihre Eindrücke und Erlebnisse zu verarbeiten. Besonders dieses eine schreckliche Ereignis. Vielleicht hört das irgendwann auf, wenn du und Paps zu uns nach Washington zieht und wir Greenwood komplett hinter uns lassen. Auch wenn ich euer Haus lieber behalten möchte."

„Ach Kindchen", sagte Großmutter, „Wäre, könnte und so weiter, alles nur ein Anker für einen Ort, der es nicht mehr wert ist. Wir haben uns alle verändert. Wie auch der Ort selbst. Ich denke, Washington wird uns allen guttun."

Die spielende Hannah hatte die Unterhaltung der Erwachsenen mit angehört. Obwohl sie erst zehn Jahre alt war, spürte sie, dass die bisher fiktiven Verkaufspläne des Hauses schon bald real werden könnten. Das hieße, das kleine Mädchen, welches ihr regelmäßig auf der Insel erschien, nie wiederzusehen. Sie würde nie erfahren, wer das Mädchen war, wie es hieß, wie es lebte und was es auf der anderen Uferseite machte. Zugegeben, vor der gruseligen Fledermaus hatte Hannah schon Angst, aber vielleicht war das Tier ja nett? Zuhause in Washington hatten die Nachbarn einen Hund. Rocky hieß er. Vor dem hatte sie sich anfangs auch gefürchtet. Doch dann fand sie heraus, dass er lieb war und nur mit ihr kuscheln wollte, und mit seinem

Bellen sie dazu aufforderte, das Stöckchen zu werfen. Vielleicht wollte die Fledermaus einfach nur nett zu ihr sein? Schließlich hatte das Mädchen auf der Insel auch keine Angst vor dem Flugtier.

Ist die Kreatur ihr Haustier?

Hannah hatte gelernt, dass Tiere immer direkt und ehrlich waren, selbst wenn sie bellten, fauchten oder zischten. Sie logen nicht. Menschen schon. Sie musste bereits am eigenen Leib erfahren, dass nette Menschen sehr böse sein konnten. Daher war sie schon früh daran interessiert gewesen, Menschen lesen zu lernen. Sie wollte herausbekommen, was die Augen sagten, und nicht der Mund.

Der um ihre Hüften schwingende Hula-Hoop-Reifen fiel in den Rasen, und Hannah lief zu ihrer Mutter, um sich an sie zu schmiegen.

Der Mississippi

Zwei Tage später machten sich Großvater und Großmutter mit ihrem Buick auf den Weg nach Alton, etwa fünfzehn Kilometer von Greenwood entfernt. Greenwood war kaum aus dem Rückspiegel verschwunden, da knickte Großvaters Kopf plötzlich nach hinten. Gequälte Würgelaute quetschten sich durch den Rachen und verließen seinen Mund. Wie ein frisch gefangener Fisch im Fangkorb eines Fischers schnappte er nach Luft. Seine Hände lösten sich vom Lenkrad. Der Wagen begann zu schleudern. Die Uferböschung raschelte unter den Rädern. Großmutter griff zum Steuer, versuchte, das Fahrzeug unter Kontrolle zu bekommen und abzubremsen, doch Großvaters Fuß trat das Gaspedal weiter durch. Der Buick holperte und rutschte, und der Mississippi River war nah. Viel zu nah. Der Fluss empfing sie mit harter Brust und bremste den Wagen ab. Der Buick trieb auf der Wasseroberfläche.

Großmutter kam nach kurzer Bewusstlosigkeit wieder zu sich und geriet sodann in Panik. Ihre Füße waren nass, sie standen im Wasser. Sie wollte Großvater wachrütteln, aber dieser rührte sich nicht; beim Aufprall war sein Kopf gegen das Lenkrad geknallt.

War er bewusstlos?

Oder tot?

Blut lief von seiner Schläfe den Körper hinunter und vermischte sich mit dem Wasser, welches den Innenraum weiter befüllte.

Großmutter blieb nicht viel Zeit. Sie musste einen Weg nach draußen finden. Im schlimmsten Fall für sich allein. Die Seitentür wehrte sich und blieb verschlossen. Das Seitenfenster dagegen ließ sich herunterkurbeln, doch nun drang das Wasser schneller und in noch größerer Menge hinein. Die Armee aus unendlich vielen Piratentropfen enterte den Buick und drückte ihn nach unten. Der Wagen tauchte ab, verschwand unter der Wasseroberfläche. Großmutter und Großvater ertranken hilflos im Wageninneren.

In den Tagen bis zu deren Beisetzung auf Greenwoods kleinen Friedhof, am Rand des großen, dichten Waldes, gewann die Diskussion über den Verkauf des Hauses der Großeltern an Intensität. Jetzt, wo die Großeltern nicht mehr waren.

Hannahs Vater agierte kühl und rational. Ohne eine emotionale Bindung an diesen Ort sah er in dem Haus eine unnötige Last, die an seinem Bein klebte. Und dann war da noch dieses imaginäre Mädchen, das aus Hannahs Kopf verschwinden sollte. In Washington würde seine Tochter die erfundene Freundin hoffentlich schnell vergessen und wie die anderen Mädchen in ihrem Alter zu einer normalen Frau heranwachsen. Für ihn war der Verkauf die vernünftigste Entscheidung.

Hannahs Mutter argumentierte dagegen emotional. Sie konnte und wollte ihre Wurzeln nicht aufgeben. Für sie stand das Haus für Greenwood. Und Greenwood für ihre Vergangenheit: für ihre Geburt, für ihre Eltern, für ihre Jugend und für ihre erste Liebe. Die Argumentation von Hannahs Vater, dass das Haus auch nach dem Verkauf weiterhin von außen anzuschauen sei, und dass das Grab ihrer Eltern in Greenwood einen weiteren Anlaufpunkt biete, um in Erinnerungen zu schwelgen oder an ihre Eltern zu gedenken, machte sie rasend, wühlte sie auf. Es brachte ihm eine schellende Ohrfeige ein.

Sie wollte das Haus behalten und an Urlauber vermieten. Zwar war es hart für sie, sich vorzustellen, andere könnten in ihrem Elternhaus wohnen, in derselben Küche speisen, im selben Zimmer schlafen oder mit ihren Ärschen auf derselben Toilette sitzen wie einst ihre Familie und sie, doch sie empfand die Vermietung an Fremde weniger hart, als das Haus zu verkaufen und somit ganz zu verlieren. Sie wollte die Kontrolle über das Haus behalten. Zudem brächte die Vermietung Geld in die Kasse.

Was das imaginäre Mädchen betraf, so konnte sie ihre Tochter verstehen. Wenn Hannah ihr unter vier Augen von dem Mädchen erzählte, spielte sie mit. Sie sagte, dass sie als Mädchen auch eine Freundin gehabt hatte, die nur sie und nicht die Erwachsenen sehen konnten. Das sei normal.

Hannah wollte Greenwood nicht verlassen, nicht für immer, und stellte sich auf die Seite ihrer Mutter.

Das Mädchen auf der Insel zeigte sich an diesen Tagen regelmäßig, und bei jeder Erscheinung trug es das weiße Kleid mit den roten Flecken am Saum. Es visierte Hannah an und wiederholte immer wieder die vertrauten zwei Silben, ohne einen Ton von sich zu geben.

HAN-NAH!

HAN-NAH!

Woher kennt das Mädchen meinen Namen?

Auch die Fledermaus wollte Hannah zu sich locken, doch Hannah traute sich nicht, ihre Eltern zu bitten, das Mädchen und das Tier einmal besuchen zu dürfen.

Nach der Beisetzung der Großeltern auf dem kleinen

Friedhof saßen die Angehörigen und einige Einwohner des Ortes im angrenzenden Gemeindehaus und speisten. Hannahs Vater leerte den Teller seiner Tochter, die ihr Essen nicht geschafft und es ihm mit einem unschuldigen Blick rübergeschoben hatte. Welcher Vater sagt da schon nein?

Als die Familie gegen späten Nachmittag das Kirchengelände verließ, um zum Haus der Großeltern zurückzukehren, geschah das nächste Unheil. Als ob man ohne Vorwarnung seinen Stecker aus der Steckdose gezogen hätte, brach Hannahs Vater zusammen. Noch bevor sein schlaffer Körper auf den Boden knallte, wich die Energie aus seinen Augen. Es war zu spät, einen Krankenwagen zu rufen. Zu spät, als dass Sheriff Baxter ihn zum nächsten Doktor hätte fahren können. Nach der Autopsie vermutete man eine allergische Reaktion oder eine Lebensmittelvergiftung. Sein Leichnam wurde reisefertig gemacht und in Washington beigesetzt.

Hannahs Mutter behielt das Haus der Großeltern. Mr. und Mrs. Walton, die ein paar Häuser weiter wohnten, versprachen, sich um die Vermietung und um die Wartungsangelegenheiten des Hauses zu kümmern. Gegen eine geringe Aufwandsentschädigung natürlich. Dafür, dass Hannahs Mutter nicht jedes Mal von Washington nach Greenwood fahren musste, um nach dem Rechten zu sehen.

Hannah sollte nicht mehr nach Greenwood zurückkehren – so schien es.

Vorerst.

Fernab in Washington verschwand der Ort zunehmend in den Hintergrund. Andere Eindrücke und Erfahrungen bestimmten fortan Hannahs Bewusstsein. Sie beendete die High-School als Jahrgangsbeste; sie bestand sogar mit Auszeichnung. Aber was kam danach? Damals absolvierte nur jede vierte Frau das College, was bedeutete, dass drei von vier Frauen sich auf ihre häusliche Zukunft vorbereiteten: heiraten, Familie gründen, den Haushalt verwalten und Kinder erziehen. Aber nicht Hannah. Sie wollte die weite Welt sehen. Für sie kam nur der Journalismus in Frage. Sie begann ein Volontariat bei einer Zeitung in Washington. Damit hatte sie, ohne dass es ihr bewusst war, einen wichtigen Schritt für die Rückkehr nach Greenwood gemacht, wo der Ort auf der Insel noch immer auf sie wartete. Denn trotz der Einsagungen und der lauten Geräuschkulisse der Hauptstadt flüsterte der Ort unaufhörlich auf sie ein. Er war in ihrem Gehirn nach wie vor fest verankert und spukte in ihrem Unterbewusstsein umher.

Die Journalistin

Bevor sie das Großraumbüro der Zeitungsredaktion betrat, blieb sie in der Türschwelle stehen und wischte mit einem Taschentuch ihre Schuhe ab. Der Lärm der wütenden Schreibmaschinen drang in ihre Ohren. Die News wurden unter Zeitdruck zu Papier gebracht. Schließlich bekam nur die Zeitung die Aufmerksamkeit der Leser, die die aktuellste und brisanteste Neuigkeit zuerst verkündete.

„Von wegen Frühlingsanfang", schimpfte Hannah, als sie an den Schreibtischen vorbei zu ihrem eigenen stolzierte. Ihre langen blonden Haare waren zu einem Dutt zusammengebunden, der ihr einen strengen Touch verlieh. „Es ist einfach nur kalt und nass."

„Stell dich nicht so an. Es ist ein typischer Tag im April. Warum sollte es hier anders sein als anderswo?", erwiderte ein junger, nett anzusehender Mann mit welligen braunen Haaren, dessen Kopf sich vom Schreibtisch erhob. Auf der Nase saß ein modisches Brillengestell und unter dem blauen Pullunder schaute ein weißer Hemdkragen hervor.

„So was kann nur von dir kommen, Trevor."

Hannah setzte sich an ihren Schreibtisch; sie arbeiteten Angesicht zu Angesicht. Der Regenschirm, den sie bereits am Eingang des Gebäudes vom Regenwasser befreit hatte, landete am bollernden Heizkörper neben ihr.

Trevor war ihr Arbeitskollege und ein guter Freund zugleich. Sie kannten sich seit der Schulzeit und bekamen glücklicherweise bei derselben Zeitung eine Ausbildungsstelle. Obwohl sein Schreibtisch im Chaos versank, verlor er nie die Orientierung. Unter all den Papierstapeln und Akten fand er stets die richtigen Unterlagen.

Zumindest befinden sich keine Essensreste oder andere widerliche Dinge darauf, dachte Hannah. Die Oberfläche ihres Schreibtisches war fast leergeräumt, und die Schreibmaschine befreite sie jeden Tag vom Staub. Sie brauchte die Ordnung, denn sie hatte genug mit ihren Gedanken zu tun, die unkontrolliert im Kopf umherschwirrten und sie nervös machten.

Auf dem so gut wie leeren Schreibtisch stach die darauf platzierte Spielzeugfigur einer Fledermaus besonders hervor. Als Trevor einmal nach dieser gefragt hatte, hatte Hannah geantwortet, dass sie Fledermäuse bewundere, da diese mit den Ohren sahen, nicht mit den Augen. Mithilfe des Echolots machten sie Unsichtbares akustisch sichtbar. Und Hannah wünschte sich, dass sie das auch könne, um die Menschen zu durchschauen. Von der Insel in Greenwood, der Fledermaus und dem kleinen Mädchen wusste Trevor nichts. Sie hatte ihm nie davon erzählt, und sie sah auch keinen Grund, dies zu tun.

Trevor lehnte sich mit seinem Stuhl nach hinten und spielte mit einem Bleistift. „Mister Aden meint, er hätte etwas *Großes* für uns. Er will mit uns sprechen. Es geht um unseren Beitrag für die morgige Ausgabe."

„Hoffentlich! Wir beide sind lang genug dabei, um mehr beizutragen, als die kleinen, unbedeutenden Kaffeeklatsch-Geschichten am Rand des Lokalteils. Und das nach einem Tag Arbeit. Wir sind keine Volontäre mehr. Ich dachte, als

Journalistin wäre ich in meinen Entscheidungen frei. Stattdessen bin ich abhängig von diesem … Kerl."

„Du bist noch jung und bereits bei der größten Zeitung der Stadt tätig. Was willst du mehr? Deine Zeit kommt schon noch", sagte Trevor. „Wenn du dich zu sehr puscht und dir zwischendurch keine Erholung gönnst, wirst du früh zusammenbrechen. Du solltest mal abschalten. Deine Mutter hat dich doch gefragt, ob du mit ihr nächstes Wochenende nach Greenwood fährst? Das würde dir sicher guttun."

„Ich weiß." Die Anspannung in Hannahs Körper entwich. Ihre Schultern und Stimme lockerten sich. „Ich habe ein ungutes Gefühl, sie allein fahren zu lassen. Ich würde ja auch gern mal wieder das Grab meiner Großeltern besuchen. Seit deren Tod bin ich nicht mehr dort gewesen. Andererseits will ich beruflich vorankommen. Da bleibt nicht viel Zeit. Zum Glück ist meine Mutter nicht sauer auf mich."

Sie starrte auf die Fledermaus, und die Figur begann zu flüstern: „Kooomm zuuu miiir, Hannah. Du siehst überarbeitet und müüüde aus. Ich werde miichh um diichh kümmern."

Hannahs Herz pochte, sie schaute um sich, doch niemand reagierte auf die zum Leben erweckte Spielzeugfigur. Ihre Kollegen gingen wie beschäftigte Ameisen in einem Ameisenhügel ihren Arbeiten nach. Auch Trevor schien nichts bemerkt zu haben.

Dann wurde Hannah durch eine laute Stimme herausgerissen, die durch das Großraumbüro schallte.

„Miss Soldtobury, Mister Banks!"

Es war die Stimme von Mr. Aden, dem Redaktionschef.

„Kommen Sie beide in mein Büro!"

Mr. Aden

Mr. Aden war Mitte fünfzig, trug für gewöhnlich karierte Anzüge und in seinem Mundwinkel steckte meist eine Pfeife. Sein Büro war ein Glaskasten am Rand des Großraumbüros.

Trevor war während des Meetings sehr engagiert, rutschte im Stuhl hin und her, beugte sich mal nach vorn, und mal lehnte er sich zurück. Seine Arme fuchtelten wie die eines Kraken im Raum umher. Mr. Aden wies ein ähnliches Verhaltensmuster auf. Nur Hannah rutschte tiefer und tiefer den Stuhl hinunter. Sie wirkte enttäuscht. Erst am Ende des Gesprächs nickte sie ihrem Boss zu.

Jawohl, Sir.

Ich habe verstanden, Sir.

Alles klar, Sir!

Hannah schwieg, als Trevor und sie das Büro verließen, das Großraumbüro durchschritten, mit dem Fahrstuhl in die Tiefgarage fuhren und in Trevors Auto stiegen. Erst als sie aus dem Redaktionsgebäude herausgefahren waren und sich im dichten Straßenverkehr eingefügt hatten, brach sie ihr Schweigen.

„Dieser blöde Patriotismus. Nichts gegen unsere Armee, wir können wirklich froh sein, dermaßen gut aufgestellt zu sein, aber wieder einmal geht die Wahrheit verloren."

Trevor schaltete und waltete sich durch die Straßen. „Betrachte es als einen ehrenvollen Beitrag für unser gelobtes Land."

„Und was ist mit dem freien Journalismus? Wir leben doch in einem freien Land, oder? Wir haben ein Anrecht darauf." Sie lehnte ihren Kopf gegen die Seitenscheibe und beobachtete die Menschen auf den Fußwegen. Die ersten dünnen Sonnenstrahlen durchbrachen die Wolkendecke und ließen die nassen Straßen und Bürgersteige funkeln.

„Selbst wenn wir von Mr. Aden den Auftrag bekommen hätten, aus dem Soldaten die Wahrheit zu quetschen, darf dieser uns nichts sagen. Militärgeheimnis. Die Armee ist bei der Ausgabe von Informationen streng. Besonders bei vertraulichen Angelegenheiten. Wir sollen lediglich einen einfachen Soldaten befragen und ihn als Helden feiern. Sei froh, dass wir beide den Zweiten Weltkrieg nicht derartig miterleben mussten wie unsere Soldaten oder die Menschen in Europa. Uns geht es gut. Wir erleben gerade einen wirtschaftlichen Aufschwung. Die Menschen schauen wieder optimistisch in die Zukunft."

„Ja, dir geht es gut. Dank deinen Eltern."

„Ich habe mir das nicht ausgesucht. Unabhängig meiner Herkunft versuche ich, mir ein eigenes Leben aufzubauen. Zudem bin ich dort nicht hineingeboren worden, man hat mich adoptiert. Das ist ein deutlicher Unterschied. Ich trage nicht deren Blut in mir, verstehst du? In deren Kreis werde ich zweitklassig behandelt. Als Bastard. Außerdem arbeite ich unter meinem Geburtsnamen, nicht unter dem meiner Adoptiveltern."

„Entschuldige, Trevor. Ich wollte meine Unzufriedenheit und Frustration nicht an dir auslassen."

Für eine Weile wurde es ruhig im Wagen. Auf dem Weg zum Lincoln Memorial saßen beide still auf ihren Sitzen. Hannah wusste nichts über den Mann, den sie dort treffen sollten. Was komisch war, denn normalerweise hielt sich Mr. Aden nie so bedeckt.

Wer weiß, was uns dort erwartet, dachte sie.

Zeugenaussage: Schuldirektor Tanner

Schuldirektor Tanners Zeugenaussage wurde in dessen Büro an der Jefferson High in Washington, D. C., durchgeführt. Zuvor hatte er mich durch das Gebäude geführt und mir die Räume gezeigt, in denen Hannah den Unterricht besuchte. Die High-School war eine sehr gepflegte und vorbildliche Bildungseinrichtung.

Hannahs soziale Kontakte waren überschaubar, denn es gab kaum welche.

(*Mr. Tanner zieht sich die untere rechte Ecke seines Jacketts zurecht und hält kurz inne*)

Und wenn, dann waren das schwache Bündnisse. Sie suchte keine engen Beziehungen zu ihren Mitmenschen. Zumindest war mir nichts bekannt. Erst im letzten Jahr auf der Jefferson High änderte sich das. Da hing sie fast die ganze Zeit mit einem Mitschüler herum, diesem Trevor Banks. Ein Durchschnittstyp.

Verstehen Sie mich nicht falsch …

(*lacht*)

Hannah war äußerlich der Typ Cheerleader. Sie hätte jeden Topsportler unserer Schule haben können. Unserem Quarterback hatte dies besonders schwer zugesetzt. Nachdem er sich an Hannah vergeblich die Zähne ausgebissen hatte, musste er sich mit dem *zweithübschesten* Mädchen zufriedengeben.

(*lacht erneut*)

Im wahren Leben läuft es eben nicht immer so wie in den

Filmen oder Büchern.

(*schmunzelt*)

Ich habe für unser heutiges Interview das Jahrbuch von damals mitgebracht. Es besteht zur Hälfte aus den Profilen der Schüler des Abschlussjahrgangs. Zwei Schüler beschreiben sich dabei immer gegenseitig. Jedes Profil umfasst eine Seite.

(*der Schuldirektor blättert demonstrativ durch das Schulbuch*)

Sehen Sie? In jedem Profil gibt es von der Person ein Foto und einen Text, der den Charakter wiedergibt. Darunter ist der Name des Verfassers zu lesen.

(*Mr. Tanner blättert und blättert und bleibt bei Hannahs Profil stehen*)

Hier ist das Profil von Hannah.

(*auf dem Foto ist eine hübsche junge Frau mit Modelgesicht zu sehen. Der lange Profiltext ist gefühlvoll geschrieben. Verfasser: Trevor*)

Und hier das Profil von Trevor.

(*der Typ auf dem Foto sieht wie ein Steuerberater, Rechnungsprüfer oder politischer Berater aus. Der dazugehörige Profiltext ist kurz und nüchtern. Verfasserin: Hannah*)

Trevor war es auch, mit dem Hannah auf den Abschlussball ging. Von Anfang an machte sie mir und den anderen klar, dass sie nicht zur Wahl stand. Sie sei keine Ballkönigin und würde eine Wahl zu ihren Gunsten ablehnen. Sie hielt sich die ganze Zeit an Trevor fest. Auf die meisten wirkten sie wie ein vertrautes Liebespaar. Keiner der männlichen Mitschüler traute sich, Hannah um einen Tanz zu bitten.

Ich habe so etwas noch nie erlebt. Sie hatte genauso viel Verehrer wie Verächter. Und obwohl sie keine tiefen Kontakte pflegte, war sie immer am Lächeln. Sie zog ihre Mitmenschen an wie ein Magnet. Man war gern in ihrer Nähe. Wirklich sauer auf sie konnte man einfach nicht sein.

(*er senkt nachdenklich den Kopf, geht kurz in sich und schaut mich wieder an*)

Sie hätte auch Politikerin werden können.

Lincoln Memorial

Hannah und Trevor näherten sich dem Lincoln Memorial. Vor dem Denkmal, am Rande der nassen Stufen, die im Sonnenlicht glänzten, stand eine Schulklasse. Deren Gelächter, Gekreische und Gezanke preschten auf Hannah ein, dabei waren ihre Nerven wegen des bevorstehenden Interviews bereits überstrapaziert. Die Schulkinder hatten ihr gerade noch gefehlt. Doch sehr zu ihrer Freude, entfernte sich die Klasse rasch und gab somit den Blick auf den Soldaten frei, der auf die beiden Journalisten wartete. Hannahs Anspannung verflog. Kein Wunder, dass Mr. Aden über den Mann nichts sagen wollte. Er kannte Hannah gut. Zu gut. Er wusste, dass sie die Richtige für diesen Job war. Dies wurde ihr in dieser Sekunde bewusst.

Der Soldat, so in seiner Uniform, mit seiner breiten, stählernen Brust und seinem charmanten Lächeln, war der ganze Stolz Amerikas. Der Soldat hatte sich zum Wohle der Nation eingesetzt. Ihm hatten die Amerikaner all das zu verdanken, was sie besaßen. Für sie hatte er an der Front sein Leben riskiert. Er war einer der Helden, dessen Name der Öffentlichkeit verborgen blieb.

Und er war *schwarz*.

„Mr. Thompson?" Hannah streckte ihm freundlich die Hand entgegen.

„Miss Soldtobury?" Der Soldat erwiderte die Geste und gab ihr die Hand. Sie schauten sich dabei in die Augen. Dann wiederholte er die Willkommensgeste bei Trevor.

„Sie haben sich einen schönen Treffpunkt ausgesucht, Mr. Thompson", meinte Trevor.

„Mr. Aden hat mich hierher bestellt", korrigierte der Soldat verwirrt.

Hannah konnte sich ein Lächeln nicht verkneifen. „Mein Boss, Mr. Aden, hat das wohl mit einem Hintergedanken inszeniert. Nur ist mir dieser nicht bekannt."

„Sagt Ihnen die Executive Order 9981 von Präsident Truman etwas?"

Hannah nickte, und der Soldat fuhr fort, während sie die Stufen zur Halle hinaufgingen, in der die Lincoln-Statue thronte. „Vor der Order 9981 kämpften Weiße und Schwarze getrennt voneinander gegen die Feinde und Bedrohungen Amerikas. Rassentrennung in Form von weißen Truppen und schwarzen Truppen. Dank der Order 9981, die jeden Soldaten unabhängig seiner Herkunft, Hautfarbe und Religion gleichstellt, haben sich so viele dunkelhäutige Soldaten freiwillig für die Armee gemeldet, dass die Rassentrennung innerhalb des Militärs nicht mehr umsetzbar ist. Die Truppen vermischen sich immer mehr. Zukünftig werden wir gemeinsam für den Erhalt und Wohle Amerikas kämpfen. Und darüber soll Ihre Zeitung berichten. Mr. Aden ist bereit, das Interview zu veröffentlichen. Allerdings will er in der Öffentlichkeit keine Aufmerksamkeit erzielen, die seiner Zeitung schaden könnte, wenn Sie verstehen, was ich meine."

Hannah nickte erneut. „Ich bin kein Freund von Krieg. Genauso wenig wie er." Sie zeigte auf die Statue von Abraham Lincoln. „Auch er hat den Krieg verabscheut, und dennoch, er zog den Bürgerkrieg trotz der hohen Anzahl an Toten bis zum bitteren Ende durch, um der Nation letztendlich den Frieden zu bringen. Ein Frieden ohne Sklaverei und menschlicher Rassentrennung. Er träumte davon, dass jeder Amerikaner, unabhängig der Hautfarbe, seinen amerikanischen Traum leben darf. Und Sie, Mr. Thompson, sind der Beweis dafür. Sie sind Amerikaner, lieben Ihr Land und verteidigen es. Sie kämpfen für das Gemeinwohl unserer Nation. Sie sind das Erbe von Lincolns Streben, nur, dass Sie leider eine Uniform tragen, die den Krieg symbolisiert."

Mr. Thompson lächelte. „Es ist schon erstaunlich, wie ambivalent der Mensch ist. Da kämpften die USA in Europa gegen einen Österreicher, der in Deutschland Reichsführer wurde und ein Deutschland der reinen Deutschen erschaffen wollte, der die Juden verfolgen ließ und andere Länder militärisch überfiel. Irgendwie surreal. Und dann kommt man zurück in die Staaten, mein Zuhause, in der es eine politisch legalisierte Rassentrennung gibt und wo man aufgrund der dunklen Hautfarbe als Mensch zweiter Klasse behandelt wird. Da gibt es Schulen, Trinkbrunnen, Toiletten und Warteräume für Weiße und für Afro-Amerikaner. In den öffentlichen Verkehrsmitteln sitzen die beiden Hautfarben getrennt voneinander: die *Weißen* vorn und die *Farbigen* hinten. Und auf der Suche nach Jobs werden fast nur Weiße genommen. Das ist doch verrückt.

Ein Glück, dass es genügend Menschen gibt, die für eine Nation der Einheit kämpfen, unabhängig der Herkunft, Hautfarbe, des Geschlechts oder der Religion. Auch von ganz oben, wie etwa Präsident Truman oder er hier, hinter uns."

Mr. Thompson deutete auf die Lincoln-Statue.

„Es ist extrem wichtig, die Gesetze abzuschaffen, die den Rassismus begünstigen. Aber die Veränderung muss auch von unten kommen, durch Menschen wie Sie und ich, wie unsere Nachbarn, Kollegen und Kameraden. Wenn wir uns nicht gegenseitig unterstützen und auf uns achten, dann sind wir nicht besser als die Länder und Menschen, die wir weltweit bekämpfen. Wir müssen aus der Sache mit Hitler lernen. Wir dürfen nicht zulassen, dass ein Präsident oder ein Wahlkampfkandidat mit unseren sozialen Ängsten spielt. Wir dürfen nicht zulassen, dass soziale Ängste uns blind machen. Wir müssen aufhorchen, wenn jemand fremdenfeindliche Parolen grölt, und wir müssen protestieren, wenn ein solcher sich gegen die restliche Welt auflehnt und bestimmten Kulturen die Einreise verbietet."

Hannah und Mr. Thompson verließen das Lincoln Memorial und spazierten am Reflecting Pool entlang; das Washington Monument in Sichtweite. Trevor lief wie ein Lastenträger ohne Gepäck hinterher. Nicht, dass Hannah ihren Kollegen ignorierte, sie war einfach viel zu sehr in dem Gespräch mit Mr. Thompson vertieft, dass sie Trevor vorübergehend vergaß. Trevor kannte dieses Phänomen, und es störte ihn nicht. Er war es von ihr gewohnt.

„Darf ich fragen, wie man bei der Armee auf eine Kriegsgefangenschaft vorbereitet wird?", fragte Hannah.

„Verzeihen Sie mir, dass ich darauf nicht eingehen kann", antwortete der Soldat, der kurzweilig auf den Boden starrte, „aber wissen Sie, neben dem militärischen Training für solch ein Szenario, und neben dem Gemüt und der Brutalität der Geiselnehmer, obliegt es auch dem Gefangenen, wie er die Gefangenschaft übersteht. Keiner weiß, wie man mit solch einer Situation umgeht, wenn man es nicht am eigenen Leib erlebt hat. Die mentale Einstellung und Stärke sind wichtig."

„Was ist mit Gott? Sind Sie religiös?" Hannah zeigte auf das kleine Kreuz, welches um dem Hals des Soldaten hing.

„Gott ist in uns, und immer bei uns. Er stellt uns auf die Probe. Tag für Tag. Ich glaube, dass Gott gute Menschen aus uns machen will. Er möchte, dass wir unabhängig unserer Herkunft zu einer Gemeinschaft zusammenwachsen. Und auf dem Weg dorthin lässt er uns etliche Prüfungen durchlaufen, die wir in unseren Geschichtsbüchern nachlesen können; oder gegenwärtig in den Nachrichten sehen."

„Was ist mit Glück und Hoffnung?", fragte Hannah.

„In einer langen Kriegsgefangenschaft halten einen zwei Dinge am Leben. Dinge, die einem die notwendige Kraft verleihen, so etwas zu überstehen. Neben dem Glauben zu Gott natürlich. Zum einen meine Frau und meine Kinder. Zum anderen der Stolz, ein Amerikaner zu sein, der den Traum hat, in einem wunderbaren und harmonischen Land ohne Rassenhass zu leben."

„Das ist ein schönes Schlusswort. Haben Sie vielen Dank für das Interview", bedankte sich Hannah. Ihre Worte führten zu einem Grinsen auf Mr. Thompsons Gesicht. „Habe ich etwas Falsches gesagt?"

„Im Gegenteil. Ich hatte gehofft, mit Ihnen und Ihrer Zeitung jemanden zu finden, der unser Anliegen unterstützt, aber dass Sie meine Sprache sprechen, macht mir Mut. Wir werden immer mehr."

„Wir müssen zusammenhalten", brachte Trevor sich ein.

Hannah und Mr. Thompson drehten sich zu ihm um und grinsten. Trevor wiederum strich sich verlegen durch sein Haar.

„Wir werden das Beste daraus machen. Darf ich zum Schluss ein paar Bilder von Ihnen machen, Mr. Thompson?"

Bevor Hannah mit dem Shooting begann, nahm sie die Atmosphäre der Umgebung auf. Trotz der Wichtigkeit und Berühmtheit all dieser Plätze und Gebäude um sie herum (der Lincoln Memorial Reflecting Pool, das Second World War Memorial, das Washington Monument, das Capitol und das Weiße Haus), besaß für Hannah keines von ihnen die Ausstrahlungskraft wie jene Persönlichkeit, die in der offenen Halbhalle mit gehobenem Haupt auf dem Thron saß und *nach vorn schaute*: Mr. Abraham Lincoln.

Zeugenaussage: Trevor Banks

Von Mr. Banks erfuhren wir am meisten über Hannah. Ich erinnere mich noch an einer seiner Aussagen. Nachdem der Fall abgeschlossen war, hatte ich ihn in Washington, D. C., besucht, um ihn ein letztes Mal zu befragen, ehe die Akte „Hannah" sich für immer schloss. Wir saßen in einem Café am Rande des President's Park.

Wir waren auf der Jefferson High im selben Jahrgang. Am Anfang hatte sie keine große Notiz von mir genommen, was aber nicht an mir lag. Das erging allen so. Hannah fiel es schwer, zwischenmenschliche Beziehungen aufzubauen.

Umso verwunderlicher, dass ausgerechnet ich für sie zu einer Vertrauensperson wurde. Das geschah im Abschlussjahr. Wir waren beide politisch engagiert, ohne dass wir voneinander wussten. Wir setzten uns für die Gleichberechtigung aller Amerikaner ein, unabhängig ihrer Hautfarbe, ihrer Religion, ihres Alters und so weiter. Das waren damals die ersten Schritte einer Bürgerrechtsbewegung.

Auf einer Demonstration liefen Hannah und ich auf gleicher Höhe. Unsere Blicke trafen sich regelmäßig. Erst zufällig, dann gezielt.

Wir grinsten.

Wir lachten.

Später brach sie das Schweigen und kam auf mich zu. Sie erkannte mich. Sie wusste, dass ich mit ihr im selben Jahrgang war.

Ich realisierte sehr schnell, dass sie anders war. Die anderen Mitschülerinnen gingen *Mädchendingen* nach und bereiteten sich auf das Familienleben nach der High-School vor, sie wissen schon, früh heiraten, Kinder kriegen, sich häuslich geben und die familiäre Harmonie aufrechterhalten. Hannah war davon weit entfernt. Sie war wie ein wilder, frei fliegender Vogel, der sich nicht niederlassen wollte.

Ich war wohl der Einzige an der Jefferson High, der ihr wahres Gesicht kannte. Sie war eine sehr gute Schauspielerin, die die Mitschüler und das Lehrpersonal zu ihrem Vorteil manipulierte. Sie mimte das vermeintlich schwache Geschlecht. In all ihren Bewegungen, in ihrer Körpersprache und ihrer hohen Stimmlage gab sie die verletzliche, vom Mann zu beschützende Frau. Wenn ich mit ihr aber allein war, zeigte sie mir ihre wahre Seite. Ihre Stimme war mittig, weder piepsig noch basslastig, dafür fest. Ihre Worte konnten direkt und hart sein, sie konnten einen verletzen. Hannah war nicht die Sorte Frau, die zurücksteckte, besonders dann nicht, wenn sie im Recht war. Sie brauchte keinen Protegé, niemanden, der sie bevormundete. Sie ließ sich von niemanden etwas diktieren. Autoritäten konnte sie nicht ausstehen. Nur bei Mr. Aden machte sie eine Ausnahme. Sie folgte seinen Anweisungen, wenn auch zähneknirschend.

Hannah besaß einen starken Drang nach Gerechtigkeit. Wenn jemand nicht gleichwertig behandelt wurde, setzte sie sich für diesen ein. Ihr Wunsch nach Gerechtigkeit zeigte sich auch in den besagten Protestmärschen. Da ich bei den Märschen ebenfalls anwesend war, glaube ich, wurde ich für sie interessant. Sie sagte, wenn sie einen Menschen in ihr Leben ließ, so sei es für sie wichtig, dass dieser Mensch ihr geistig ebenbürtig war. Aber ehrlich gesagt, ich habe nie einen Mann an ihrer Seite gesehen, und sie hat mir nie von irgendeinem Ex-Freund erzählt. Was komisch war, denn sie war eine bildhübsche Frau. Sie war attraktiv und anziehend. Die Männerwelt himmelte sie an – nicht nur an der High-School. Es gab unendlich viele Verehrer, die um ihre Gunst kämpften. Und ausgerechnet ich, der Nerd, durfte an ihrer Seite sein, während die Anderen sie pausenlos umgarnten.

Abgesehen von mir hatte sie keine Freunde. Wir verbrachten fast die ganze Zeit miteinander; in der Schule als auch in unserer Freizeit. Viele dachten, wir hätten eine Affäre. Dabei war Hannah alles andere als kuschelbedürftig. Sie hatte einen großen Intimbereich. Kam man ihr zu nah, machte sie drei Schritte zurück. Ausnahmen machte sie nur in einer großen Menschenmenge. Da machte sie gute Miene zum bösen Spiel.

Ich durfte ihr nur deshalb so nahekommen, weil sie mir vertraute. Wenn ich sie berührte, störte sie das nicht; oder ließ es sich nicht anmerken. Und wenn ihr irgendjemand anderes zu nah kam, suchte sie meine Nähe. Ich war ihr Schutzschild. All die Berührungen in unserer gemeinsamen Zeit waren ihrerseits eher funktional motiviert. Sie fasste mich nur an, wenn es einen, sagen wir mal, objektiven Grund gab. Ich glaube, so kann man das beschreiben. Sie begehrte mich nicht. Sie hatte sonst kein Bedürfnis gehabt, mich zu berühren.

Nicht falsch verstehen. Sie war nicht prüde. Sie sprach sexuelle Themen offen an und ging auf solche ein. Sie machte sogar anstößige Sprüche. Und obwohl sie klamottentechnisch eher zugeknöpft umherlief, gewährte sie mir meine gelegentlichen Blicke in ihr Dekolleté, oder auf ihre schlanken Beine, sofern sich mir die Chance auftat; und sei es nur zufällig.

(*Trevor grinst wie ein kleiner Schelm*)

Nach der Jefferson High begannen wir unsere Ausbildung bei Mr. Adens Zeitung. Mr. Aden wollte Hannah unbedingt in seinem Team haben, und so akzeptierte er Hannahs Bedingung, auch mich einzustellen. Er wusste, dass Hannah eine journalistische Waffe war, das hatte sie ihm während des Volontariats bewiesen, aber sie war auch eine sehr temperamentvolle Waffe, die man zähmen musste. Doch kontrolliert eingesetzt, entfaltete sie ihre ganze Effizienz.

Obwohl man jetzt von mir meinen könnte, die Frau zu kennen, dass ich wüsste, was eine Frau wie Hannah denkt, fühlt oder antreibt, so muss ich passen. Hannah gab mir zwar das Gefühl, Anteil an ihrer Gefühls- und Gedankenwelt zu haben, aber sie blieb dennoch geheimnisvoll, auch für mich. Sie war eine Blackbox.

Aber eins weiß ich mit Sicherheit: Die Auseinandersetzungen mit ihrer Mutter wurden heftiger und machten Hannah zu schaffen. Anlass des Streits war der Verkauf des Hauses ihrer Großeltern.

Greenwood

Der Zeitungsartikel über den Soldaten Mr. Thompson war ein voller Erfolg. Nicht nur, dass die Tagesausgabe in kürzester Zeit vergriffen war, der Artikel löste in der Öffentlichkeit auch eine gewaltige Diskussion aus, ohne Mr. Adens Zeitung selbst zu schaden. In einem Land, in dem Menschen ihrer Hautfarbe nach gesellschaftlich besser oder schlechter gestellt waren, war es Hannah gelungen, den dunkelhäutigen Soldaten als Amerikaner zu präsentieren. Statt Schuldige zu benennen oder mit dem Finger auf jemanden zu zeigen, zählte sie die Gemeinsamkeiten auf. Damit hatte sie ein wichtiges Ausrufezeichen für ihre bevorstehende Karriere gesetzt.

Das darauffolgende Wochenende folgte Hannah Trevors Rat und fuhr mit ihrer Mutter für drei Tage nach Greenwood. Das Haus der Großeltern wurde weiterhin als Ferienwohnung vermietet. Mr. und Mrs. Walton, die sich um die Vermietung und Wartung kümmerten, überwiesen stets die eingenommene Miete. Die Einnahmen deckten die anfallenden Instandhaltungskosten. Irgendwie ironisch, dass, solange die Großeltern darin gewohnt hatten, die Wartung des Hauses ein finanzielles Problem dargestellt hatte.

Greenwood schien noch immer einen Trauerflor zu tragen. Seit ihrer Ankunft war der Himmel grau bewölkt. Pausenlos fielen große Wassertropfen auf den Boden oder schlugen auf die wehrlosen Blätter der saftgrünen Bäume ein. Die Rasenflächen waren vom Dauerregen vollgesogen.

Ein typisches Aprilwetter, bei dem man sich nur mit Gummistiefeln, Regenjacke und Regenschirm auf die Straße wagte. Doch Hannah stand in leichter Laufkleidung vor dem Grabstein ihrer Großeltern, barfuß, die Schuhe neben ihr auf dem Rasen liegend.

Wie in einem Rausch war sie zum Friedhof geeilt, dabei hätte sie für diesen Lauf keine Energie mehr haben dürfen. Sie hatte sich beim Joggen zuvor total verausgabt. Aber als sie nach dem Laufen zum Haus ihrer Großeltern zurückgekehrt war, konnte sie nicht glauben, was sie sah. Niemand konnte ihr den schockierenden Anblick ersparen oder sie vorwarnen; weder die Rettungsfahrzeuge, die mit ihren Sirenen die friedliche Stille der Einöde durchbrochen und Hannah auf der Hauptstraße überholt hatten, noch der Geruch von Verbranntem, der in der Luft hing.

Vor Ort hatte Hannah die Fragen des Sheriffs pflichtbewusst beantwortet, dann war sie losgerannt. Sie rannte und rannte, hinein in den Wald. Ihre Beine wurden einfach nicht müde. Irgendwann, sie wusste nicht, wie lange sie gelaufen war, fand sie sich am Grab ihrer Großeltern wieder. Die Blumen, die am Tag zuvor von ihrer Mutter und ihr am Grab abgelegt worden waren, lagen platt auf der Erde, glattgebügelt vom Dauerbeschuss der harten Himmelstropfen. Ihr Untergang war bereits beim Ablegen besiegelt gewesen.

Die Lichtstrahlen, die durch die Lücken der grauen Wolkendecke gelegentlich ihren Weg fanden, reflektierten in den Regentropfen, und die nasse Oberfläche des Grabsteins schimmerte.

Hannah machte sich Vorwürfe. Vor dem Joggen war sie mit ihrer Mutter in einem Streit auseinandergegangen. Mal wieder das Haus der Großeltern. Ihre Mutter wollte es nach all den Jahren nun doch verkaufen; wenn auch schweren Herzens. Sie wollte es nicht mehr länger der Erinnerungen wegen behalten. Sie wollte den Ort hinter sich lassen. Hannah hatte daraufhin vorgeschlagen, sich fortan um das Haus zu kümmern. Sie wollte das Haus als Rückzugsort behalten, um dem Stress in Washington gelegentlich zu entrinnen. Doch ihre Mutter war besorgt. Nicht wegen des Hauses, sondern wegen der Insel, auf der Hannah regelmäßig das imaginäre Mädchen gesehen hatte, das möglicherweise noch immer in ihrem Kopf spukte und ihr eines Tages wieder erscheinen könnte. Sie wusste, ihre Tochter war nach wie vor labil und anfällig.

Jetzt gab es kein Haus der Großeltern mehr; nur noch verkohlte Balken, Asche, ein stechender Geruch in der Nase und Qualm in den Augen. Ein Echo an Erinnerungen. Und mittendrin, die Seele ihrer Mutter, verbrannt in dem Haus, in dem sie einst geboren und von einer Hebamme empfangen worden war.

Die Feuerwehr und der in die Jahre gekommene Sheriff Baxter nahmen die Ermittlungen auf. Sie würden hoffentlich bald zu einem Ergebnis kommen und die Brandursache finden.

Hannah hatte nun ihre Großeltern und Eltern verloren. Zu den Großeltern väterlicherseits hatte sie nie Kontakt aufgebaut. Sie war nie daran interessiert gewesen. Und schon gar nicht, nach dem Tod ihres Vaters. Der einzige Mensch, der ihr geblieben war, war Trevor.

Und noch jemand war ihr geblieben.

Als Hannah an jenem frühen verregneten Morgen allein auf der Hauptstraße entlang des Mississippi Rivers gejoggt war, hatte es wieder dagestanden. Auf der Insel. Am Zaun der Außenanlage der mysteriösen Einrichtung. Es hatte zu Hannah herübergestarrt. Es war nicht gealtert, es war noch immer das kleine Mädchen im dünnen weißen Kleid, welches gerade mal die Hälfte der Oberschenkel bedeckte und aufgrund des Regens komplett durchnässt und durchsichtig war. Das Mädchen zeigte weder Schamgefühl für die eigene *Nacktheit,* noch fror es im kühlen Morgennebel. Am Saum des Kleidchens befanden sich, wie schon in den früheren Begegnungen, rote Flecke. Das Mädchen bewegte den Mund, ohne einen Laut von sich zu geben. Es waren dieselben zwei Mundbewegungen wie damals. Zwei Silben mit einem A.

Ruft sie wieder meinen Namen?

HAN-NAH!

HAN-NAH!

Sie ist wieder da!

Das Mädchen war nicht allein, denn jetzt stellte sich auch die Fledermaus auf, bewegte die Flügel hin und her, als wenn das Tier nach einem langen Winterschlaf die steif gewordenen Gliedmaßen strecken musste.

„Hannah! Kooomm zu miiir!", flüsterte sie. „Ich weeerde michh um dichh kümmern."

Die Vergangenheit war wieder da, sie klopfte an, kratzte an der Oberfläche der Gegenwart. Sie sagte: *Ich bin noch da.* Und auch die Erinnerungen erwachten sowie all die Fragen, die Hannah sich als Kind gestellt hatte. Wie sah es hinter den Mauern des fledermausartigen Gebäudes aus? War der Ort gut? Diente er zum Wohle der dort untergebrachten Menschen? Oder lauerte hinter dem Gemäuer ein Skandal, der darauf wartete, entdeckt und bekannt gemacht zu werden? Was all die Jahre im Unterbewusstsein weggesperrt gewesen war, poppte in ihrem Gehirn nun wieder auf; es drängte sich Hannah auf und ließ sie nicht in Ruhe. Selbst am heutigen Tage nicht, an dem sich die Überreste ihrer Mutter mit dem Haus der Großeltern verschmolzen hatten.

Und wie damals steuerten auch heute noch die Krankenwagen und schwarzen Fahrzeuge ohne Kennzeichen die Insel an. So wie gestern, als Hannah mit ihrer Mutter die Blumen am Grab der Großeltern abgelegt hatte. Zwar hatten sich die Fahrzeugmodelle über die Jahre geändert, aber die dunkel getönten Scheiben waren geblieben.

Wer ist dieses Mädchen? Und was hat es mit der Insel auf sich? Ich muss es herausfinden.

Die Idee, sich irgendwo undercover einzuschleusen, war im Journalismus zwar nicht neu, aber für Hannahs Anliegen der einzige Weg. Nur so konnte sie die möglichen Ungerechtigkeiten gegenüber den wehrlosen Menschen entlarven und medienwirksam aufbereiten. Aber wie an den Wachen und Sicherheitsinstanzen vorbeikommen?

Üben, üben, üben

In den ersten Tagen nach dem schweren Verlust ihrer Mutter arbeitete Hannah nur teilweise, blieb aber weiterhin der Kopf des Duos. Trevor fing die meisten anfallenden Arbeiten auf. Ihrem Chef, Mr. Aden, war das egal. Hauptsache, beide lieferten innerhalb der gesetzten Abgabefristen ordentliche Arbeiten ab.

Von einer zeremoniellen Beisetzung ihrer Mutter sah Hannah ab. Wozu einen leeren Sarg unter die Erde bringen? Wozu die Asche in eine Urne packen und in ein Regal oder auf einen Kaminsims stellen? Einzig ein Grabstein sollte neben dem der Großeltern aufgestellt werden. Sie hatte einen Steinmetz in der Nähe von Greenwood damit beauftragt. Dieser rief zwei Tage nach der Auftragserteilung bei ihr an, um sich noch einmal zu vergewissern, dass die einzugravierende Inschrift in den Grabstein, die Hannah ihm in seiner Werkstatt unter fließenden Tränen und mit schwacher Stimme mitgeteilt hatte, korrekt war.

Sheriff Baxter rief ebenfalls an. Seine Stimme versuchte, die Nachricht so schonend wie möglich beizubringen. Die Feuerwehr und er kamen zu dem Ergebnis, dass das Feuer durch den Herd entfacht worden war. Eine Fremdeinwirkung von außen schlossen sie aus. Allen Anzeichen nach hatte Hannahs Mutter das Feuer selbst entfacht. Ob Unfall, Mord oder Selbsttötung konnte nicht geklärt werden, und würde man wohl auch nie.

Für die Feuerwehr war der Fall damit abgeschlossen; wie

auch für den Sheriff. Zumindest sachlich, denn Sheriff Baxter hatte Hannahs Mutter und Großeltern gut gekannt. In einer Großstadt würde die Verkettung solcher schicksalhaften Tode innerhalb einer Familie untergehen. In einem kleinen Ort wie Greenwood jedoch warf das ein großes Licht auf die Familie. Sie alle ließen ihr Leben in dieser kleinen Gemeinde.

War es ein Fluch?

Zuerst starben die Großeltern bei einem Autounfall, dann Hannahs Vater auf deren Beerdigung an einer Vergiftung. Und Hannahs Mutter verlor ihr Leben beim Brand im Elternhaus. Welches Schicksal erwartete Hannah? Wartete der Fluch bereits darauf, zuzuschlagen?

Ohne es zu ahnen, sollte Sheriff Baxter Hannah bald wiedersehen, denn die junge Frau plante ihre Rückkehr. Die Gedanken an die Einrichtung auf der Insel im Mississippi River schossen unaufhörlich durch ihren Kopf. Die Idee, sich in die Anstalt einzuschleusen, die für Außenstehende wie eine uneinnehmbare Festung erschien, ließ sie nicht los. War die Einrichtung ein Krankenhaus? Eine Irrenanstalt? Als Verrückte käme sie garantiert hinein.

Nichtsahnend begann sie, sich auf die Rolle ihres Lebens vorzubereiten, um die Ärzte davon zu überzeugen, aufgenommen zu werden. Aber was bedeutete es, normal zu sein? Ab wann galt man als verrückt? Wer stellte das fest, und wie? Gab es Tests, mit denen man das herausfand? Wenn ja, wer hatte diese Tests erstellt und die prüfenden Kriterien festgelegt? Konnte man Verrücktheit in Zahlen messen? Welche Faktoren spielten dabei eine Rolle? Das Gesprochene, die Körpersprache, der Blick oder der Gesamteindruck eines Menschen?

Hannah las Bücher und Journale dazu, doch die darin enthaltenen Meinungen der Experten gingen weit auseinander. Die Definition von Verrücktheit und ihre Behandlungsmethoden variierten je nach Kultur, Nation und Zeitepoche.

Vor Jahrhunderten waren verrückte Menschen von Dämonen besetzte Seelen. Oder Verdammte, die darauf warteten, erlöst zu werden und in der Hölle zu enden.

Viele Gesellschaften sperrten ihre Verrückten einfach in Kerkern oder in herzlosen Unterkünften weg, wo sie bis zu ihrem Tod dahinvegetierten. Andere ernannten Verrückte zu Staatsoberhäuptern. Rom ernannte einen Verrückten zum Cäsar, weil der Erhalt der familiären Blutlinie wichtiger war als ein kluger Kopf – oder eine geschickte Führungskompetenz. Deutschland ernannte einen Österreicher zum Staatsoberhaupt, der sodann den in Deutschland lebenden Ausländern den Kampf ansagte. Dabei war er doch selbst *ausländisch*.

Die Recherche ergab, dass die Definition für *Verrücktheit* ebenso einer ständigen Veränderung unterlag wie Mode, Automodelle und Musik. Je strenger eine Gesellschaft strukturiert war und je weniger diese ein abweichendes Verhalten duldete, umso eher galt man als verrückt. Je individueller ein Mensch sein durfte und je lockerer Abweichungen von der Norm akzeptiert wurden, desto weniger wurde man als wahnsinnig angesehen.

Ein Mensch war also dann *verrückt*, wenn er von der Mitte des normal Bezeichneten *wegrückte*, sich also selbst *verrückte*.

Ein bisschen verrückt oder wahnsinnig zu sein, wurde unter Umständen gestattet. Hofnarren, Dichter oder Maler etwa. Manche von ihnen hatten durchaus den Bezug zur Realität verloren oder nahmen diese verzerrt wahr. Genies durften ebenso ein wenig wahnsinnig sein.

Zugleich gab es genügend historische Beispiele, in denen Verrückte ausgestoßen, verbannt, verfolgt und/oder umgebracht worden waren. Bei Personen, die einem im Wege standen, wurde gern mal der Stempel „verrückt" aufgedrückt; und damit aus dem Verkehr gezogen.

Mit dem medizinischen Fortschritt schloss man das Übernatürliche als Ursache zunehmend aus. Die psychologischen Störungen der Individuen wurden nun in Anstalten behandelt, auch wenn die Heilmethoden den Foltermethoden des Mittelalters nicht ungleich waren. Selbst im neunzehnten und des zwanzigsten Jahrhunderts noch.

Und Menschen, die sich selbst oder andere verletzten (*Suizide, Psychosen, Persönlichkeitsstörungen, neurotische Störungen, affektive Störungen, …*), also eine Gefahr für sich und andere darstellten, wurden weiterhin in Anstalten weggesperrt.

Für welchen Weg sollte Hannah sich entscheiden? Sich in die Arme zu ritzen oder ständig mit der geballten Faust ins Gesicht zu schlagen, kam für sie nicht in Frage. Verrückt sein ja, aber ohne dabei nach außen hin sichtbare Wunden oder Narben zu hinterlassen. Sie wollte eine Verrückte spielen, die lediglich den Bezug zu ihrer Umwelt verloren hat. Es sollten ja nur ein paar Tage sein, bis man sie wieder herausholte.

In jedem verfügbaren Spiegel – Daheim, in der Redaktion, in den Geschäften und sogar in Restaurants – übte sie verschiedene Gesichtsausdrücke und Grimassen. Mal lachend, mal weinend, mal manisch, mal naiv; und mal apathisch. In den eigenen vier Wänden spielte sie mit ihrer Stimme und probierte unterschiedliche Stimmlagen und Betonungen aus. Dabei kam sie sich schon etwas seltsam vor und fragte sich, ob das ausreiche, um als verrückt zu gelten.

Wer würde ihr die Show abkaufen? Sheriff Baxter? Die Ärzte? Das Personal in der Anstalt? Wie kam sie in die Anstalt hinein; und heil wieder heraus? Es musste eine Möglichkeit geben, den Trip unbeschadet zu überstehen. Es sollten ja nur wenige Tage sein. Länger würde sie es darin wohl nicht aushalten.

Und wie sah der Notfallplan aus, sollte sie ihren Aufenthalt abrupt abbrechen müssen? Sie hatte keine Ahnung, wie die Menschen in der Einrichtung behandelt wurden. Trevor musste ihr helfen.

Zeugenaussage: Trevor Banks

Es ist bemerkenswert, was für eine hervorragende Menschenkenntnis Hannah besaß. Wenn die Leute auf sie zukamen, nahm Hannah schon aus der Entfernung Augenkontakt auf. Die Schritte bis zu ihr nutzte sie, um die Person zu lesen: Geschlecht, Alter, Kleidung, Körper, Gestik. Und während des Gesprächs setzte sie ihre Beobachtung fort. Sie lenkte die Unterhaltungen durch ihre Gestik und Wortwahl. Nicht ohne Grund fühlten sich die Menschen von ihr abgeholt. Sie gab ihnen das Gefühl, in diesem einen Augenblick nur für sie da zu sein. Aber diese Gabe war für Hannah anstrengend. Sie zog sich oft zurück; sie schottete sich von der Welt regelmäßig ab, um abzuschalten. Wenn ich in ihrer Nähe war, war sie dankbar, dass ich sie dann in Ruhe ließ. Wir konnten nebeneinandersitzen, ohne etwas sagen zu müssen.

Sobald sie in der Öffentlichkeit unterwegs war, begann ihr Gehirn mit der Sammelwut. Wie ein gewaltiger Staubsauger saugte sie die Informationen um sich herum auf. Selbst die Emotionen der Mitmenschen. Sie konnte es einfach nicht abstellen.

All diese Informationen machten sie fertig. Nach außen mimte sie die starke und selbstsichere Frau, aber innerlich war sie zerbrechlich. Sie hatte sich oft gewünscht, einfach nur dumm wie Brot zu sein.

Wäre sie nicht Journalistin geworden, hätte sie auch Schauspielerin werden können. Alles, was sie sagte, kaufte man ihr ab. Wenn sie eine Person studierte, konnte sie in kürzester Zeit deren Charaktereigenschaften wiedergeben. Man kann sagen, Hannah war eine Waffe: hübsch, gebildet und intelligent. Zudem besaß sie eine schnelle Auffassungsgabe und bediente die Emotionen souverän.

Nach dem Interview mit Mr. Thompson ging es bergauf. Manche unserer Artikel schafften es auf die Titelseite. Für Mr. Adens Zeitung war Hannah ein Gewinn; und weil Hannah eine erfolgreiche Karriere bevorstand, versprach er ihr, sie dabei zu unterstützen. Sie solle sich jedoch anfangs etwas zurückhalten und sich an seine Vorgaben halten.

Im Mai bekamen wir von Mr. Aden eine Story über ein neunjähriges Mädchen zugeteilt, welches vergewaltigt worden war. Beim Einkaufen hatte die Mutter ihre Tochter zwischen den hohen Regalreihen für einen Moment aus den Augen gelassen. Der Peiniger nutzte seine Chance und verschleppte das Mädchen auf die Toilette des Supermarktes, wo er es missbrauchte. Es war Hannahs feinfühligster Artikel, den sie je geschrieben hatte. Man hatte das Gefühl, sie hätte die Vergewaltigung am eigenen Leib erfahren. So wie sie mit dem Mädchen mitfühlte. Wahnsinn. Ich bekomme heute noch Gänsehaut davon.

Mr. Aden hatte anfangs die Sorge gehabt, den Text in Hannahs Wortlaut zu veröffentlichen. Es glich einem Seelenstrip, so intim. Doch er ließ ihn schließlich unverändert drucken.

Der Artikel stieß auf große Resonanz.

(*er hält kurz inne*)

Trotz ihres journalistischen Aufstiegs in kleinen Schritten wuchs ihr Verlangen, sich in diese Anstalt in Greenwood einzuschleusen. Sie wollte das Geheimnis lüften und bat mich, sie zu unterstützen. Ich war ihre Fahrkarte daraus. Sollte sie nach ein paar Tagen nicht von allein herauskommen, so war es meine Aufgabe, den zuständigen Behörden mitzuteilen, um wen es sich bei der jungen Frau in der Anstalt handelt.

Was passieren würde, wenn die Behörden mein Anliegen ignorieren sollten, brauchten wir nicht zu hinterfragen oder zu diskutieren. Hannah würde dann auf ewig hinter den Mauern weggesperrt bleiben.

Doch dies war nicht unser einziges Problem. Angenommen, sie käme unversehrt heraus, wie ging es dann weiter? Wie sollte sie die Informationen veröffentlichen? Würde Mr. Aden seine Zeitung dafür zur Verfügung stellen? Falls nein, dann vielleicht bei einer anderen Zeitung? Oder über einen anderen Verlag? Würde Mr. Aden sich dann von uns distanzieren und uns unsere Jobs wegnehmen? So viele Fragezeichen. Und ganz am Anfang die Frage: Wie kam Hannah hinein? Sie brauchte einen Köder. Sie brauchte ein Trojanisches Pferd. Sie wissen schon, wie einst die Griechen das uneinnehmbare Troja erobert haben.

(*Mr. Banks lächelt kurz*)

Und wie ein Wink des Schicksals dauerte es nicht lang, bis Hannah ihr Trojanisches Pferd bekam, mit dem sie die unüberwindbaren Türen der Anstalt von Greenwood durchbrechen sollte, denn plötzlich tauchte über Washingtons Himmel ein Phänomen auf.

(*Mr. Banks lächelt wie jemand, der einen Witz erzählt, aber selbst nicht darüber lachen kann*)

Hannah und ich bekamen die Aufgabe, darüber zu berichten. Das war im Juli 1952.

UFO-sation

Im Juli gab es einige UFO-Sichtungen, und Mr. Aden hatte Hannah und Trevor damit beauftragt, diesem Phänomen nachzugehen und eine Serie daraus zu machen.

Ihre Reihe gewann viele Leser.

Hannah und Trevor waren täglich, von morgens bis abends, in den Straßen von Washington unterwegs, besuchten die *Tatorte* und fotografierten diese. Sie interviewten Augenzeugen und offizielle Behördenvertreter. Und sie sammelten sämtliche Zeitungsartikel und andere Medienberichte zu diesem Phänomen.

Die Sortierung und Ablage der Quellen hätten nicht unterschiedlicher sein können. Während Hannah ihre Dokumente in beschriftete Ablagekörbe legte, die auf ihrem fast leeren Schreibtisch standen, herrschte auf Trevors Schreibtisch das pure Chaos. Seine Unterlagen landeten dort, wo seine Hände sie blind und unüberlegt hatten fallen lassen.

„Glaubst du nicht an UFOs?", fragte Trevor. Beide saßen sich an ihren Schreibtischen gegenüber. Er wollte lieber über die UFOs reden, anstatt schriftliche Dokumentationen zu durchstöbern. „Ich meine, nach all dem, was wir gesehen haben? Die Art, wie sich die Lichter bewegt haben? Wie sie plötzlich stehen geblieben und blitzartig rückwärts geflogen sind? Wie schnell sie ihre Richtung geändert haben?"

„Ich weiß, dass es UFOs gibt", antwortete Hannah. Sie analysierte gerade ein schriftliches Interview eines Piloten, der in der Luft einem UFO begegnet war. Irgendwo in seinen Worten oder zwischen den Zeilen musste die Wahrheit liegen. „UFO bedeutet zunächst nichts weiter als **U**nbekanntes-**F**lug-**O**bjekt", fuhr sie fort. „Ob in diesen Dingern aber außerirdische Lebewesen sitzen, die zu unserer Erde gereist sind, da bin ich mir nicht so sicher. Ist es nicht seltsam, dass man erst jetzt von UFO-Sichtungen berichtet, wo man in der Lage ist, zu fliegen? Erst seitdem es Flugzeuge und Zeppeline gibt, wir Bücher und Comics über den Weltraum lesen und uns Science-Fiction-Filme in den Kinos ansehen, reden wir von UFOs, Raumschiffen und Außerirdischen."

„Kann doch Zufall sein? Vielleicht sind die Außerirdischen erst jetzt zu uns gestoßen?"

„Überleg doch mal, Trevor. Früher waren es Götter, Dämonen, Geister, Phantome und Drachen. Jetzt kommen Aliens. Also entweder sind all diese Phänomene das Gleiche, nur unter einem anderen Namen, je nachdem, in welchem Zeitalter und auf welchem Wissensstand wir uns befinden, oder es handelt sich bei den UFOs lediglich um neue Flugzeugtypen, die von unserer Armee getestet werden. Vielleicht wollen sie unsere Reaktionen testen, um unsere Feinde damit später zu erschrecken; wenn über deren Himmel plötzlich bizarre Lichter erscheinen."

„Denkst du, das Militär steckt dahinter?"

„Warum nicht? Wir haben einen Weltkrieg hinter uns, und zwischen der Sowjetunion und uns herrscht eine gewisse Spannung. Zudem bin ich mir sicher, dass wir die Technologie und Wissenschaftler der Nazis an uns gerissen haben. Schon verrückt. Zuerst kämpfen wir gegen deren Know-how und Technologie und jetzt machen wir uns diese zu eigen, um beim globalen Wettrüsten an der Spitze zu stehen – und zu bleiben."

„Möglich."

„Ist es nicht seltsam, dass die Beobachtungen in den Nächten 12. Juli, 19. Juli und 26. Juli gemacht wurden?"

„Wie meinst du das?"

„Die Aliens besuchen uns immer freitags? In der Nacht zum Samstag?"

Trevor lacht. „Mag sein, dass das komisch erscheint. Aber in den Wochenendnächten sind mehr Menschen auf den Straßen unterwegs als unter der Woche. Zudem wurden auch an anderen Tagen UFOs gesichtet. Präsident Truman hat sogar höchstpersönlich den Befehl gegeben, die UFOs abzuschießen."

„Womöglich alles nur Show. Wie beim Rosswell-Zwischenfall, wo man auf einer Ranch in der Wüste New Mexicos seltsame Trümmerteile gefunden hat. Einige glauben immer noch, dass dort ein UFO abgestürzt sei. Die Regierung dementiert das bis heute und behauptet stattdessen, dass es ein abgestürzter Wetterballon gewesen sei. Wie auch immer. Das gegenwärtige UFO-Phänomen über Washingtons Himmel ist garantiert menschengemacht. Eine geheime Militäroperation oder Ähnliches. Die führen uns an der Nase herum."

„Wenn die Politiker uns belügen, dann nur, um uns zu beschützen", konterte Trevor. „Wenn tatsächlich UFOs auf der Erde landen und Aliens aussteigen würden, weißt du, was dann los wäre? Eine Massenpanik bräche aus, die in einer nationalen oder gar globalen Katastrophe enden würde. Der reinste Ausnahmezustand. Weißt du, was die Folge war, als das Radiospiel ‚Krieg der Welten' zu Halloween 1938 gesendet wurde?"

„Ja, die Amerikaner, die während der bereits laufenden Übertragung eingeschaltet hatten, dachten, das Hörspiel sei wegen seines Live-Charakters echt. Die Zuhörer nahmen an, es seien echte Reporter, die von einer Explosion auf dem Mars berichteten, entdeckt durch das Chicagoer Observatorium. Dann kommentierte man die Landung der Marsianer im New Yorker Central Park.

Ist es nicht erstaunlich, dass wir im zwanzigsten Jahrhundert leben, in einem vermeintlich aufgeklärten Zeitalter, und sich unsere Vernunft dennoch ausschaltet, sobald wir eine Bedrohung empfinden? Dabei hätte man sich doch denken können, dass das ein Hörspiel war. Eine solche Bedrohung konnte bisher wissenschaftlich nicht bewiesen werden."

„Es konnte bisher aber auch noch nicht das Gegenteil bewiesen werden, also, dass es keine Aliens gibt, meine ich", entgegnete Trevor.

„Da gebe ich dir Recht. Wir leben in einem Jahrhundert der etablierten Wissenschaften und bleiben dennoch Sklaven unserer Urinstinkte. Vernunft hin oder her."

Trevor kicherte. „Der Neandertaler in uns bleibt erhalten."

Dann schwiegen sie für eine Weile. Während Trevor sich durch sein Chaos an Unterlagen wühlte und scheinbar ziellos in diesen las, saß Hannah vor der Schreibmaschine und dachte über ihren Werdegang bei der Zeitung nach. Klar, sie war zufrieden, aber sie wollte mehr. Mr. Aden sollte sie endlich von der Kette lassen. Plötzlich sagte ihr eine innere Stimme, dass dieser Moment zum Greifen nahe sei. Schon bald bekäme sie Zugang zur Anstalt in Greenwood, errichtet auf einer Insel im Mississippi River. Schon bald würde sie erfahren, was für eine Welt sich hinter den Mauern der Einrichtung verbarg. Die gegenwärtigen UFO-Sichtungen über Washingtons Himmel hatten Hannah den noch fehlenden Trojaner beschert, den sie brauchte, um in die Anstalt zu gelangen. Jetzt hieß es, sich konkret auf die Rolle vorzubereiten.

Die Komplizen

Sie musste ihren bibliografischen Hintergrund mit dem UFO-Phänomen verknüpfen. Aber wie? Sollte sie eine verwirrte Person spielen oder sich eher als total durchgeknallt ausgeben? Welche Fragen würden die Ärzte ihr stellen und welche Tests würden sie mit ihr machen? Würde sie den Aufenthalt unbeschadet überstehen? Und wie käme sie aus der Einrichtung wieder heraus? Der Ort war bekannt, dessen Innenleben jedoch nicht. Ohne die Unterstützung von Trevor und Mr. Aden war das Vorhaben unmöglich zu realisieren. Sie musste die beiden in den Trip des Ungewissen einweihen. Sie waren ihre Austrittskarte, ihr rettendes Seil, sollte sie sich aus der selbstgeschaufelten Grube nicht eigenständig befreien können.

Sie begann mit dem Menschen, dem sie blind vertraute: Trevor. Um ihn in den Plan einzuweihen, bedurfte es den richtigen Ort. Ein Restaurant oder das Redaktionsbüro schloss sie aus. Dort waren zu viele Menschen anwesend. Bei einem negativen Ausgang des Treffens würde man zu beiden hinüberschauen; man würde sie anstarren. Trevor könnte schlagartig verschwinden und Hannah allein zurücklassen. Besonders im Redaktionsbüro würde solch ein Szenario kein gutes Bild abgeben. Das Duo im Zoff.

Ihre Wohnung – und die von Trevor – empfand sie als nicht neutral genug. Ein Treffen in einem Park schien ihr geeigneter. Sollte Trevor sie dort kopfschüttelnd stehen lassen, bekämen die Menschen vor Ort dies weniger bis gar nicht mit. Besonders abends. Die abkühlenden Temperaturen nahm sie dafür gern in Kauf. Es war mittlerweile Anfang Oktober und die Herbstwinde, welche die Bäume zum Rascheln brachten, kamen häufiger.

Sie wählte den Rock Creek Park. Endlos lange Wanderwege, Pferdeställe, ein Amphitheater, ein Golfplatz, ein Planetarium und vieles mehr. Das Treffen verlief unbeschwert. Die Stimmung war ausgelassen. Sie wirkten wie ein vergnügtes junges Pärchen. Bis zu dem Augenblick, als die ersten Worte ihres Vorhabens in der Luft lagen. Trevor verging das Lachen. Sein Gesicht versteinerte. Doch Hannah, die mit dieser Reaktion gerechnet hatte, redete weiter. Sie erzählte ihm von der Insel, auf der die Einrichtung wie eine aufbrausende Fledermaus thronte und wo ein kleines Mädchen im weißen Kleid mit roten Flecken am Saum auf der Außenanlage zu sehen war.

Stille.

Trevor legte seinen Arm um ihre Schulter, und sie gewährte. Lange Zeit gingen beide Arm in Arm durch den riesigen Park. Trevor blickte überall hin, nur nicht zu Hannah. Ihm fiel es schwer, die passenden Worte zu finden.

„Warum sagst du nichts, Trevor?"

Trevor nahm den Arm von ihrer Schulter. „Warum willst du unbedingt in diese Einrichtung hinein? Ist das irgendeine Trauma-Bewältigung? Wieso benutzt du nicht einfach deine Eindrücke und Erfahrungen und fügst ein bisschen Phantasie hinzu? Kannst du das Thema nicht vom Schreibtisch aus bearbeiten?"

„Das ist nicht dasselbe."

„Was, wenn etwas schiefläuft und du nicht mehr herauskommst? Wenn sie dich behalten? Das ist *SELBSTMORD*!"

Trevor blieb stehen und schaute Hannah lange und innig in die Augen. „Ich will dich nicht verlieren."

Ein unbeschreibliches Kribbeln durchfuhr Hannahs Körper. Sie hätte ihm gern versprochen, dass alles gut werden würde, aber das wäre gelogen. Niemand hatte Einfluss auf das, was innerhalb der Einrichtung auf Hannah wartete. Obwohl sie keine Angehörigen oder Freunde hatte, gab es Menschen, die unter ihrem egoistischen Plan leiden würden. Wie Trevor. Selbst dann, wenn er ihr Vorhaben unterstützen sollte.

„Sollte mir etwas Furchtbares zustoßen, dann behalte mich in deinen Erinnerungen; denk an unsere gemeinsame Zeit. Ich habe niemanden außer dir, Trevor."

In Trevor tobte ein innerer Konflikt, das konnte sie in seinem Gesicht ablesen. Ein Konflikt zwischen seinem Herzen und der Vernunft. Ein Konflikt, bei dem es ihm sichtlich schwerfiel, eine Lösung herbeizuholen oder überhaupt eine Entscheidung zu treffen.

„Trevor, die Story ist ein weiterer Karrieresprung für uns beide. Ich hoffe, Mr. Aden unterstützt uns dabei."

Trevor schüttelte den Kopf. „Wie hast du dir das vorgestellt? Und wie soll ich dir dabei helfen? Das ist doch *WAHNSINN*!"

Wort für Wort hörte er ihr zu, vernahm ihre Idee, ohne ein Laut von sich zu geben oder sie zu unterbrechen. Er ließ sie reden, ließ sich erklären, wie sie in die Einrichtung gelangen wollte. Und Hannah sah, wie sein Kopf leicht nickte, in Sinne von *„Ich habe verstanden"*, aber seine leeren Augen sagten *„Das ist verrückt, lebensmüde, der glatte Wahnsinn"* und sie fragten sich *„Wieso, weshalb, warum und wozu?"*.

„Schön und gut, Hannah, das ist aber nur der Weg hinein.

Viel schwieriger und entscheidender ist es doch, wie wir dich wieder herausbekommen. Denkst du, es reicht aus, dort anzurufen und zu sagen ‚Übrigens, die Patientin bei Ihnen ist eine Undercover-Journalistin, die euch in den letzten Tagen ausspioniert hat'?"

„So in der Art. Mr. Aden ist der Chef der größten Zeitung in Washington, D. C., die nebenbei auch Hauptstadt und Regierungsstadt ist."

„Wenn alles nach Plan verläuft, kein Problem. Aber angenommen, du musst die Aktion abbrechen und die Einrichtung vorzeitig verlassen, wie willst du mir oder Mr. Aden das mitteilen?"

„Das weiß ich noch nicht."

„Ja, das klingt nach einem hervorragenden Plan", erwiderte Trevor ironisch. Für ihn klang das Ganze wie ein Himmelfahrtskommando. Wie ein Selbstmord unter dem journalistischen Deckmantel. Die meisten Menschen – so wie er – mieden Gefängnisse, Folteranstalten und ähnliche Orte, waren froh, diese nicht betreten zu müssen.

„Bist du nun dabei oder nicht?", fragte Hannah.

„Habe ich denn eine Wahl?"

Hannah schwieg.

Am nächsten Tag gingen sie zu Mr. Aden und weihten ihn in das Projekt ein. Er hatte befürchtet, dass eines Tages Derartiges geschehen würde, und reagierte ähnlich wie Trevor.

Zeugenaussage: Mr. Aden

Wir sitzen in Mr. Adens Büro, ein Glaskasten am Ende des Groß-raumbüros der Redaktion. Anfangs war es schwer für uns, Mr. Aden zu einer Aussage zu bewegen, dann lenkte er ein.

Das musste ja eines Tages passieren. Hannah war solch ein Dickkopf. Ich meine, meistens konnte ich sie von ihren berauschten Plänen abbringen, aber bei dieser Sache war das anders. Sie war von dieser Idee, dieser möglichen Story, dermaßen besessen.

Sie meinte, der Weltkrieg sei jetzt einige Zeit vorüber. Zwar seien die Nachwirkungen noch zu spüren, und an einen Weltfrieden war noch nicht zu denken, aber sie wollte sich nun verstärkt den Ungerechtigkeiten im eigenen Land widmen, wie etwa die Rassentrennung und Segregation innerhalb der Gesellschaft: getrennte Schulklassen, Toiletten, Trinkbrunnen und Sitzplätze in Bussen speziell für Weiße und für Schwarze; Sie wissen schon.

Aber auch der Umgang mit Soldaten war ihr wichtig. Während man die äußerlich unversehrten Soldaten öffentlich und in den Medien als Kriegshelden feiert und sie für ihren besonderen Mut auszeichnet – selbst die gefallenen Kameraden bekommen hier mehr Aufmerksamkeit –, lässt man die traumatisierten und verstümmelten Soldaten im Alltag links liegen.

Unseren gezeichneten Kriegshelden fällt es schwer, sich in die Gesellschaft zu reintegrieren, denn die Gesellschaft ignoriert sie. Die Folge: Die Veteranen fallen daheim, im eigenen Land, der Depression, dem Alkohol und anderen Drogen zum Opfer.

Als Hannah und Trevor zu mir ins Büro traten und vom Projekt in Greenwood erzählten, bekam ich das Gefühl, dass, egal wie ich mich entscheide, die beiden der Story nachgehen würden. Hannah bat mich, ihr dafür ein paar Tage frei zu geben, und für Trevor gleich mit. Normalerweise gebe ich solchen Ideen keinen Raum. Wir hatten genug zu berichten, und immer mehr Leser interessierten sich für die Artikel von Hannah und Trevor. Wie sollte ich da ein paar Tage auf die beiden verzichten?

Wie gesagt, normalerweise ein klares NEIN. Aber bei einem NEIN wäre sie aus dem Büro marschiert, ohne zurückkehren. Da dies einer Kündigung gleichkäme, hätte ich sie verloren. Ob Trevor den Mumm gehabt hätte, kann ich nicht sagen.

Ich entschied mich für eine Hinhaltetaktik. Sie bekamen frei, jedoch nur den halben Lohn für diese Zeit. Wenn dabei eine sensationelle Story heraussprang, könnte die Zeitung davon profitieren. Sollte die Story zu Unstimmigkeiten führen oder zu hohe Wellen schlagen, würde ich mich gegen eine Veröffentlichung entscheiden. Sollte der Artikel über einen anderen journalistischen Träger veröffentlicht werden, müsste ich mich von den beiden möglicherweise distanzieren.

Hannah zumindest war zufrieden und verließ zielstrebig mein Büro. Trevor tapste langsam hinterher. Wahrscheinlich wusste er nicht, wie ihm geschah. Er suchte nach seinem Empfinden, bei dem, was ihm die Tage bevorstand.

St. Louis

(seht, die kleine Hannah ist wieder da. Mit ihrem Ehemann. Sie ist häuslich geworden)

Ihre Rolle als Verrückte direkt in Greenwood aufzuführen, hielt sie anfangs für bedenklich. Viele Bewohner kannten sie, seitdem sie ein kleines Mädchen war. Zudem war sie erst im April in Greenwood gewesen, jener Besuch, bei dem ihre Mutter ums Leben gekommen war. Andererseits konnte dieser Bekanntheitsgrad ihr dabei helfen, die Rolle glaubhaft zu performen.

(seht, die arme Hannah hat ihren Verstand verloren. Kein Wunder, schließlich hat sie ihre Eltern und Großeltern hier verloren. Das hat sie nicht verkraftet. Vielleicht ist sie aber auch schon in ihrer Kindheit nicht ganz richtig im Kopf gewesen)

Hannah sprach sich Mut zu. Sobald sie aus der Anstalt zurückkehrt, würde sich alles aufklären. Die Wahrheit würde für sie sprechen. Man würde sie für ihren mutigen Einsatz belohnen.

Trevor kannte den Ablauf bis ins kleinste Detail. Sie hatten den Plan intensiv einstudiert und verinnerlicht.

Hannah wollte kein Zimmer in Greenwood nehmen. Das hätte bereits im Vorfeld für zu viel Aufsehen gesorgt. Sie hatten sich für St. Louis entschieden, etwa eine Autostunde östlich von Greenwood entfernt. Beim Betreten der Lobby des kleinen Hotels wurde das Paar von einem Mann, der hinter der Rezeptionstheke stand, mit einem breiten, strahlend weißen Lächeln empfangen. Auf dessen Uniformweste war sein Name *Adam Pukowski* zu lesen.

„Heeerzlich willkooommen", begrüßte er sie, als das Paar mit leichtem Gepäck an die Rezeption trat.

„Danke, wir sind Mrs. Soldtobury und Mr. Banks aus Washington, D. C.", sagte Hannah.

Der Hotelier senkte seinen Kopf und glitt mit dem rechten Zeigefinger über das Gästebuch.

„Ah, ja, daaa stehen Sie." Er hob seinen Kopf und lächelte. „Für Ihre Flitterwochen haben Sie aber weeenig Gepäck dabei. Naja, manchmal braucht man nicht mehr als ein Beeett und viel Liieebe."

Trevor schaute irritiert. Nicht, weil der Hotelier eine anstößige Bemerkung gemacht hatte. Nein, diese schmeichelte ihm. Es war vielmehr die Art, wie der Mann auf ihn wirkte. Er trug einen gepflegten, gestutzten Vollbart. Seine fragile, angehauchte Stimme klang mehr feminin als maskulin, und dann diese gezupften Augenbrauen. Egal, ob für den Hotelier eine Kleiderordnung vorgeschrieben war oder nicht, der Mann hätte mit Sicherheit auch so leidenschaftlich eine Uniform getragen. Er bewegte sich in ihr wie in einer zweiten Haut. Auch in seiner Gestik war er extrovertiert. Beim Reden schwangen seine Hände unterstützend mit.

„Das restliche Gepäck befindet sich noch im Kofferraum unseres Wagens", antwortete Hannah, um mögliche Spekulationen von Anfang an im Keim zu ersticken. Sie war vom Rezeptionisten fasziniert. Seine sexuelle Neigung und Orientierung offen zur Schau zu stellen und mit dem Thema offensiv umzugehen, statt sich zu verstecken, war mutig. Sein Auftreten war schon sehr klischeehaft. Spielte er für die Gäste eine Rolle oder war er wirklich so?

In den 1950ern hatten es Homosexuelle nicht leicht.

Lange Zeit machte man eine neurotische Störung oder ein hormonelles Ungleichgewicht für dieses Phänomen verantwortlich. Dementsprechend wurden Männer, die Männer liebten, und Frauen, die Frauen liebten, mit Medikamenten und Elektroschocks behandelt. Man hielt die Homosexualität für eine kurierbare Krankheit. Und war keine Heilung möglich, so wurden die Personen notfalls weggesperrt. Erst Ende der 1940er, Anfang der 1950er gab es Akteure, die sich für die Aufklärung und Akzeptanz gleichgeschlechtlicher Liebe einsetzten.

„Verzeeeihen Sie meine bööse Zunge. Ich wollte nicht unhöflich sein", sagte der Hotelier.

Hannah lächelte, während Trevor nach wie vor nicht wusste, wie er auf den Mann reagieren sollte.

„Schon gut. Wir nehmen das nicht persönlich. Wir sind nicht so prüde", sagte Hannah.

Trevor konnte seinen Blick vom exotischen Individuum einfach nicht lösen. Erst Hannahs Stoß mit dem Ellenbogen in seine Rippen ließ ihn aus seiner Körperstarre erwachen.

„Äh … ja, genau. Wir sind diesbezüglich locker", sagte er und fasste sich verlegen an den Bügel seiner Brille. Als ob er diese im Gesicht neu richten müsste.

Der Hotelier überreichte ihnen selbstsicher den Zimmerschlüssel. Das Zimmer befand sich im zweiten Stock. Ein gemütlicher und bescheidener Raum. Der Anblick des kleinen Doppelbetts löste bei Trevor ein Schmunzeln hervor, doch Hannah trieb ihm die Flausen gleich wieder aus dem Kopf.

„Wenn du mir zu nah kommst, schubse ich dich aus dem Bett, dann schläfst du auf dem Fußboden weiter", sagte sie.

„*Man(n)* wird ja träumen dürfen."

Beide lachten und kicherten, während sie sich mit dem Rücken aufs Bett fallen ließen und zur Decke starrten; dann wurde ihnen die Ernsthaftigkeit ihres Vorhabens bewusst. All die Jahre war diese eine innere Stimme in Hannah so dominant; sie übertönte alles andere in ihrem Leben. Nun standen nur noch wenige Stunden zwischen dem Jetzt und dem Beginn des Projekts.

Und zum allerersten Mal kam eine andere innere Stimme hinzu. Eine Stimme, die in ihr eine Angst erzeugte. Angst, etwas Wichtiges in ihrem Leben zu verlieren: Trevor. Bisher war er sicher und fest in ihrem Leben verankert; er war immer für sie da. Niemand war ihr bisher so nah gekommen wie er, aber auch für ihn gab es diese unsichtbare Linie, diese unüberwindbare Hürde, die er nicht überschreiten durfte. Gefühle ihm gegenüber hatte sie immer ignoriert oder weggedrückt. Doch im Hotel in St. Louis, mit der Anstalt vor dem geistigen Auge, wurde ihr bewusst, dass Trevor für eine Weile nicht für sie da sein würde, dass sie ihn sogar für immer verlieren könnte. Und so kuschelte sie sich in ihn hinein.

„Nimm mich einfach in den Arm und sag nichts", sagte sie. Sie wollte noch einmal menschliche Wärme spüren, bevor sie die Einrichtung von innen erfahren sollte.

Arm in Arm, wie ein unzertrennliches Knäuel, schwiegen sie und schliefen ein.

Am nächsten Morgen gingen sie eng umschlungen durch die Lobby, winkten dem Rezeptionisten mit homosexueller Orientierung zu und schlenderten händchenhaltend zum roten Cadillac, der vor dem Hotel parkte.

Der Köder

Viel brauchte es nicht, um die Aufmerksamkeit der Leute in einer Kleinstadt auf sich zu ziehen. Kurz vor der Ortschaft fuhr Trevor rechts ran und ließ Hannah – trotz des Starkregens – aussteigen. Dann wendete er und fuhr in Schrittgeschwindigkeit neben ihr her, schaute sie an. *Willst du die ganze Sache wirklich durchziehen? Noch können wir die Aktion abbrechen. Steig einfach zu mir ins Auto.* Er würde alles für sie tun. Sie musste einfach nur die Autotür öffnen und einsteigen. Mit ihrem Nicken aber, zerschlugen sich seine Hoffnungen und er zischte mit Vollgas davon. Dabei drehten die Reifen durch und rutschten über den nassen Asphalt. Das Heck des Cadillacs brach leicht aus, und er musste es wieder einfangen. Wie besprochen, fuhr er in Greenwood hinein und suchte sich einen Platz, von wo aus er das folgende Schauspiel gut beobachten konnte.

Hannah trug ein weißes Kleid, welches ihr zu kurz war. Ihre Haare waren zerzaust. Der glückliche Umstand, dass es unaufhörlich regnete, verstärkte den Effekt einer verängstigten und orientierungslosen jungen Frau. Frierend verschränkte sie ihre Arme und presste sie gegen ihren Bauch. Sie spürte die Blicke der Menschen, die ihr auf dem Weg zur Brandruine – einst das Haus ihrer Großeltern – entgegenkamen. Man schaute sie verwundert an. Man starrte auf ihre nackten Beine; und auf ihre Brüste, die durch das durchnässte weiße Textil schimmerten. Die Menschen unterhielten sich intensiv miteinander.

So ein hübsches junges Ding!
Das ist doch Hannah?
Was ist mit ihr passiert?
Wo kommt sie her?
Wo will sie hin?
Sie braucht Hilfe!

Ein älteres Pärchen nahm sich der frierenden Hannah an: die Waltons. Sie hatten einst die Mieteinnahmen und die Wartung des Hauses der Großeltern verwaltet. Schnell die Regenjacken übergezogen, gingen sie auf Hannah zu.

„Ach, Kindchen", sagte Mrs. Walton. „Was ist passiert?"

Hannah blieb stehen, legte ihren Kopf nach hinten und deutete mit dem Zeigefinger in den Himmel. Dabei musste sie ständig blinzeln, weil immer wieder Regentropfen ihre Augen trafen. „Sie sagen, ich soll zum Haus meiner Großeltern gehen."

„Wer?", fragte Mrs. Walton und blickte in den Himmel. Und auch Mr. Walton starrte sodann nach oben. Aber beide konnten nichts erkennen.

„Sie sagen, dass alles gut werden wird. Ich soll zum Haus meiner Großeltern gehen." Hannah drehte sich einmal um die eigene Achse, lächelte und ging weiter die Straße hinunter.

„Ach Liebes, was ist mit dir passiert, dass du so durcheinander bist?", sagte Mrs. Walton. Sie und ihr Mann folgten Hannah. „Stehst du unter Schock?"

„Die da oben sagen, dass alles gut wird."

„Komm mit uns ins Haus, bevor du dir noch eine Erkältung einfängst. Wir geben dir etwas zum Anziehen, und einen warmen Tee oder Kakao."

Mrs. Walton wollte ihren Arm um die Schulter der jungen

Frau legen, um sie ins eigene Haus zu bewegen, doch Hannah wand sich aus der drohenden Umklammerung heraus.

„Nein! Nein! Nein! Sie sagen, ich soll zum Haus meiner Großeltern gehen und dort warten."

„Aber Schätzchen, niemand wird kommen, um dich abzuholen."

„Doch, sie kommen", entgegnete Hannah wie ein schnippisches Kleinkind und deutete erneut in den Himmel.

Mrs. Walton gab nicht auf. „Matthew, hol für die Kleine doch bitte meine alte Regenjacke raus, damit sie nicht weiter nass wird und friert. Ich gehe mit Hannah weiter", sagte sie. Zugleich forderte sie ihren Mann mit einer Fingergeste hinter Hannahs Rücken dazu auf, einen Telefonanruf zu tätigen.

Mr. Walton nickte. Und während Hannah und Mrs. Walton das Haus der Großeltern ansteuerten, ging er in sein Haus zurück und bediente die Wählscheibe des Telefons.

„Sheriff? ... Matthew hier … ja … Sie müssen dringend zur Brandruine kommen … Besser, Sie machen sich ein eigenes Bild."

Noch während die Hörmuschel auf die Gabel fiel, wandte er sich der Eingangstür zu. Beinahe hätte er die alte Regenjacke seiner Frau vergessen, und so schritt er zum Kleiderschrank auf dem Flur, holte diese hervor und warf sie sich über die Schulter. Dann verließ er das Haus. Zu seiner Überraschung hatten Hannah und seine Frau das Haus der Großeltern beinahe erreicht. Mit kleinen, jedoch flinken Schritten holte er sie ein.

Die Bewohner von Greenwood hätten das Grundstück gern geräumt, doch sie beließen die Brandruine, wie sie war. Es war Hannahs Wunsch gewesen, die Überreste für eine Weile stehen zu lassen. Sobald sie mit der Trauer abgeschlossen und die Geschehnisse weitgehend verarbeitet hatte, wollte sie das Grundstück von der Last befreien. Die Entscheidung, es zu behalten oder zu verkaufen, stand noch aus. Und nun tauchte sie hier plötzlich auf: halbnackt, durchnässt und geistig durcheinander.

Hannah löste sich von Mrs. Walton und lief in die Überreste des abgebrannten Hauses hinein. Hemmungslos tanzte sie zwischen den verkohlten Balken und abgebrannten Überbleibsel und blickte immer wieder in den Himmel. Die Regentropfen fielen auf sie herab, und mit ausgestreckter Zunge versuchte sie, einige von ihnen aufzufangen. Ihre Gesichtsmuskeln zuckten und bewegten sich unkontrolliert. In der einen Sekunde gab sie ein breites Grinsen von sich, in der anderen ein lautes, herzhaftes Lachen, welches in ein Weinen überging. Dann ein schlaffer, leerstehender Gesichtsausdruck – wie der einer Betrunkenen –, der sich sodann in ein steigerndes Lachen verwandelte. Immer wieder gab sie undefinierbare Geräusche von sich; eine Mischung aus apathischem Gesang, Geschrei und Geheul.

Als Mr. Walton sich ihr näherte, mit der Absicht ihr die alte Regenjacke seiner Frau über die Schultern zu legen, fuchtelte Hannah wild mit den Armen. Sie fauchte den armen Mann an und machte Beißbewegungen. Und so warteten die Waltons hilflos auf den Sheriff.

Immer mehr Bewohner kamen schweigend oder diskutierend hinzu. In Regenjacken oder mit Regenschirmen – oder mit beidem.

Kurz darauf traf Sheriff Baxter ein. Von seinem Dienstwagen aus nahm er zuerst die Menschentraube wahr. Erst danach entdeckte er Hannah in ihrem durchnässten weißen

Kleid. Beim Aussteigen als auch auf dem Weg zu ihr konnte er seinen Blick nicht von ihr lösen. Er suchte in der Menschengruppe jede freie Lücke, um sie zu sehen. Nur einmal musste er den Boden unter sich kontrollieren, weil er wegen einer glatten, unebenen Stelle beinahe weggerutscht wäre.

„Sie ist hier einfach so aufgetaucht, zu Fuß, und vollkommen durcheinander. Niemand weiß, wieso", wurde er von Mr. Walton empfangen.

„Hat schon jemand mit ihr gesprochen?", fragte Sheriff Baxter.

„Es ist schwer, bei ihr durchzudringen", brachte Mrs. Walton sich ein. „Sie spricht in Rätseln. Ich weiß gar nicht, ob sie uns überhaupt bewusst wahrnimmt. Als wir ihr die Regenjacke über die Schultern legen wollten, hat sie meinen Mann angefaucht und weggejagt."

Schweigend und ohne zu fragen, griff Sheriff Baxter aus einem inneren Impuls heraus zur Regenjacke auf Mr. Waltons Schulter – der ihn verdutzt anschaute – und marschierte zu Hannah in die Ruine.

Gott sei Dank! Der Sheriff ist da! Hannah sah ihn auf sich zukommen und setzte ihr Schauspiel fort.

„Die da oben sagen, sie werden mich in ihrem UFO mitnehmen", sprach sie zu ihm und deutete in den Himmel.

„Nicht heute, Hannah. Die haben mir gesagt, dass sie erst morgen kommen", erwiderte der Sheriff. Er versuchte, zu improvisieren. „Da ist etwas dazwischengekommen."

„Morgen?" Hannahs körperliche Anspannung fiel in sich zusammen. „Bestimmt wieder Probleme mit der Technik, oder?"

„Genau", sagte er. „Deswegen sollst du mit mir kommen, bis der Fehler behoben ist. Ich sorge in der Zwischenzeit für dich."

Hannah betrachtete die Einrichtung auf der Insel, die wie eine gewaltige Fledermaus aussah. Und dieses fledermausartige Ungetüm erhob sich jetzt und breitete seine Flügel über die komplette Spannweite aus. All die Jahre hatte es geduldig auf Hannah gewartet. Nun war sie da. Es fokussierte sie. „Kooomm zuuu miiir, Hannah", zischte das Ungetüm. „Ich weeerde michh um dichh kümmern."

Und es war nicht allein. Auch das kleine Mädchen mit dem dünnen weißen Kleidchen und den roten Flecken am Saum stand auf der Außenanlage und starrte Hannah an. Aus ihrem Mund entsprangen – wie damals – wiederholend die zwei stummen Silben.

HAN-NAH!

HAN-NAH!

Hannah nickte.

Ich bin bald bei euch.

Mit gespielter Skepsis und einem prüfenden Blick erlaubte sie dem Sheriff, die Regenjacke über ihre Schultern zu legen. Sie ließ sich von ihm auch ohne Gegenwehr zum Streifenwagen führen und setzte sich auf die Rückbank. Als sie wieder zur Insel schaute, hatte sich das kleine Mädchen in Luft aufgelöst, und aus der großen Fledermaus war wieder die Einrichtung geworden.

Die Schaulustigen staunten, wie scheinbar leicht der Ordnungshüter Hannahs Vertrauen gewonnen hatte, dessen Wagen sich in Bewegung setzte.

Trotz der überfluteten Heckscheibe konnte Hannah verschwommen erkennen, dass sie Greenwood verließen und damit die Insel im Mississippi River hinter sich ließen. „Wo fahren wir hin, Sheriff?", wollte sie wissen.

„Wir fahren zu Doktor Norton. Er wird dich untersuchen. Vielleicht gibt er dir vor deiner Reise noch eine Impfung. Wir wollen ja nicht, dass du krank wirst."

„Das will ich aber nicht. Ich will in Greenwood bleiben. Da wollen sie mich nämlich abholen." Hannah wurde unruhig, zappelte hin und her. Sie wollte den Türgriff tätigen und den Wagen verlassen, doch der Griff fehlte. Abmontiert, damit die Festgenommenen auf der Hinterbank nicht fliehen konnten.

Hoffentlich ist Trevor in der Nähe, um im Notfall einzugreifen.

„Ich verstehe dich ja, Hannah, aber in Greenwood gibt es keinen Arzt. Der Nächste ist im Nachbarsort. Nach der Untersuchung bringe ich dich wieder zurück, versprochen", versuchte Sheriff Baxter sie zu überzeugen. Er blickte mit einem Auge in den Rückspiegel und mit dem anderen auf die nasse Straße. „Glaub mir, Doktor Norton ist wirklich nett. Auch ich bin bei ihm Patient."

Mit der Antwort gab Hannah sich zufrieden und setzte sich wieder brav hin; der Sheriff atmete auf.

Es wurden keine weiteren Worte ausgetauscht. Nur das Ratschen der Scheibenwischer und das Dröhnen des Motors, die in das Wageninnere drangen, durchbrachen die Stille. Sheriff Baxter hatte in seiner Zeit als Ordnungshüter so einiges erlebt. Schönes als auch Trauriges. Doch Hannah, die sich zu einer schönen jungen Frau entwickelt hatte, so durcheinander zu sehen, berührte ihn. Kurz nach dem Tod ihrer Mutter schien sie noch bei Verstand gewesen zu sein. Und mit einem Mal tauchte sie wieder auf. Konfus und orientierungslos. Mit dem Glauben, von UFOs abgeholt zu werden. Natürlich hatte er von den lokalen Zeitungen und Radiosendern über die aktuellen UFO-Sichtungen erfahren, aber dass Hannah diese Meldungen für real hielt und davon überzeugt war, von ihnen abgeholt zu werden, wollte er nicht wahrhaben. Vermutlich hatte sie den Verlust ihrer Mutter doch nicht so einfach verkraftet. Schließlich hatte sie, soviel er wusste, keine Angehörigen mehr. Stattdessen schien sie in eine andere, selbst erschaffene Welt zu fliehen, die ihr als Zufluchtsort diente.

Bei all seinem Grübeln bemerkte er nicht, wie ihn ein roter Cadillac mit ausgeschalteten Scheinwerfern verfolgte.

Die Eintrittskarte

„Hallo, Arthur", wurde der Sheriff von der Sprechstunden-hilfe begrüßt, die mit der Schreibmaschine Notizen auf ein Aktenblatt hämmerte.

„Hallo, Marta, ist der Doktor da? Ich habe hier einen Not-fall." Er zeigte auf Hannah.

„Geh einfach durch. Der Doktor ist drin und kann die junge Dame gleich untersuchen." Ihre Augen betonten den traurigen Klang ihrer Stimme. Sheriff Baxter erkannte so-fort, dass ihr etwas auf dem Herzen lag.

„Wenn sich der Doktor Hannah angeschaut hat, komm ich zu dir und wir reden, okay?", sagte er, und sie nickte. Dann klopfte er höflich an die Tür des Behandlungszim-mers und trat nach einem *Herein!* mit Hannah hinein.

Hannah nahm sofort auf dem Krankenbett Platz. Mit gro-ßer Neugier und lachenden Begleitgeräuschen begutachtete sie die Deckenlampe. Ihre Beine baumelten hin und her.

Sheriff Baxter blieb irritiert stehen. Der anwesende Dok-tor war nicht Doktor Norton, sondern ein Fremder, der sich vom Schreibtisch erhob, eine kurze Begrüßungsgeste an ihn schickte und direkt auf Hannah zuging.

„Wo ist Dr. Norton?"

„Der ist gestern zusammengebrochen und ins Hospital gebracht worden. Altersschwäche habe ich mir sagen las-sen. In seinem Alter sollte er sich lieber in den Ruhestand begeben. Ich bin für ihn eingesprungen", sagte der Fremde und leuchtete mit einer kleinen Taschenlampe in Hannahs

Augen. „Ich bin Dr. Medin."

„Leuchten jetzt meine Augen?", fragte Hannah, als der Strahl der Taschenlampe in ihr rechtes Ohr wanderte.

„Können Sie mir sagen, was mit ihr passiert ist?", fragte der Arzt den Sheriff, ohne auf Hannahs Worte einzugehen. „Kennen Sie sie?"

„Nein … ähm … doch … ja."

„Ich kann Ihnen nicht ganz folgen, Sheriff." Der Mediziner schaute ihn verwundert an. Derweil spielte die Patientin mit dem Stethoskop um seinen Hals und freute sich.

„Nun, dass ist Hannah. Hannah Soldtobury."

„Das bin ich", sagte Hannah.

„Wo haben Sie sie gefunden?"

„Sie tauchte plötzlich in Greenwood auf. Sie kam über die Landstraße. Barfuß, und nur in diesem dünnen Kleid. Ihre Großeltern haben einst in Greenwood gelebt, wissen Sie? Hannahs Mutter ist dort geboren und aufgewachsen."

„Die holen mich morgen ab", erklärte Hannah, zeigte zur Zimmerdecke und zog sodann ein trauriges Gesicht. „Eigentlich wollten die mich heute abholen, aber die blöde Technik. Sie wissen ja, wie das ist."

„Wer will dich mitnehmen, und warum?", fragte Doktor Medin mit ruhiger Stimme.

„Na, die da oben, die kennt doch jeder. Lesen Sie denn keine Zeitung, Herr Doktor?" Sie verdrehte ihre Augen und klopfte mit dem Finger an ihre Schläfe. „Der Sheriff wusste sofort, von wem ich sprach. Ich rede natürlich von den Außerirdischen."

„Verzeihen Sie, Doktor", nahm der Sheriff sie in Schutz. „Hannah ist eine sehr dickköpfige Dame. Sie kann manchmal sehr direkt sein."

„Das merke ich", antwortete Doktor Medin und legte etwas Wärme in die Stimme. „Hannah, warum bist du nach Greenwood gekommen?"

„Die wollten mich eigentlich von Washington aus mitnehmen, aber ich bat sie, mich von meiner Mama, meinem Daddy, meiner Oma und meinem Großvater zu verabschieden. Ich habe sie alle in Greenwood verloren, und die Außerirdischen haben mir das erlaubt. Die meinten, sie holen mich dann eben in Greenwood ab. Das sei kein Problem."

Der Doktor gab Hannah die Anweisung, die Zunge auszustrecken, um in den Rachen hineinzuschauen und einen Abstrich zu machen; und sie tat dies mit dem größten Vergnügen. Dann suchte er ihren Körper nach äußerlichen Verletzungen ab.

„Nichts Verdächtiges. Sie scheint nicht mit dem Kopf gegen etwas gefallen oder gestoßen zu sein. Ich vermute vielmehr ein Trauma, welches den Realitätsverlust zum Selbstschutz ausgelöst hat."

Sie kaufen mir das wirklich ab, dachte Hannah. *Selbst der Arzt! Spiele ich meine Rolle so überzeugend? Oder bin ich wirklich verrückt? Es ist ja auch irgendwie verrückt, eine Verrückte zu mimen, oder? Dabei fühle ich mich ganz normal. Woran hat der Doktor festgestellt, dass mit mir etwas nicht stimmt? Dass ich wahnsinnig bin? Kann er in meinen Kopf hineinsehen?*

„Hannah, darf ich dir etwas für die Reise mitgeben? Immerhin ist das Fliegen im Weltraum für den Körper sehr anstrengend", versuchte Doktor Medin Hannah zu überzeugen, während er zum Apothekerschrank ging und eine Schublade öffnete.

Hannah schüttelte den Kopf. „Nein, die sagen, ich soll rein sein. Ohne Tabletten und solchen Sachen. Ich will keine

Medizin."

„Schön, dann denke ich, dass wir hier fertig sind", sagte Doktor Medin.

Freudestrahlend schwenkte Hannah ihren Kopf zum Sheriff, der gequält zurücklächelte.

Ein Stich!

Eine Spritze!?

Das Lächeln in ihrem Gesicht verschwand. Mit offenem Mund und großen Augen bemerkte sie, wie Mr. Baxters Erscheinung zunehmend verschwamm, der ebenso überrascht wirkte wie sie. Auch er hatte nicht bemerkt, wie der Mediziner die Spritze aus der Schublade genommen und Hannah injiziert hatte. Er schaute Hannah an, bis sie rasch wegnickte.

„Glauben Sie mir, Sheriff, das ist besser so für sie", sagte der Mediziner nüchtern. Dann ließ er den Sheriff links liegen, griff zum Telefon und wählte eine Nummer.

„Hallo, hier ist Doktor Medin ... ja ... bitte schicken Sie mir einen Wagen. Ich habe eine Patientin für Sie."

Die Hörmuschel landete wieder auf der Gabel.

„Wo bringen Sie sie hin?", fragte der Sheriff.

„Wo man sich um sie kümmert. Ich kann Hannah nicht hierbehalten."

„Was haben Sie ihr gegeben? Vielleicht steckt sie noch unter Schock und muss sich einfach nur ausruhen?"

„Sie steht weder unter Schock noch unter dem Einfluss von Medikamenten oder Drogen. Das ist ein Kopfproblem, wie mir scheint."

„Aber ..."

„Vertrauen Sie mir."

„Ich kann Hannah doch mitnehmen und mich selbst um

sie kümmern?"

„Ich danke Ihnen, Sheriff, aber ab hier übernehmen wir", würgte der Doktor ihn ab.

Dem Sheriff missfiel die Art, wie der Doktor ihn anschaute, verließ dennoch schweigend das Sprechzimmer.

Hoffentlich habe ich keinen Fehler gemacht, dachte er.

Die Fahrt ins Ungewisse

Trevor saß im Cadillac, in Sichtweite der Praxis, und beobachtete, wie der Ordnungshüter diese verließ, in sein Dienstfahrzeug stieg und seinen zuvor abgenommenen Hut auf den Beifahrersitz ablegte, um dann mit dem Hinterkopf minutenlang an der Kopflehne seines Sitzes zu verharren.

Wieso fährt der Sheriff nicht los?

Ein schwarzer Lieferwagen ohne Kennzeichen bog in die Straße ein und stoppte vor der Praxis. Zwei Männer in schwarzen Uniformen stiegen aus, holten eine Rollbahre aus dem hinteren Teil des Wagens heraus und gingen mit dieser hinein.

Was sind das für Typen? Sanitäter?

Trevor konnte die Männer nicht zuordnen. Deren schwarzen Uniformen trugen keine Schriftzüge oder Abzeichen. Und es vergingen nur ein paar Minuten, bis sie wieder herauskamen. Mit einer Patientin auf der Rollbahre.

Hannah!

Sie luden Hannah in den Lieferwagen und fuhren los. Der Sheriff setzte sich direkt dahinter. Und auch Trevor nahm – mit etwas Abstand – die Verfolgung auf. Doch davon ließen sich die beiden Männer in den schwarzen Uniformen offenbar nicht verunsichern. Sie folgten dem Verlauf der Hauptstraße. Der Mississippi River auf der einen Seite, der Wald auf der anderen. Es ging zurück nach Greenwood. Im Ort blinkte der Transporter und bog in einen kleinen Seitenweg ab, fuhr runter zum Mississippi River. Der Sheriff fuhr weiter geradeaus.

Die fahren mit Hannah zur Insel!

Trevor beschloss, beim Lieferwagen zu bleiben. Was auch immer der Sheriff vorhatte, wohin auch immer er jetzt hinfuhr, musste warten. Er parkte den Cadillac am Rand der Seitenstraße und versteckte sich in der Uferböschung.

Die Sonne leitete ihren Feierabend ein, die Luft kühlte sich ab. Der Nebel schwebte formlos am Flussufer umher. Er tanzte wie eine Ansammlung toter Seelen um das Gebäude herum und hüllte die Insel zunehmend ein. Allein der oberste Stock des imposanten Gebäudes thronte noch über den grauen Dunst.

Sprach der Rabe: Nimmermehr, dachte Trevor. *Ein idealer Schauplatz für Edgar Allan Poe.*

Der Krankenwagen hielt am Flussufer. Es folgte ein Wortwechsel zwischen dem Fahrer und dem Wachmann. Letztere sprach sodann in sein Walkie-Talkie und setzte damit – inmitten des grauen Schleiers – etwas in Gang.

Eine Zugbrücke!

Der Rettungswagen überquerte die heruntergelassene Brücke und wurde vom dichten Nebel verschlungen. Die roten Rücklichter waren am längsten zu sehen, dann verschwanden auch sie.

Vom Wachposten weiterhin unbemerkt, hockte Trevor am Rand des Flusses und starrte auf die von der Natur hochgezogene graue Wand, hinter der sich die Insel verbarg. Die Sekunden vergingen wie Minuten, und die Minuten wie Stunden.

Wenn das bloß kein Fehler war! Warum bist du so ein Sturkopf, Hannah? Warum warst du so besessen darauf, dich dort einschleusen zu lassen? Ich wünschte, ich hätte dich davon abbrin-

gen können. Ich bete für dich.

Irgendwann übermannten ihn der Hunger und die Müdigkeit. Er machte sich klar, dass er heute nichts mehr ausrichten konnte, kehrte zu seinem Wagen zurück und blieb in diesem sitzen. Er fragte sich, wie die Hotelangestellten reagieren würden, wenn er allein zurückkehrte, und schlief irgendwann erschöpft ein.

Erst am nächsten Morgen kehrte Trevor in das Hotel zurück, in dem er mit Hannah das Zimmer bezogen hatte. Allein, ohne seine weibliche Begleitung, wurde er in der Lobby von Mr. Pukowski freundlich begrüßt. „Guten Morgen, Mr. Banks. Ich hoooffe, Sie beide haben bisher einen aaangenehmen Aufenthalt bei uns."

„Guten Morgen, Mr. Pukowski! Alles bestens! Vielen Dank", antwortete Trevor. Eiligen Schrittes ging er an der Rezeption vorbei und über die Treppenstufen hinauf auf sein Zimmer, wo er erschöpft die Tür hinter sich schloss. Die darin herrschende Ruhe sowie der Blick in den Spiegel bewegten ihn jedoch dazu, das Zimmer wieder zu verlassen und durch St. Louis spazieren zu gehen. Er wollte auf andere Gedanken kommen.

Auf dem Weg nach draußen, erneut allein und ohne Hannah an der Rezeption vorbei, wurde er von Mr. Pukowski ein weiteres Mal lächelnd gemustert, ließ sich aber nichts anmerken.

Zeugenaussage: Mr. Pukowski

Mr. Pukowski wollte unbedingt etwas zu dem Fall sagen und seine Meinung loswerden. Er sprach nasal und hatte eine merkwürdige Art an sich, was die Betonung von Wörtern anging. Unklar, ob gewollt oder nicht.

Wie seeehe ich aus? Darf ich anfangen?

(ich nicke und gebe ihm das Zeichen, sprechen zu dürfen)

Wiiissen Sie, ich habe es von Aaanfang an gewusst. Ich habe es förmlich an deren Naaasenspitzen erkannt. Als die beiden zu mir an die Rezeption kamen, wusste ich sofooort, dass die niiieeemals verheiratet sein konnten, zumindest nicht aus Liiiebe. Und weeenn, dann nur der Mann. Wie er sie aaangeschaut hat. Seine Augen straaahlten förmlich. Wenn sie ihn berührte, schien das jedes Mal ein Feeeuerwerk in ihm auszulösen. Er war ein gefühlvoller Kerl. Außen ruhig und innen ein brodelnder Vulkaaan.

(Mr. Pukowski bewegt seinen Brustkorb wie ein paarungsbereiter Gorilla).

Sie wissen jaaa, stille Wasser sind tief. Ich steeehe auf solche Typen. Ich beneidete die junge Frau. Sie hatte solch einen tollen Faaang gemacht, auch wenn sie nicht dasselbe für ihn empfand, wie er für sie. Dass dies zu einem Problem, ja, zu einer Krise führen musste, war mir von Anfang an klar. Wiiissen Sie, an der Rezeption zu arbeiten, kommt einem Baaarkeeper gleich, verstehen Sie? Man bekommt ein Gespüüür dafür, wie Menschen ticken. Ob die Beziehung aufrecht und ehrlich ist, oder ob sie zerrüttet ist. Bei Mr.

Baaanks wurde ich misstrauisch. Ich habe seine Frau nur beim Einchecken und am nächsten Morgen gesehen. Danach ging er allein ein und aus. Das hätte jeeeden stutzig gemacht, oder etwa nicht? Ich meine, die beiden waren in ihren Fliitterwochen. Würden Siiie, Inspektor, da die Finger von Ihrem frischen Ehepartner lassen? Es sah für mich wie nach einem groooßen Kraaach aus. Sehr seltsam. Aber soll ja vorkommen. Auch bei uns im Hotel. Doch selbst, wenn dem so wäääre, warum zeigte die Frau sich nicht mehr? Sie kam nicht, um auszuchecken; und auch nicht, um nach einem anderen Ziiimmer zu fragen. Keiner vom Personaaal hatte die Frau seit diesem Morgen gesehen. Weder lebendig noch tot. Das war gruuuselig. Ich meine, vielleicht lag ihre Leiche noch auf dem Zimmer, auf dem Beeett oder in der Badewanne, eingewickelt im Duschvorhang? Oder hatte er sie irgendwo draußen ermordet und im Wald verbuddelt?

Sie merken, wie uuunsicher wir uns gefühlt haben.

Isolation

Ein Lichtstrahl schimmerte durch die geschlossenen Augenlider. Schwach, aber hell genug, um ihn wahrzunehmen. Die Augen langsam öffnend, entdeckte sie knapp unter der Decke ein kleines Gitterfenster. Ohne Stuhl oder Leiter war dieses unerreichbar; und darüber hinaus für einen Menschen zu klein und zu eng, selbst für Hannahs schlanke Taille.

Die Sonne versuchte, dem gegenstandslosen Raum etwas Leben einzuhauchen und schickte ein paar feine Strahlen durch das kleine Fenster. Sie berührten den gummibeschichteten Fußboden und verfehlten die gepolsterte Tür mit verschließbarem Guckloch nur knapp. Die Wände waren ebenfalls weich ausgekleidet. Unmöglich, sich an diesen zu verletzen, es sei denn, man lief mit gesenktem Kopf voran gegen diese und zöge sich, aus einem unglücklichen Winkel heraus, einen Wirbelbruch zu. Wobei dieser Verletzung der Tod unmittelbar folgen würde.

Eine Gummizelle?

Dann der nächste Schock: Als sie geschlafen hatte, hatte man sie in eine Zwangsjacke gesteckt. Nur ihre nackten Beine waren frei.

Wo bin ich? Hat man mich eingewiesen? Hat mich der Arzt für verrückt erklärt? Woran hat er das diagnostiziert?

Eine Bewegung in ihrem Augenwinkel.

Wer ist da?!

„Hallo?!"

Hannah glaubte, in einer Ecke der Zelle kurzzeitig eine Silhouette erkannt zu haben.

Ist hier jemand?

„Wer ist da?"

Niemand antwortete.

Niemand zeigte sich.

Hannah fühlte sich auf dem Boden liegend hilflos. So gut wie es mit gefesselten Armen und Händen ging, setzte sie sich aufrecht hin. Dabei verhielt sie sich ruhig, um die Person nicht zu erschrecken.

Plötzlich hob der schwache Lichteinfall den Zipfel eines weißen Kleides hervor, mit einem kleinen Bein daran, ehe es wieder verschwand. Zwar nur für einen Augenblick, aber Hannah war sich sicher, dass es ein Kind war.

Warum sperrt man hier ein unschuldiges Kind ein?

Ist es real oder eine Einbildung?

„Ich tue dir nichts", sagte sie mit sanfter Stimme. „Wir sind beide hier drin gefangen. Wie heißt du?"

Das Kind schwieg.

„Ich heiße Hannah!"

Wieder erschien im schwachen Lichtstrahl der Saum des Kleidchens, mit Blut beschmiert.

Ist das etwa? Nein, das kann nicht sein. Hannah, du träumst. Es kann unmöglich das Mädchen von der Insel sein, welches meine Eltern und Großeltern als Kinderphantasie eingestuft hatten. Es müsste jetzt mindestens so alt sein wie ich.

Ein Klacken an der Tür; und das Kind löste sich auf. Hinter dem Guckloch der Zellentür, dessen Klappe von außen beiseitegeschoben worden war, funkelte etwas.

„Wer ist da?", fragte Hannah und erblickte ein fremdes Auge, es spähte durch das Guckloch. Hannah versuchte, hektisch aufzustehen, scheiterte aber und fiel weich. Unter ihrer Zwangsjacke kribbelte es.

„Wer ist da? Ich sehe dich!"

Das Auge antwortete nicht.

Hannah startete einen weiteren Versuch, dieses Mal überlegter und langsamer, und es gelang ihr, auf die Knie zu kommen.

„Hey!", schrie sie.

Auf den Knien sitzend, war das Aufrichten ein Leichtes. Sie drückte sich vom Boden ab und stand auf ihren Füßen.

„Warum sagen Sie nichts!?"

Zu ihrer Unsicherheit kam Verzweiflung hinzu, angehaucht mit Aggressionen.

„Ich kann dich sehen!"

Sie rannte auf die Tür zu, und das Auge verschwand. Die Schreie gegen das Guckloch, das sich wieder schloss, dienten eher ihrem Stressabbau, als dass es ihr dabei half, aus der Zelle auszubrechen. Sie trieb in einem Astronautenanzug durchs Weltall, ohne die Möglichkeit einer sicheren Rückkehr zur Erde. Sie steckte in einem kleinen U-Boot auf dem Grund der Tiefsee fest. Ihr Geschrei brachte nichts ein, außer den begrenzten Sauerstoff unnötig schnell zu verbrauchen. Der Schall erstickte im Keim. Die Dämmung der Gummizelle ließen Hannahs Schreie auf der anderen Seite verstummen.

Resigniert ließ sie sich auf den Gummiboden fallen und verkrümelte sich in eine Ecke des Raumes.

„Du musst stark sein, Hannah", motivierte sie sich selbst. „Du stehst das durch."

Sie hoffte, in der Einrichtung auf der Insel zu sein; und nirgendwo anders. Und sie hoffte, dass Trevor sie heil herausbekam.

Halte durch! Es sind nur ein paar Tage.

Nach und nach zogen sich die Sonnenstrahlen von der Tür zurück. Die schwachen Schatten der Fenstergitter auf dem Gummiboden waren auf dem Rückmarsch. Und das Mädchen mit dem blutbeschmierten Kleid zeigte sich nicht mehr.

Hannah war in der Gummizelle allein, allein mit ihren Gedanken. Sie fragte sich, ob ihr tiefes Verlangen, die Anstalt von innen sehen zu wollen, nicht ein Fehler gewesen war. Jenes Verlangen, welches sich in den Kindheitstagen fest in ihr Gehirn eingebrannt hatte und nun von den Selbstzweifeln zerrissen wurde.

Als Hannah später tief und fest schlief, durchdrang ein Lichtstrahl das raumausfüllende Schwarz. Das Licht kam nicht vom leuchtenden Nachtkörper am Himmel – dieser wurde von dunklen Wolken abgeschirmt –, es stammte von einer Lichtquelle hinter dem Guckloch, welches geöffnet worden war.

Das Auge war wiedergekommen; und es blinzelte in die Zelle hinein. Das Auge war gekommen, um nach der Insassin zu schauen. Das Auge war gekommen, um sich Hannah zu holen.

Das Erwachen

Das Gehirn signalisierte ihr, dass ihr etwas am Bein hochkroch. Sanft und zärtlich, nur ein leichter Hautkontakt, fast darüber hinwegschwebend. Für ein Insekt war die Berührung zu großflächig, für eine Maus zu leicht.

Eine Hand?

Aufgeschreckt schlug Hannah ihre Augen auf. Sie lag in einem Bett, an dessen Fußende ein Mann saß, Ende vierzig. Er trug einen weißen Kittel. An seiner Seite eine junge, gutaussehende Krankenschwester mit schwarzen Haaren. Sie war in Hannahs Alter.

„Sehen Sie, Betty, die Patientinnen werden dabei immer wach", sagte der Mann.

Betty war mit ihren geflochtenen Zöpfen und ihrem Krankenschwesterdress ein Männermagnet, der offensichtlich auch beim Doktor funktionierte. Sein kurz um die Hüfte der Krankenschwester gelegte Arm löste bei ihr ein Kichern aus.

Hannah befand sich nicht mehr in der Gummizelle, und statt der Zwangsjacke trug sie jetzt ein Kleid oder eine Art langes Nachthemd. Ihre Hand- und Fußgelenke waren mit Handschellen am Kopf- und Fußende des Bettes gefesselt.

War die Gummizelle nur ein Traum?

Hannah rüttelte an den Handschellen, die sich bei jeder Bewegung in die Gelenke schnitten.

„Die Dinger sind eine reine Vorsichtsmaßnahme", sagte der Arzt. „Eigentlich besteht dafür kein Anlass, aber sicher ist sicher." Er schaute tief in Hannahs verunsicherten Augen. „Wenn Sie mir versprechen, ruhig zu bleiben, dann werde ich Sie davon befreien. In Ordnung?"

Der Arzt strahlte auf Hannah eine gewisse Sympathie und Selbstsicherheit aus, und sie nickte.

„Ich betrachte das als ein *Ja*."

Mit angehaltenem Atem ließ Hannah den Doktor an sich herankommen, sie behielt jede seiner Bewegungen im Auge. Er beugte sich über sie und öffnete zuerst die Handschellen am Hand- und Fußgelenk zur Wandseite, dann die anderen beiden.

Als er wieder am Fußende des Bettes Platz nahm, fragte Hannah sich, ob er ihre Brüste dabei versehentlich oder mit Absicht gestreift hatte. Bettys eifersüchtigem Gesichtsausdruck nach mit Absicht.

Hannah rieb erleichtert ihre Handgelenke. Wo zuvor die Handschellen angelegt waren, zierten nun rote Wundringe.

„Ich werde Sie mit Hannah anreden. Ich bin Dr. Friedgeist", sagte der Doktor und zeigte dann auf die brünette Krankenschwester mit geflochtenen Zöpfen. „Und das ist, wie Sie sicherlich schon mitbekommen haben, Betty."

„Sie kennen meinen Namen?"

„Dr. Medin hat einen Vermerk geschrieben und mir mitgeschickt, als Sie eingeliefert wurden." Dr. Friedgeist durchblätterte eine Akte. Vermutlich eine, die für Hannah angefertigt wurde und in der während ihres Aufenthalts alles festgehalten werden sollte.

„Hannah, können Sie mir sagen, weshalb Sie hier sind?" Der Doktor schlug eine neue Seite in der Akte auf, zückte einen Stift aus seinem Kittel hervor und drückte an dessen Ende, um die Mine rausschießen zu lassen.

„Nein", antwortete Hannah, wobei das Schauspiel vor ihrem geistigen Auge ablief; wie sie im abgebrannten Haus ihrer Großeltern getanzt und im regendurchnässten Kleid gefroren hatte.

„Sagt Ihnen Greenwood etwas?"

„Greenwood?" Hannah hielt kurz inne. „Da haben meine Großeltern gelebt. Ich habe dort regelmäßig meine Ferien verbracht, oder auch mal die Wochenenden."

Der Arzt machte sich eine Notiz. „Was verbinden Sie mit dem Ort?"

„Sie meinen positive und negative Erinnerungen?"

„Zum Beispiel."

„Positive gibt es bestimmt viele, aber ich war noch so jung. Ich kann mich nicht mehr daran erinnern. Ich glaube, ich hatte eine fröhliche Kindheit. Ich habe oft am Flussufer des Mississippi gespielt, der hinter dem Haus meiner Großeltern entlang fließt. Aber es gibt auch negative Erinnerungen an Greenwood. Ich war zehn, als meine Großeltern bei einem Verkehrsunfall starben, nicht weit von Greenwood entfernt. Wenige Tage danach starb mein Vater, auch in Greenwood. Vermutlich eine Vergiftung, die er sich beim Essen auf der Beerdigung meiner Großeltern zugezogen hat."

„Wie sind Sie mit dem Verlust Ihrer Großeltern und Ihres Vaters umgegangen?"

„Ich denke ganz gut. Es gab natürlich die Phase des Trauerns, aber die trat mit der Zeit in den Hintergrund. Das Leben muss ja weitergehen. Und selbstverständlich denke ich noch heute an sie. Sie leben in meinen Erinnerungen weiter."

„Was machen Sie gegenwärtig?"

„Ich besuche ein College in Washington, studiere dort Englische Literatur." Hannah blickte zu Betty, die ihr Kaugummi im Mund umherschob. Sie wollte gegenüber dem Doktor nicht erwähnen, dass sie in Wahrheit eine Journalistin war. Wobei der Mediziner ihr das sowieso nicht abgenommen hätte. Ein Besuch an einem College schien passender. Vorerst.

„Und was macht Ihre Mutter? Wie ist sie mit den Verlusten umgegangen?" Während der Arzt eine Notiz nach der anderen machte, spielte Krankenschwester Betty scheinbar gelangweilt mit ihren Zöpfen.

„Sie ist vor einem halben Jahr gestorben. Im Haus meiner Großeltern." Hannah schmunzelte, sie konnte selbst nicht glauben, dass alle an diesem einen Ort starben, der kaum Einwohner hatte und so friedlich und seelenruhig daher schien. „Wir hatten das Haus nach dem Tod meiner Großeltern behalten und an Urlauber und Durchreisende vermietet. Meine Mutter war all die Jahre allein hingefahren, um nach dem Rechten zu sehen. Sie konnte das Haus einfach nicht aufgeben; sie konnte sich einfach nicht davon lösen. Und ausgerechnet dann, wenn ich das erste Mal nach Jahren wieder Greenwood besuche, kommt sie in den Flammen um. Ich war joggen, als das Haus abbrannte."

Obwohl Hannah die Wahrheit sagte, klang das Gesagte beängstigend. An derartigen Geschichten durften wohl schon so manche Seelen zugrunde gegangen sein.

„Greenwood hat Sie definitiv geprägt. Aber wissen Sie auch, was Sie gestern dort gemacht haben?"

Hannah schüttelte den Kopf. „Nein."

Betty brachte sich mit gelegentlichem Kichern in den Dialog ein. Hannah musste beim Anblick der Krankenschwester an ein Pin-up-Girl denken, jene, die an Innentüren von Spinden hingen. Betty hätte ebenso ein Schulkleid tragen und mit ihrer Zunge an einem großen, runden Lolli lutschen können. Doktor Friedgeist würde das mit Sicherheit gefallen. Obwohl sein Haupthaar mitsamt den Ratsecken allmählich ausstarb, hatte er ein durchaus attraktives Gesicht. Er dürfte bei den Frauen sicherlich nach wie vor gut punkten – zumindest bei denen in seinem Alter –, denn die Jahre des Eroberns junger Frauen lagen definitiv hinter ihm, fand Hannah. Dennoch glitten seine Finger immer wieder über Bettys Rücken und Beine. Und Betty ließ gewähren; es schien ihr sogar zu gefallen. Hannah fand das abartig.

„Glauben Sie an UFOs und Außerirdische?", fragte der Arzt weiter. In seinem Gesicht gab es keine Anzeichen von Mitgefühl. Er nahm die Informationen nüchtern und objektiv auf.

„Nein", antwortete Hannah. „Obwohl in diesem Sommer viele UFOs über Washington gesichtet worden sind und in den Nachrichten derzeit viel über Aliens berichtet wird, bin ich Realistin und diesem Phänomen gegenüber skeptisch."

Im Vergleich zu meiner wahren Vergangenheit ist die Geschichte mit den UFOs, die mich abholen, nur die Würze meiner Rolle als Verrückte, dachte Hannah.

„Okay." Der Stift kreiste über die Seite der geöffneten Akte.

Hannah traute sich immer noch nicht, sich zu erheben. Sie lag weiterhin flach auf dem Bett. „Was ist mit mir? Können Sie mir darauf eine Antwort geben? Ich würde nämlich gern wieder nach Hause."

Natürlich will ich ein paar Tage hierbleiben, aber das soll der Doktor ja nicht wissen.

„Ich habe so meine Vermutungen", sagte der Doktor und schlug die Akte zu. „Es erscheint mir jedoch zu früh, Sie nach Hause gehen zu lassen. In ein paar Tagen wissen wir mehr."

Jackpot.

Die ersten Schritte in der neuen Welt

Der Doktor begab sich zur Tür, die sich zum Flur hin öffnete, und rief nach einer weiteren Krankenschwester, die das Zimmer betrat. Ihre Erscheinung war die einer Rubensdame auf Schokoladenentzug. Und ihrem Gesichtsausdruck nach, hatte es schon lange keine Schokolade mehr für sie gegeben.

„Hannah, das ist Schwester Dolores. Sie gehen mit ihr."

„Wohin?", wollte Hannah wissen.

Statt eine Antwort darauf zu geben, verließen der Doktor und Betty das Zimmer. Schwester Dolores hingegen war noch da. Mit einer grimmigen Visage befahl sie Hannah, ihr zu folgen. Und während Hannah hinter Dolores breiten Schultern den Korridor des Kellergewölbes entlanglief, blieb ihr die Sicht nach vorn versperrt. Dabei gewann sie die Erkenntnis, dass der Krankenschwesterdress an Dolores weniger attraktiv aussah als bei der sexy Betty. Die aktuelle Version vor ihr glich einer Presswurst.

Bewundernswert, was so alles in Textilien verpackt werden kann, ohne dass die Nähte platzen. Das sieht schon sehr grenzwertig aus.

Hannah versuchte, Einblicke in die Räumlichkeiten zu gewinnen, die sich links und rechts des schnurgeraden Korridors erstreckten. Bis auf eine Ausnahme waren die Türen verschlossen. Aus dem einzig offen stehenden Raum drang ein hoher und schriller, sich in den Schädel bohrender Ton. Dann ein mit Schmerzen behafteter Schrei.

Eine Frau?
Wird sie gefoltert?
Ich muss …

Mit der Gefahr, von Dolores erwischt zu werden, spähte Hannah im Vorbeigehen in den Raum hinein, der alles andere als hygienisch und steril wirkte. Der Boden war versifft. Alle Arten von Flüssigkeiten, die mit der Zeit zu Boden getropft waren (Blut, Speichel, Wasser, Tränen), hatten sich zu einer undefinierbaren Suppe vereint und im Bodenbelag verewigt. Auf dem OP-Tisch lagen Skalpelle, Mörderspritzen, Meißeln und Zangen unsortiert herum; sie waren ungepflegt und modrig. Verschiedene Bohrer hingen in einem verrosteten Kasten an der Seite des Behandlungsstuhls. Einer der Bohrer war gerade im Einsatz. Und so wie die Frau auf dem Behandlungsstuhl schrie, wünschte Hannah sich, dass man die Frau zuvor betäubt hätte. Stattdessen erlitt die Patientin die Behandlung bei vollem Bewusstsein. Der Zahnarzt ignorierte ihre Schreie. Immer wieder trat er auf das Fußpedal, um den Motor des Bohrers zu aktivieren.

Die Frau war mittleren Alters und ähnlich leicht bekleidet wie Hannah. Aus ihrem offenen Mund floss unaufhörlich Blut. Ihre Augen waren mit Tränen volltränkt, so dass sie die vollkommen verstaubte Deckenlampe nicht erkennen konnte, die über ihr dunkelgelb leuchtete.

Ohne in den Mund der Patientin schauen zu können, empfand Hannah dieselben Schmerzen. Sie spürte, wie der Bohrer über ihre eigenen Zähne rumpelte und die Oberfläche zertrümmerte; dabei auch mal zur Seite sprang und das Zahnfleisch traf.

Ich würde sterben vor Schmerzen. Warum machen die das?

An der hinteren Wand des Behandlungszimmers standen

Regale mit Einmachgläsern darin, in denen Zähne mitsamt den Wurzeln in einer Flüssigkeit eingelegt waren.

Zugegeben, auch Verrückte haben Zahnschmerzen, aber das kann unmöglich ein Zahnarzt sein. Zudem gleicht der Raum einer Folterkammer aus dem Mittelalter, dachte Hannah. *Bei diesem medizinischen Standard komme ich am Ende kränker heraus, als ich hineingekommen bin. Und warum werden die gezogenen Zähne der Patienten aufbewahrt? Irgendwie schräg. Hoffentlich amputieren die keine Gliedmaßen wie Arme, Beine, Hände oder Füße.*

Neben dem Zahnarztstuhl stand eine Krankenschwester. Sie bemerkte Hannah und zog die Tür zu. Hannah, die sich ertappt fühlte, schloss zu Dolores auf, die weitergegangen und ihr jetzt zwei Schrittlängen voraus war. Sie hatte Hannahs schnüffelnde Blicke nicht registriert; oder zumindest ignoriert.

Sie erreichten das Ende des Kellergewölbes und blieben vor einer Eisentür stehen, die mit einer dicken Eisenkette verriegelt war. Nach einem kurzen Fuchteln am Schlüsselbund fand Dolores den passenden Schlüssel, entfernte die Kette und öffnete die Tür. Dann gab sie Hannah mit einer Handgeste den Befehl, zu passieren. Hannah gehorchte.

Vor ihnen – oder besser gesagt, über ihnen –, erstreckte sich ein dunkles Treppenhaus, welches bis in das höchste Obergeschoss verlief. Nur über das Glasdach drang spärlich Licht hinein. Am Geländer zum Treppenauge hin war durchgehend ein Gitter montiert, welches verhinderte, dass die Insassen sich in die Tiefe stürzten.

Auf Hannah wirkte das Treppenhaus wie ein Gehege, in dem ein Raubtier lebte, das in einer der dunklen Ecken lauerte. Es drohte, zu jeder Sekunde aus dieser hervorzuspringen und die Beute ohne eine Chance der Gegenwehr zu zerreißen.

Hannah drehte sich zur Oberschwester, um weitere Konstruktionen zu erhalten. Dabei registrierte sie einen Wachmann, der ebenfalls die Eisentür durchschritt und hinter ihnen diese wieder verriegelte.

War der Mann etwa schon die ganze Zeit hinter uns gewesen?

Hannah ging der übergewichtigen und schnaufenden Dolores hinterher und bahnte sich ihren Weg nach oben. Dabei wurde ihr Atem flacher, und die Luft, die sie einatmete, schien bereits verbraucht.

Eisentüren, Gummiwände, Gitter und gebrochenes Licht: Soll das mein Alltag werden?

Hinter einer weiteren verriegelten Eisentür, die Dolores öffnete, erstreckte sich Hannahs neue Heimat: ein mit Tageslicht durchfluteter Trakt. Die Insassinnen, die hier untergebracht waren, zeigten kein Interesse an ihr. Manche von ihnen wandelten allein umher oder hockten abgeschieden in einer Ecke. Andere saßen in kleinen Gruppen an Tischen und schwiegen sich an oder redeten ziellos aneinander vorbei. Nur eine Frau visierte Hannah mit ihren blassen hellblauen Augen an.

„Man durchschreitet diese Tür nur zweimal. Einmal kommt man durch diese hinein. Als Mensch. Mit einer Seele, und sei diese noch so verwirrt. Beim zweiten Mal geht man durch diese hinaus; und man wird zum Geist. Man kommt nie wieder zurück. Man geht für immer."

Die Frau war in ihrem Monolog dermaßen vertieft, dass Hannah dachte, die Frau würde durch sie hindurchsehen.

Will die Frau mir etwas sagen oder zitiert sie aus einem Buch?

Derweil flüsterte Dolores einer anderen Krankenschwester etwas ins Ohr. Es war Betty. Jene Betty, die wenige Minuten zuvor mit dem Doktor am Bett gestanden hatte. Jene Betty mit der zwei Zöpfen und der Figur eines unschuldigen Schulmädchens. Und das Kaugummi wanderte noch immer in ihrem Mundraum umher.

Da ist sie wieder, das fleischgewordene Pin-up-Girl.

Kaum hatte sie den Gedanken beendet, wurde sie von Dolores in einen Raum gezogen, der sich am Anfang des Traktes befand. Die Tür schloss sich, und die passiven und lustlos vor sich hin lungernden Frauen wie auch der Wachmann verschwanden aus Hannahs Sichtfeld.

Der Beauty Shop

Es herrschte Stille. Stille zwischen Hannah und Dolores.

Oberflächlich betrachtet, wirkte das Bad sauber. Die Wände waren gekachelt, der Boden gefliest. Ideal, um den Raum von Wasser, Schmutz und Blut zu befreien. Wäre da nicht der faule Geruch, der aus dem Abfluss emporkroch.

Die kleinen Fenster außerhalb der Reichweite menschlicher Arme waren so winzig, dass nur Schlangenmenschen diese bezwingen konnten, und sie waren genauso klein, wie das Fenster in der Gummizelle, in der Hannah gesessen hatte. Die Fenster ähnelten denen im Keller von Hannahs Großeltern, nur waren diese etwas größer gewesen. An Regentagen hatte Hannah sich oft mit den Zehenspitzen auf den dort herumstehenden Kisten gestellt und nach draußen geschaut. Sie mochte es, die Regenwürmer zu beobachten, wie diese aus dem Erdboden gekrochen kamen; und wie der eine oder andere von ihnen von einem Vogel geschnappt wurde. An sonnigen Tagen, wenn ihre Großmutter im Keller die Wäsche wusch, lag Hannah auf der Wiese und schaute von draußen hinein.

Die beiden Frauen standen vor drei Badewannen, die nebeneinander aufgereiht waren. Die Badewanne, die in der hintersten Ecke des Raumes stand, war bis zum Rand mit Wasser aufgefüllt und mit einer Plane bedeckt. Die Abdeckplane sah wie eine überdimensionale Zwangsjacke aus, die mit ihren unzähligen Armen den Bauch der Wanne krakenähnlich umfasste. Nur an einem Ende war die Plane ein

Stück aufgerollt. Hannah erschauderte.

Wozu die Abdeckung?

Wozu das Wasser darin?

Soll ich da etwa rein?

„Zieh dich aus!", befahl Dolores mit der tiefen Stimme einer Kettenraucherin.

„Warum?", erwiderte Hannah. Sie fror und rubbelte mit den Händen über ihre Oberarme, um zumindest gefühlt so etwas wie Körperwärme zu bekommen, denn das Nachthemd, welches sie trug, war viel zu dünn.

„Klamotten runter!", befahl Dolores ein weiteres Mal und griff mit ihrem Metzgerunterarm zu einer Duschbrause, die an der weißen Kachelwand hing.

„Ich will nicht!", simulierte Hannah den Widerstand, aber da schossen schon die ersten Wasserstrahlen aus der Duschbrause zu Boden.

„Ich kann dich auch in deinem Hemd nass machen. Du musst nachher darin schlafen, nicht ich."

Mit dem Gesicht zur Wand und dem Rücken zur kräftig gebauten Krankenschwester streifte Hannah sich das Nachthemd ab und warf es blind zur Tür.

„Stell dich nicht so an, Mädchen", kommentierte Dolores das Verhalten der Patientin nüchtern und kühl. „Als ob ich dir etwas abschauen könnte."

Bei den ersten Wassertropfen auf dem Rücken, die noch kälter waren als die Raumtemperatur, zuckte Hannah zusammen; und als der harte Wasserstrahl über die Haare und über den mit Gänsehaut überzogenen Körper strömte, hielt sie ihre Hände schützend vors Gesicht.

„Soll mir einer mal erklären, was die Männer an Mädchen und Frauen wie dir finden", sagte Dolores frustriert, während sie Hannahs Wirbelsäule und leicht hervorstehenden Beckenknochen betrachtete.

„Umdrehen!"

Zögerlich und wortlos drehte Hannah sich herum und führte ihre Hände und Arme vor die Brüste und dem Intimbereich.

„Kannst deine Arme und Hände ruhig wegnehmen. Was soll ich dir denn abschauen? An dir ist doch nichts dran. Kein Arsch und gerade einmal eine Handvoll Titten. Ich verstehe die Männer von heute nicht. Wie etwa Dr. Friedgeist. Der läuft dieser mageren Betty wie ein geiler Hengst hinterher. Früher zogen Männer wahre Kurven vor; und keine hautüberzogenen Skelette wie euch."

Die Duschbrause wanderte unbeeindruckt auf und ab. Ihre harten Strahlen schossen gnadenlos über die zarte Haut.

Hannah hatte keine Wahl, als die Prozedur über sich ergehen zu lassen; wie auch den aus Frust und Enttäuschung bestehenden Monolog von Dolores.

„Noch seid ihr jung und ist eure Haut schön straff, aber in ein paar Jahren, da wird sie schlaff. Eure Oberschenkel werden um das Vierfache anwachsen und eure Brüste werden hängen. Dann werdet ihr durch andere Frauen ausgetauscht, die jünger sind als ihr. Das machen Männer so, wenn sie älter werden. Männer dürfen älter werden. Während bei denen die Haut faltig wird, ihnen die Haare ausfallen und eine Wampe wächst, wollen sie trotzdem frisches Fleisch um sich haben. Da ist Dr. Friedgeist keine Ausnahme. Seine Jahre als Playboy sind Geschichte, dennoch springt Betty auf ihn an. Versteh Gott, wer will."

Der Wasserstrahl verlor an Kraft und versiegte. Nur vereinzelnd fielen noch Tropfen zu Boden, als die Duschbrause zurück an die Wand geführt wurde. Dann flog ein Handtuch auf Hannah zu.

„Nimm das zum Abtrocknen! Das dürfte genügen."

Kaum gefangen, zeigte sich in Hannahs Gesicht der pure Ekel. Das graue Handtuch war bereits feucht, verschmutzt und roch muffig. „Ich will ein neues Handtuch!"

„Du kannst das Hemd auch ohne dich abzutrocknen anziehen, wenn du willst. Dann wird es genauso nass wie dein Körper", antwortete Dolores gleichgültig und öffnete eine andere Tür als die, durch die beide zuvor hineingekommen waren.

Mit gemischten Gefühlen und die Frage ausblendend, wer sich zuvor in diesem muffligen und feuchten Handtuch abgerubbelt haben könnte, trocknete sie sich ab. Sie zog ihr Hemd an und begab sich zu Dolores, die bereits im Nebenraum auf sie wartete. Den Raum nannte man, wie Hannah von den Insassinnen später erfuhr, den *Beauty Shop*. Auf den ersten Blick ein gewöhnlicher Friseursalon mit zwei Frisörstühlen. Ein Spiegel, der über die gesamte Wand verlief, fing alles ein, was sich in diesem bewegte, was in diesem geschah und was sich auf diesem absetzte wie Staub, Spucke oder Blut. Und in den Haarbürsten, deren abgenutzten Borsten sich nach links und rechts bogen, hingen Haare von anderen Personen.

„Hinsetzen!"

Hannah spürte an ihrem Oberarm eine starke Hand, die ihr Schmerzen zuführte, sie zum Stuhl zerrte und auf diesen hinunterdrückte. Dann klappten an beiden Armlehnen Bügel herunter. Mit einem Klacken rasteten sie ein und fixierten Hannahs Unterarme. Vermutlich gab es auf der Hinterseite des Stuhls einen Knopf oder ein Fußpedal, der den Mechanismus ausgelöst hatte.

„Machen Sie mich los!", wehrte sich Hannah, wurde dann aber von bizarren und lauten Wortfetzen abgelenkt.

„Du Bastard!", schrie eine Furie draußen auf dem Korridor. „Ich habe dir zurecht dein Ding abgeschnitten!"

Für einen kurzen Augenblick tauchten im großen Spiegel eine aufbrausende Patientin und eine hinterherrennende Krankenschwester auf.

„Nancy, hör sofort auf!", befahl die Schwester, der es an Dominanz und Autorität fehlte, um den nötigen Respekt zu ernten. Dann verschwanden beide wieder.

Hannah konnte die Szene im Spiegel beobachten, weil Betty die Tür geöffnet und sich zu Dolores gesellt hatte. Nach einer kurzen und leisen Besprechung schnappten sich beide ein paar Werkzeuge.

„Lasst mich los!", schrie Hannah. Der Puls pochte in ihrem Hals.

„Alles zu deinem Schutz, Schätzchen. Wir wollen doch nicht, dass du dich verletzt, wenn wir Hand an dich legen. Bleib ruhig sitzen. Es wird schnell vorbei sein. Atme ganz normal ein und aus."

Meine Haare! Meine Haaaare!

Dolores war nicht zimperlich. Sie krallte sich das lange blonde Haar der Patientin derartig brutal, dass Hannahs Kopf mit nach hinten gerissen wurde, und schnippelte wild drauf los. Als wenn sie mit der Heckenschere einen Busch massakrierte, flogen Hannahs Haare durch die Luft. Ein Leben lang gewachsen, in Sekunden zerstört.

Betty preschte mit der Nagelfeile über Hannahs Fuß- und Fingernägel hinweg und schliff den Hautansatz gleich mit runter. Es brannte.

„Siehst du? Das war doch gar nicht so schlimm", sagte Dolores nach der Behandlung.

Noch immer auf dem Stuhl gefesselt, erblickte Hannah unter Tränen ihre langen blonden Haare, die ihr bis zum Hintern gegangen waren und nun wie abgehobelte Holzspäne verstreut auf dem Boden lagen. Der prüfende Blick in den Spiegel bestätigte ihre Befürchtung: Ihr Kopf war kahlgeschoren. Jetzt fror sie noch mehr.

„Warum haben Sie das gemacht?"

„Wir wollen doch nicht, dass du mit deinen Haaren irgendwo hängen bleibst oder dich mit diesen erwürgst? Und deine Fingernägel haben wir gekürzt, damit du dich nicht selbst oder jemand anderes zerkratzt."

In der Schulaula der Jefferson High war Hannah ein gefeierter und angebeteter Star im Scheinwerferlicht gewesen. Sie wurde mit Respekt und Anstand behandelt. Anders in der Einrichtung. Nach der kalten Dusche, der radikalen Maniküre und der neuen Trendfrisur lief sie den Korridor entlang; im Sandwich von Dolores und Betty, die wie zwei Bodyguards nicht von ihrer Seite wichen. Aber nicht etwa, um die Neue vor den Blicken und möglichen Attacken der anderen Insassinnen zu schützen – niemand schien sich für Hannah zu interessieren –, sondern um sicherzustellen, dass die Neue dort ankam, wo sie hinsollte.

Es gab keine Bilder, Wandlampen oder Wandteppiche, die die weißen und kahlen Wände schmückten, und auch keine Pflanzen, die den Trakt hätten lebensfroher machen können. Der Korridor mit seinem hässlich grünen Linoleumboden verlief schnurstracks auf ein großes, breites Fenster zu, durch das die Sonnenstrahlen versuchten, Wärme zu spenden. An sich eine schöne und einladende Vorstellung, wären da nicht die Gitter davor und die Tatsache, dass die Sonne daran war, hinter dem Horizont zu verschwinden. Zwar holte sie kurz vor Feierabend des kurzen Herbsttages noch einmal alles aus sich heraus, aber das änderte nichts daran, dass der Flur und die Räume unterkühlt blieben.

Auf beiden Seiten des Korridors befanden sich Einzelzellen mit Gucklöchern in den Türen. Die daneben hängenden Kreidetafeln verrieten die Vornamen der Insassinnen wie etwa Nancy oder Priscilla. Die letzte Zelle am Ende des Trakts, direkt neben dem großen, lichtspendenden Gitterfenster, las Hannah ihren Namen. Im Inneren fand sie ein Bett und das gleiche schmucklose nackte Weiß vor wie im gesamten Trakt. Hier sollte sie also die nächsten Tage und Nächte verbringen.

Während Betty kaugummischmatzend auf dem Flur stehen blieb, schubste Oberschwester Dolores die zögernde und in der Türschwelle stehende Hannah in die Zelle hinein. Beim Verriegeln der Tür von außen schallte das Schlüsselklappern über den gesamten Korridor.

„Ich komme nachher noch mal zu dir, Schätzchen. Leb' dich erst mal ein", sagte Dolores in einem kalten Ton.

Patientenakte Hannah HS-1952-01

Einlieferung: 25. Oktober 1952

Name:	Soldtobury
Vorname:	Hannah
Geburtsort:	noch unbekannt
Datum:	noch unbekannt
Alter:	18 Jahre (geschätzt)
Körpergröße:	172 cm
Gewicht:	53 kg
Augenfarbe:	grün
Haarfarbe:	blond

Bemerkungen:

Gefunden in Greenwood, in der Brandruine des Hauses ihrer Großeltern – kein Drogenbefund, kein Einfluss von Alkohol, Zustand nüchtern – Lt. Aussage des Sheriffs erwartete Hannah die Ankunft eines UFOs, welches sie abholen sollte.

Patientenakte Hannah HS-1952-01

Vermerk

26. Oktober 1952

Die Patientin wurde gestern, am 25. Oktober 1952, in den Frauentrakt überführt.

Beim Erstgespräch befand sie sich in einem nüchternen Zustand und schien bei Verstand zu sein. Es gab jedoch Anzeichen von Schizophrenie beziehungsweise einer multiplen Persönlichkeit. Sollte sich dieser Verdacht erhärten, werden wir dies schon bald erfahren.

Zwecks Prüfung, ob eine Störung des Geistes vorliegt – in welcher Form auch immer –, werden der Patientin zunächst keine Medikamente zugeführt. Bis zum nächsten Gespräch verabreichen wir ihr lediglich Vitamine.

Dr. Friedgeist

Baseball

Die schwache Nachmittagssonne und die eingeschalteten Stadionleuchten konkurrierten miteinander. Das Spiel plätscherte vor sich hin und schaffte keine Ablenkung. Selbst wenn ein Spieler mit dem Schläger den Ball traf und ein Laufspiel erzwang – und die Fans dabei vor Freude von ihren Sitzen aufsprangen –, blieb Trevor sitzen. Das Cap der Saint Louis Cardinals, welches er sich zuvor im Fanshop gekauft hatte, hing tief in seinem Gesicht.

Bei jedem guten Pitch raste das Herz des Baseballfans, und bei jedem Laufspiel schoss Adrenalin in dessen Blutlaufbahn. Auch bei Trevor pochte das Herz. Es klopfte seit den Geschehnissen in Greenwood, als Hannah aus seinem Wagen gestiegen und im Regen zum abgebrannten Haus der Großeltern marschiert war, um halbnackt ihr Schauspiel abzuhalten. Der Konflikt, der in ihm tobte, setzte ihn stark zu. Dieses Warten, dieses Nichtstun, es fühlte sich an wie Verrat, wie ein Verbrechen. War es richtig, einen wichtigen Menschen in seinem Leben ins Ungewisse zu schicken? Zugegeben, Hannah hätte die Aktion auch ohne ihn durchgezogen, aber hatte er wirklich alle Möglichkeiten genutzt, um sie davon abzuhalten? Nein, es gab keinen anderen Weg; es gab keine Alternative. Nichts und niemand hätte Hannah stoppen können, und so half er ihr, weil er im Naiven glaubte, ihr im Notfall zur Hilfe eilen zu können. Allein würde sie diesen Trip niemals überstehen. Aber wie erfuhr er, ob sie seine Hilfe benötigte? Wie sollte sie ihm aus der

Einrichtung heraus mitteilen, wie es ihr erging? Ohne Telefon und ohne Besucherkontakte?

Darum war er heute in der Früh erneut nach Greenwood gefahren. Um unentdeckt zu bleiben, hatte er den Wagen unweit der Anstalt an der Landstraße abgestellt und sich durch das Gras gerobbt. Am Flussufer hatte er mit dem Fernglas versucht, ein Lebenszeichen von Hannah zu erhaschen. Aber weder auf der Außenanlage noch an einem der zahlreichen Fenster hatte sie sich gezeigt.

Müde und enttäuscht brach er die Observation ab und kehrte zum Wagen zurück. In seiner linken Hosentasche nach dem Autoschlüssel kramend, konnte er diesen nicht finden. Er wurde unruhig.

Habe ich die etwa unten am Fluss verloren? Das würde mir jetzt noch fehlen!

„Hey, Sie!", sagte eine männliche Stimme.

Trevor erschrak und erstarrte mit dem Blick zum Fluss.

Erwischt! Jetzt haben die mich!

Sein Ausflug am Flussufer war nicht unbemerkt geblieben. Anstelle eines Wortes kam aus seinem Mund nur ein kurzer, unkontrollierter Ton heraus.

„Warum sind Sie so dreckig? Alles okay mit Ihnen?", fragte die Stimme weiter.

„Wie?" Mit dieser Frage hatte Trevor nicht gerechnet. Waren es doch keine Wachen, Soldaten oder Polizisten? Wenn sie ihn verhaften wollten, würden sie ihn doch nicht fragen, ob er okay sei, oder?

Trevor drehte sich um.

„Ich fragte, ob mit Ihnen alles okay ist? Was haben Sie denn angestellt, dass Sie so verschmutzt sind?", fragte ein älterer Mann und deutete auf Trevors Klamotten. Es war

Mr. Walton. Er und seine Frau hatten sich um die Instandhaltung und Vermietung des Hauses von Hannahs Großeltern gekümmert, nach dem diese beim Autounfall ums Leben gekommen waren. Doch Trevor kannte diesen Mann nicht, und Mr. Walton kannte Trevor nicht.

Trevor schaute auf sich hinunter. „Ach das, ja, wissen Sie, ich … äh … also … ich …"

Denk nach, Trevor, denk nach!

„Ich bin Ornithologe", kam es aus ihm heraus.

Gut gemacht!

Er wusste, dass in solch einem kleinen Ort wie Greenwood nichts verborgen blieb. Den Bewohnern dürfte kaum etwas entgehen, was in ihrer Ortschaft geschah. Eigentlich, denn für Trevor war es umso verwunderlicher, dass die Ortsbewohner die Insel vor ihren Augen auszublenden schienen.

„Ornithologe? Vögel?" Mr. Walton schaute verdutzt.

„Ja, genau, ich beobachte Vögel."

Jetzt frag mich nicht nach irgendwelchen Vogelarten, sonst fliege ich auf.

Der verwunderte Mr. Walton betrachtete sein Gegenüber kurz und gab mit einem leichten, skeptischen Nicken zu verstehen, dass er Trevors Antwort abnahm.

„Ornithologe, also. Dann viel Spaß, Sir!"

„Danke!"

Mr. Walton ging weiter, und Trevor widmete sich wieder dem Wagen. „Wo sind nur die Schlüssel?", fragte er sich, schaute nun in der rechten Hosentasche nach und fand sie. Anstatt die Schlüssel wie gewohnt in die linke Hosentasche zu packen, waren sie dieses Mal in der rechten Tasche gelandet.

Wenn man die Dinge nicht da vorfindet, wie man es gewohnt ist.

Danach war er zurück nach St. Louis gefahren und hatte sich zur Ablenkung eine Karte für das vorliegende Baseballspiel gekauft.

Der Pitcher bereitete sich auf seinen Wurf vor und schickte den Ball schließlich auf die Reise. Der Gegenspieler an der Homebase holte mit dem Schläger aus, traf aber nicht.

Ein Raunen im Stadion.

STRIKE!

Noch bevor der Pitcher den zweiten Wurf ausführte, verblasste das Spiel ein weiteres Mal vor Trevors Augen. Er blendete alles um sich herum aus und verkroch sich in seine Gedankenwelt. Hannah war in dieser Einrichtung auf sich allein gestellt. Was, wenn ein Arzt oder jemand vom Pflegepersonal seine Macht und Überlegenheit missbrauchte? Wie wurden die Patienten dort behandelt? Gut? Schlecht? Und wie sollte er erfahren, wie es Hannah erging? Wie bekam er von ihr ein Lebenszeichen, ohne sich zu verraten und in Gefahr zu bringen – oder Hannah?

Er fühlte sich auch nicht befreiter, als er nach dem Spiel die Hotellobby betrat. Mit den Gedanken an Hannah wollte er einfach nur auf sein Zimmer gehen und für sich sein. Zuvor musste er aber noch an Mr. Pukowski vorbei.

„Einen schönen guten Aabend, Mr. Baaanks", wurde er von diesem empfangen.

„Das wünsche ich Ihnen auch, Mr. Pukowski."

„Wie geeeht es Ihrer Frau?"

„Wie?"

Irritiert blickte Trevor zum Hotelier und verlor an Geschwindigkeit, mit der er zuvor ins Hotel geschritten war. Mr. Pukowski starrte ihn an wie ein Lehrer, der seinen männlichen Schüler beim Spionieren in der Mädchenumkleide erwischt hatte.

Ahnt er etwas?

„Ihre Frau. Wie ich seeehe, sind Sie allein beim Spiel gewesen."

Trevor blieb kurz vor der ersten Treppenstufe stehen.

„Woher wissen Sie, dass ich …?"

„Geraaaten." Mr. Pukowski deutete auf die Kappe des heimischen Baseballteams, die Trevor auf dem Kopf trug.

„Meiner Frau geht es nicht besonders. Sie liegt oben im Bett. Sie hat den ganzen Tag lang geschlafen. Sie meinte, dass ich allein zum Spiel gehen sollte."

Was für eine blöde Ausrede, die wie eine Rechtfertigung klingt, dachte Trevor. Aber das Gesagte stand unumkehrbar im Raum, vernommen von Herrn Pukowskis spitzfindigen Ohren, die wie Radarschüsseln der NASA jede noch so feine Schwingung in Trevors Stimme auffingen. Wie man es auch auslegte, Trevor sah nicht gut aus. Ein frisch gebackener Ehemann ließ seine Gattin, die sich scheinbar schlecht fühlte, allein auf dem Zimmer, während er sich bei einem Baseballspiel vergnügte. Und warum ging es der Frau schlecht, und das wohl schon seit Tagen? War sie schwanger? Wenn dem so wäre, dann musste die Schwangerschaft bereits vor der Eheschließung ihren Anfang genommen haben. Hatte es eine körperliche Vereinigung vor der Vermählung gegeben? Trevor hatte schon verloren.

„Heute Morgen ging es ihr noch ganz gut. Damit sie sich ausruhen kann und nicht gestört wird, haben wir das *Bitte-nicht-stören*-Schild draußen ausgehängt", schob er hinterher und hoffte, den im Raum stehenden Verdacht auszuräumen. Vielleicht verunsicherte ihn aber auch die Tatsache, dass er ein Geheimnis hütete (Hannahs Trip in die Anstalt), während Mr. Pukowski um seine sexuelle Orientierung kein Geheimnis machte. Im Gegenteil, als sei dies in den USA der 1950er das Selbstverständlichste der Welt, offenbarte er sein wahres Wesen; und den Hotelgästen schien das nicht zu missfallen. Er wurde akzeptiert.

„Oh, häääätten Sie uns Bescheid gegeben, dann häääätten wir nach Ihrer Gattin geschaut", sagte Mr. Pukowski mit einem verspottenden Unterton. „Dann will ich Sie nicht weiter aufhalten. Geeehen Sie zu Ihrer Frau."

Trevor war die Begegnung mit dem Hotelier peinlich und unangenehm, und so nahm er zwei bis drei Treppenstufen auf einmal und verbarrikadierte sich in seinem Zimmer.

Aus dem mickrigen Kühlschrank, der als Bar fungierte, schnappte er sich eine Flasche mit alkoholischem Inhalt und schmiss sich auf den Boden; dabei knallte er mit dem Rücken gegen die Bettkante.

Nach einem langen Schluck behielt er die Flasche in der Hand.

Ihm graute es vor der bevorstehenden Nacht. Wie musste es erst Hannah in der Einrichtung ergehen? Sie hatte keine Minibar auf ihrem Zimmer, um sich zu trösten, in der Anstalt, auf der Insel im Mississippi River.

„Gute Nacht, Hannah", sagte er, während er durch das Fenster den Verlauf der schwarzen Wolken verfolgte, die vor dem vollrunden Mond vorbeizogen.

Die erste Nacht im Trakt

Die Minuten nach Dolores Worten *Leb' dich erst mal ein!* fühlten sich an wie Stunden.

Viel gab es in der Zelle, die mit ihren kahlen Wänden einem Gefängnis glich, nicht zu entdecken. Das Bett zeigte mit dem Kopfende zu einem kleinen vergitterten Fenster. Und unter dem Fenster hing ein Heizkörper, dessen Lack größtenteils abgeplatzt war.

Allein komme ich hier nicht raus. Nicht einmal, wenn ich aufs Klo muss. Anscheinend bin ich bei allen Dingen auf die Schwestern und Ärzte angewiesen.

Hannah lehnte sich ans Fenster und starrte auf die Außenanlage, die im Dunkeln lag. Das abgebrannte Haus ihrer Großeltern war von der Zelle aus zwar nicht zu entdecken, aber Hannah stellte sich vor, dass in der Brandruine noch immer kleine Flammen flackerten und die Hitze über das morsche Holz wanderte. Sie malte sich aus, was passieren würde, wenn der Trakt, in dem sie untergebracht war, brennen sollte. Sie war in dieser Zelle eingeschlossen und niemand vom Personal war vor Ort. Würden die Krankenschwestern ihr Leben riskieren und den brennenden Korridor entlangrennen, um die Patientinnen zu befreien, die wie Insassinnen behandelt wurden? Wäre es nicht besser, die kranken Seelen im Flammenmeer verbrennen zu lassen? Die schnell wachsenden Flammen würden Qualm und Rauch vorausschicken, die sich in den ausgedehnten Lungen der Seelen ausbreiten und ihnen den lebenswichtigen

Sauerstoff nehmen. Die Seelen würden – nach Luft ringend – zu Boden fallen und erschöpft einschlafen. Dann kämen die hungrigen Flammen, um sie zu verschlingen.

Aber selbst, wenn das Personal die Insassinnen befreien würde, die Insel im Mississippi River befand sich am Rande eines kleinen Ortes inmitten eines grünen Landstrichs, umgeben von Wäldern und Gewässer. Und die nächste Großstadt war weit entfernt. Bis die Feuerwehr einträfe – vorausgesetzt, sie dürfte die bewachte Insel befahren –, wäre es zu spät. Die eintretenden Rettungsdienste würden nur noch die Spuren des flammenden Infernos in Form von Rauch und Asche vorfinden.

Wenn die Medizin schon so manch kranke Seele nicht heilen konnte, so war das Feuer eine mögliche Erlösung. Eine Erlösung aus dem lebenslänglichen Dahinvegetieren. Eine Erlösung aus dem Leben hinter den Gittern, die einen von der Außenwelt isolierten und die Rückkehr in die menschliche Gesellschaft verwehrten. Zumindest für die meisten Gefangenen. Ein Feuer würde aus den Seelen alles herausbrennen, was sie erst zu Verdammten der Gesellschaft gemacht hatte; und noch mehr.

Mit einem Klappern hinter der Zellentür deutete sich jemand an.

„Gefällt Ihnen die Aussicht?", fragte Dolores, als sie Hannah vor dem Fenster hocken sah.

„Mir ist kalt. Können Sie den anmachen?", fragte Hannah im Gegenzug und zeigte auf den Heizkörper, der die gleiche Temperatur hatte wie das unterkühlte Zimmer. Die kalte Außenluft suchte sich unaufhörlich einen Weg durch die undichten Stellen des renovierungsbedürftigen Fensters. Und die Kälte hier drin durchdrang alle undichten

Stellen, kroch unter jeder Zellentür hindurch, wanderte über den Korridor hinweg und verteilte sich im gesamten Trakt. Die Räume kühlten sich gegenseitig aus.

„Der Hausmeister und die Leitung entscheiden, wann der Heizkessel im Keller angemacht wird, und wann nicht. Anscheinend sind sie der Meinung, dass es draußen noch nicht kalt genug ist. Es wird gern an Heizkosten gespart." Dolores setzte das Tablett am Fußende des Bettes ab.

„Ich friere."

„Stell dich nicht so an, Kindchen! Wir sind hier in keinem Fünf-Sterne-Hotel", sagte Dolores. „Ich werde ein bisschen Blut von dir abnehmen und dann ist Bettenzeit."

„Blut abnehmen?" Hannah setzte sich aufs Bett.

„Wir müssen dein Blut untersuchen, um herauszufinden, was mit dir los ist."

Für die Kanüle stach Dolores erbarmungslos in Hannahs Arm, und Hannah kniff ihre Augen zu. Die Krankenschwester zapfte die rote Lebensflüssigkeit in einer Menge ab, die eines Vampires würdig war.

„Was soll denn mit mir sein?", fragte Hannah, während sie die Spritze betrachtete, die Dolores jetzt entfernte und gemeinsam mit der Kanüle in die Seitentasche des Krankenschwesteroutfits steckte.

„Du willst doch gesund werden, oder?"

Hannah nickte.

„Dann nimm diese Tabletten." Dolores präsentierte zwei Kapseln, die auf ihrer Handinnenfläche lagen, und reichte Hannah dazu einen kleinen Becher mit Wasser.

„Ich will nicht!"

„Ich kann sie dir auch über einen Trichter in den Rachen stopfen. Noch bin ich nett zu dir, aber ich kann auch anders!"

Schweigend nahm Hannah die Tabletten an sich und schluckte diese zusammen mit dem Wasser hinunter. Die Schluckbewegung am Hals war deutlich sichtbar, sehr zur Zufriedenheit der Oberschwester.

„Und hier ist dein Abendmahl. Genieß diesen Service. Das wird die erste und zugleich letzte Mahlzeit in der Zelle sein. Ab morgen speist du mit den anderen zusammen im Saal."

Hannah schwieg, als die kräftige Krankenschwester den Raum mit einem ironischen *Gute Nacht* verließ und die Zimmertür von außen verbarrikadierte. Je weiter sie sich von der Zelle entfernte, desto leiser wurden ihre Schritte.

Als Dolores nicht mehr zu hören war, sprang Hannah aus dem Bett und hockte sich in die gegenüberliegende Ecke. Beim vorgetäuschten Tablettenschlucken waren ihr die Pillen tatsächlich in den Rachen gerutscht. Sie steckte ihren Finger in den Hals und kotzte alles, was der Körper hergab, auf den Boden. In der Zelle gab es keine Toilette und kein Waschbecken, sodass sie die Kotze hätte wegspülen können. Die Kotze blieb über Nacht auf dem Boden liegen.

Zumindest musste ich beim Kotzen meine langen Haare nicht aus dem Gesicht halten, die Dolores mir kurzgeschoren hat.

Unsicher, die Medikamente wirklich ausgespuckt zu haben oder nicht, denn im Raum war es stockfinster, spuckte sie noch einmal nach. Die hochgewürgte Magensäure, die sie in ihrer Nase spüren und riechen konnte, brannte in ihrem Hals. Der Appetit war ihr deutlich vergangen. Und das Abendmahl, so wie es aussah und roch, rief in ihr abermals einen Brechreiz hervor. So kalt wie die Suppenschüssel war auch der Inhalt. Die beigelegte Brotscheibe war viel zu dick, und die darauf geschmierte Butter viel zu dünn. Man konnte mit der Schnitte nicht einmal in die Suppe dippen, so steinhart war sie. Würde man das Essen einem Hund vor die Schnauze halten oder es den Enten an einem See vorwerfen, die Tiere würden es verweigern und sich davon abwenden.

Wenn das der Standard ist, bekomme ich noch einen Durchfall; und von der Kälte Rheuma.

Das Abendmahl, welches unangetastet auf dem Tablett stehen blieb, und die auf dem Boden liegende Kotze verliehen dem Raum eine aufdringliche Duftnote.

Als Hannah sich ins Bett legte, kam ihr die volle Härte der Matratze entgegen, die sich keinen Millimeter verformte. Das Kopfkissen dagegen war weich und nachgiebig. Sie musste es zu einem Klumpen kloppen, damit es halbwegs angenehm zwischen ihrem Arm und ihrem Kopf steckte.

Zumindest ist in dem Kissenbezug kein Stroh.

Die viel zu kurze Decke, die gerade einmal Hannahs Rumpf und Oberschenkel bedeckte, kratzte und scheuerte auf der zarten und seidigen Haut, während die Kälte sich über ihre frei liegenden Beine legte. Und so krümmte sich Hannah wie ein Fötus, um von der Decke halbwegs zugedeckt zu sein; und um die wenige Wärme, die ihr Körper produzierte, effizient zu verteilen.

An Schlaf war nicht zu denken. Neben der Kälte und der Kotznote drangen vom Korridor her ungewohnte Geräusche in ihre Ohren. Da waren die Schluchzer, die vermutlich ihre Lieben vermissten, die außerhalb der Anlage lebten und von denen sie getrennt worden waren. Da waren die Weinenden, die um ihren Verlust trauerten; seien es Mitmenschen, Tiere oder Dinge. Und da waren die Schreienden, die vermutlich böse träumten oder Gesichter, Geister und Dämonen an den Wänden ihrer verriegelten Zellen sahen, vor denen sie nicht fliehen konnten.

Auf dem Korridor selbst waren Schritte der Nachtschwestern zu hören, die immer wieder auf- und abgingen und gelegentlich die Luken der Zellentüren öffneten, um zu schauen, ob die Insassinnen schliefen, murmelnd in einer Ecke kauerten oder ihren Kopf gegen die Wände schlugen. Oder – Gott bewahre –, ob sie noch lebten.

Hinzu kamen die Eindrücke, die Hannah in der kurzen Zeit innerhalb der Einrichtung gewonnen hatte.

Nein, an Schlaf war nicht zu denken.

Irgendwann kam eine Nachtschwester in Hannahs Zelle. Der Scheinwerferstrahl ihrer kleinen Taschenlampe erfasste das Tablett mit dem ungenießbaren und unangetasteten Abendessen. Die Schwester nahm es an sich und ging wieder.

„Wasser!", bat Hannah im Halbschlaf.

Keine Antwort.

Mit einem lauten Klacken, der sich über den Korridor ausbreitete, schloss die Nachtschwester die Tür hinter sich zu und entfernte sich.

Mit den unüberwindbaren Türen und Gitterfenstern glich die Anlage einem Gefängnis. Ein bedrückendes Gefühl. Nicht einmal das kleine Fenster oberhalb des Bettes ließ sich öffnen. Und das Erbrochene stach weiter in der Nase, auch wenn nicht mehr ganz so aufdringlich, weil das Gehirn sich wahrscheinlich daran gewöhnt hatte. Umso verwunderlicher, dass die Nachtschwester die Kotze nicht wahrgenommen hatte; es sei denn, sie hatte diese ignoriert.

Hannah fragte sich, warum Menschen eingesperrt wurden, wenn sie *anders* waren. Wer definierte dieses *Anders*? Warum ließ man Menschen, die anders waren, nicht in ihrer vertrauten Umwelt, in ihren Häusern, bei ihren Familien? Wieso wurden sie weggesperrt und in einer unwirklichen Welt therapiert? Isoliert und fernab des Vertrauten? War die Isolation, also die totale Abkapslung vom Vertrauten, notwendig? Trug die Isolation zur Lösung bei, damit Menschen, die anders waren, nicht abgelenkt wurden? Oder glaubte man, dass die Ursache für dieses *Anderssein* gerade in der vertrauten Welt lag, sodass man sie davon trennen musste? Und wie verhielt es sich mit den Ursachen des *Andersseins*, die möglicherweise im Menschen selbst verankert waren?

Plötzlich ein hektisches Geflüster auf dem Korridor, begleitet von einem Schlüsselklappern.

Was ist da draußen los? Ziehen die etwas über den Boden?

„Ab in die Höhle. Ab in die Höhle!", schrie eine weibliche Stimme aus einer der Zellen, doch sie verstummte schnell, als man zweimal gegen etwas Metallisches schlug, vermutlich eine Zellentür. Überhaupt war es jetzt mucksmäuschenstill. Abgesehen vom Körper, der über den Boden geschleift wurde.

Wen oder was ziehen sie da über den Boden?

Eine Patientin?

Ist sie bewusstlos?

Verletzt?

Oder gar tot?

War die Person krank?

Waren es die falschen Medikamente?

Suizid?

Mord?

132

Und wozu die Geheimnistuerei?

Warum benutzt man keine Liege oder Rollbahre?

Während Hannah grübelte, überkam sie die Müdigkeit. Anscheinend hatte sie die Tabletten doch nicht ausgekotzt. Möglicherweise war ein Teil der Dosierung bereits vom Körper aufgenommen worden und entfaltete nun seine Wirkung. Unumkehrbar und unauskotzbar.

Trevor, bitte hol mich hier raus! Bevor es zu spät ist!

Ihre Augen wurden schwerer. Bevor sie diese erschöpft schloss, glaubte sie, die Silhouette eines kleinen Mädchens wahrgenommen zu haben. In einem weißen Kleid. Mit roten Flecken am Saum.

„Du bist das Mädchen von der Insel!", sprach Hannah schwach und mit geschlossenen Augenlidern. „Wie kommst du in meine Zelle? Wieso alterst du nicht? Du kannst nicht echt sein. Du bist nur eine Einbildung. Und warum kicherst du?"

Bevor Hannah eine Antwort erhielt, schlief sie ein.

Ein neuer Tag

Der Teppich in seinem Gesicht signalisierte ihm, dass er auf dem Boden lag, das Bett nur wenige Zentimeter neben ihm. Der Bettbezug war knitterfrei, so wie das Zimmermädchen es am Tag zuvor zurechtgestrichen hatte. Nur an der Bettkante gab es einen Abdruck, weil sich Trevor dort vor dem Schlafengehen mit einer Flasche aus der Minibar angelehnt hatte.

Aber aus dem einen alkoholischen Getränk waren offensichtlich mehrere geworden, denn auf dem Teppich lag mehr als nur eine Pulle herum. Sein Kopf brummte.

Er raffte sich vorsichtig auf und bahnte sich seinen Weg ins Bad. Dabei trat er auf die eine oder andere leere Flasche. Eine davon brachte ihn kurz aus der Balance, weil sie unter seinem Fuß weggerollt war, doch ein Griff zum Türrahmen des Badezimmers bewahrte ihn vor Schlimmeren.

Kurz darauf schwebte der warme Wasserdampf durch das Bad, und der Spiegel beschlug sich. Der Duschvorhang wölbte sich nach innen und suchte Trevors Nähe, der wiederum vergeblich versuchte, diesen von sich fernzuhalten. Zugleich fragte er sich, wie Mr. Pukowski reagieren würde, wenn er gleich wieder ohne Hannah die Lobby passierte.

Nach der Körperpflege warf Trevor einen Rundumblick durchs Hotelzimmer. Erstaunlich, wie schnell Unordnung entstehen konnte, obwohl er tagsüber unterwegs war und nur die Nächte im Hotelzimmer verbrachte. Seine Klamotten waren in alle Himmelsrichtungen verstreut. Sie hingen über der Stuhllehne, lagen auf dem Tisch oder wurden blind auf den aufgeklappten Koffer in der Ecke geworfen, aus dem die Sachen zwar den Weg herausfanden, aber nicht wieder ordentlich hinein; sie landeten nicht einmal im Zimmerschrank.

Hannahs Koffer stand abgeschlossen daneben. Man konnte glauben, dieser sei beim Betreten des Raumes einfach nur abgestellt und seitdem nicht mehr angefasst worden. Ein Trugschluss, denn Hannah hatte diesen bei ihrer einzigen Übernachtung durchaus benutzt, aber wegen ihres Ordnungswahns hatte sie diesen beim Verlassen des Zimmers am nächsten Morgen aufgeräumt und geschlossen hinterlassen. Mit ihr an seiner Seite würde der Raum nicht so chaotisch aussehen, denn Trevor besaß keinen Ordnungstrieb. Und schon gar nicht an diesem Morgen, wo das Verlangen nach Kaffee alles dominierte. Er hielt sich vor, eventuell heute Abend ein wenig Ordnung hineinzubringen, doch zuvor musste er frühstücken und in Greenwood nach einem Lebenszeichen von Hannah suchen. Und so fiel die Zimmertür unverrichteter Dinge hinter ihm zu.

„Guten Morgen, Mr. Baaanks", wurde er von Mr. Pukowski auf dem Weg zum Frühstücksraum begrüßt.

„Guten Morgen."

Das war der einzige Wortwechsel zwischen den beiden. Mit weichen Knien und drückendem Schädel hatte Trevor es eilig, in den Frühstücksraum zu gelangen, wo er sich eine Tasse mit Kaffee befüllte, einen Teller mit Pancakes belegte und an einen der Tische Platz nahm.

Seine Gedanken kreisten unaufhörlich um Hannah und das Projekt. Die Geschichte mit Hannah und ihm als frisches Ehepaar bröckelte. Was sollte er dem Hotelier dieses

Mal als Ausrede erzählen? Funktionierte die Tarnung noch? Oder war es an der Zeit, die Reißleine zu ziehen? Er musste Hannah an eines der Fenster bekommen und ihr das deutlich machen.

Aber wie?

Als der Kaffee in der Tasse allmählich versiegte, hielt Trevor nach einem anderen Ausweg Ausschau, das Hotel zu verlassen. Er wollte nicht noch mal an Mr. Pukowski vorbei. Dabei geriet die Tür, die zur Außenanlage führte, in seinen Fokus.

Bitte lass diese nicht verschlossen sein.

Er brachte sein benutztes Geschirr weg, ging zurück zu seinem Tisch, schnappte sich sein Cap und ging – als sei es das Normalste der Welt – durch diese hinaus.

Der Generalschlüssel

Mr. Pukowski bekam von Trevors Flucht nichts mit. Er verfolgte sein eigenes Vorhaben. Kaum war Trevor an ihm vorbeigegangen und im Frühstücksraum verschwunden, bat der Hotelier das Zimmermädchen, welches zufällig die Lobby durchschritt, ihn an der Rezeption zu vertreten.

Geschwind rannte er die Treppen hinauf, um das merkwürdige Verhalten des Ehemannes zu prüfen und das spurlose Verschwinden der Ehefrau aufzuklären. Sein Riecher sagte ihm, dass es an ihm sei, das Geheimnis zu lüften.

Der Generalschlüssel drehte sich im Schloss herum und gab die Zimmertür frei. Der Hotelier betrat das Zimmer des frisch verheirateten Pärchens.

Zeugenaussage: Mr. Pukowski

Ich fiel fast in Ooohnmacht. Das Zimmer hat noch niiiie so fuuurchtbar ausgesehen. So etwas hat mein Hotel noch niiiie gesehen. Wissen Sie, wir haben nur anständige Gäste bei uns. Und dann daaas. Dieses Chaaaos. Diese Uuunordnung. Sie glauben gar nicht, welche Sauerei ich vorfand. Entweder war die Frau ebenso schlampig wie der Mann oder sie war wirklich des Längeren nicht mehr auf dem Zimmer gewesen.

Es sah aus, wie in der Wohnung eines alleinstehenden Alkoholikers. Auf dem Boden lagen überall leere Flaaaschen herum. Der Mann hatte fast die gesamte Minibar geplündert. Ich meine, er konnte die Minibar ja benutzen, schließlich musste er für die Getränke bezahlen, die er geöffnet hatte, aber fast alle an einem Aaabend? Warum hatte er sie nicht ordentlich in den Korb gestellt, die in jedem Zimmer neben der Minibar aufgestellt sind? Wir schreiben extra das Wort *Leeeergut* auf den Korb.

Verstehen Sie mich nicht falsch, wir machten uns natürlich Sorgen um die Frau, die wir seit Tagen nicht mehr gesehen hatten, aber wir sind ein ooordentliches Hotel. Damit werben wir. Es geht um unseren Ruuuf. Immerhin waren beiiide Kopfkissen so glatt wie am Vortag. Und zum Abtrocknen wurde nur eiiin Handtuch benutzt.

Zurück an der Rezeption teilte mir das Zimmermädchen mit, dass Mr. Baaanks das Hotel nach dem Frühstück haaastig verlassen hatte. Wir beschlossen, das gesamte Hotel zu untersuchen. Nur die beleeegten Zimmer der anderen Gäste ließen wir aus. Glücklicherweise hatte zu diesem Zeitpunkt noch keiner von den Gästen Wind von dem Fall bekommen. Wir untersuchten also die freien Zimmer, die Kellerräume und so weiter. Schauten, ob in den Zimmern und Räumen etwas fehlte oder uns etwas merkwürdig erschien, wobei den Zimmermädchen sofort etwas aufgefallen wäre. Aber wir wollten alles einmal durchgespielt haben.

Unsere Sooorge war, dass es nicht nur bei dem mysteriösen Verschwinden der jungen Frau bleiben würde, sondern, dass er auch andere Gäääste ermordet haben könnte. Vielleicht war Mr. Baaanks ein Hooochstapler. Sie wissen schon, so ein Typ, der reiche Frauen heiratet, sie umbringt und deren Vermögen einstreicht. Legal, weil es in der Versicherungspolice oder durch einen Notar zuvor so festgelegt worden war. Selbstverständlich nur, wenn die Frauen nicht umgebracht wurden, denn bei Mooord sähe das selbstverständlich anders aus. Aber man müsste ihm das erstmal beweisen. War Mr. Banks möglicherweise ein Serienkiller?

Als wir das gesamte Hoteeel auf den Kopf gestellt hatten, und die anwesenden Gäääste dies erfreulicherweise als Inventur und Bestandsaufnahme interpretierten, fassten wir einen Entschluss. Ich griff zum Telefon.

Im Trakt

Die erste Nacht war alles andere als erholsam. All die Stimmen aus den Nachbarzellen, die Kontrollblicke der Nachtschwestern durch die Zellenluke und nicht minder der Kotzfleck, der weiterhin bequem in der Ecke auf dem Boden lag und dem Raum einen aufdringlichen Duft verlieh.

Am Rande des Bettes entdeckte Hannah eine Tasse mit Wasser, die sie mit Freude leerte.

Das muss die Nachtschwester gewesen sein. Jetzt schnell den üblen Geschmack des Erbrochenen im Mund und im Rachen loswerden; und den Flaum auf den Zähnen.

Der Schlüsselbund der Krankenschwester kam näher.

Zelle für Zelle.

Schloss für Schloss.

Je näher der Schlüssel sich näherte, umso mehr Stimmen waren auf dem Korridor zu hören: Die Stimmen der Insassinnen. Und auch zu Hannahs Zelle – die ganz am Ende des Korridors lag – fand der Schlüssel Zugang und schloss die Tür auf.

Dolores kam mit einem Satz Kleidung und einem Paar Schuhe auf dem Arm hinein und begutachtete den Kotzfleck in der Ecke sowie die leere Tasse.

„Die Nachtschwester hat dir Wasser gebracht? Die glaubt immer noch, dass wir das Ambassador sind. Oder das Hilton", sagte sie und schmiss die Kleidung und die Schuhe neben Hannah aufs Bett. „Habe ich vergessen, dir gestern zu geben, meine Kleine. Deine Tageskleidung. Zieh das an und komm in den Tagesraum. Um den Kotzfleck kümmern wir uns später."

Hannah wechselte die Kleidung. Das dünne T-Shirt und das Stück Stoff, das sich Hose nannte, kratzten genauso an ihren Beinen wie die Decke auf dem Bett, die in der Nacht kaum Wärme gespendet hatte.

Die Sonne, die auf das vergitterte Fenster am Ende des kahlen Korridors schien, war müde. Genauso müde wie Hannah, die langsam über den Korridor schlappte. Vorbei an den anderen Zellen, die offen standen und verwaist waren. Nur eine Zelle blieb verschlossen.

Das muss die Zelle sein, aus der sie die Frau mitgenommen haben. Ja, das muss so gewesen sein. Sie haben den Körper über den Boden geschleift; sie haben ihn weggebracht. Wohin auch immer.

Der Name neben der Zellentür war verschwunden. Man hatte diesen mit einem Schwamm von der Kreidetafel entfernt. Mit der Frau ging auch der Name.

Wer immer sie auch war, sie kommt nicht mehr wieder. Aber wer hat geschrien, dass die Frau in die Höhle geht? Etwa die Frau mit den blassen hellblauen Augen? Hat sie etwas gesehen oder einfach nur geraten? Es könnte ja sein, dass sie einen Anfall hatte und dabei zufällig etwas sagte, was zum Geschehen auf dem Flur passte? Das bekomme ich schon noch raus.

Die Schuhe, die Dolores Hannah gegeben hatte, waren zu groß, sodass die Füße darin zu viel Spielraum hatten und hin und her rutschten.

Die anderen Insassinnen waren Hannah bereits voraus und hielten sich im Tagesraum auf, der an dem Korridor mit den Zellen grenzte. Genauer gesagt, sie standen aufgereiht vor dem Schwesterraum, als wenn sie an einer Londoner Haltestelle auf den Bus warteten.

Der Schwesterraum war ein Glaskasten, zu dem – wie der Name schon verriet – nur die Schwestern Zugang hatten. Von dort aus hatten sie einen Blick über den gesamten Trakt. Der Korridor mit den Zellen erstreckte sich zu deren Rechten. Zu deren Linken der Beauty-Shop (jener Raum mit den Badewannen und dem großen Spiegel) und eine mit einer Kette verschlossene Stahltür, die vermutlich zu einem anderen Trakt führte. Im Zentrum des Traktes standen die leeren Tische und Stühle, die dem Aufenthalt am Tage dienten. Dahinter die Tür, hinter der das käfigartige Treppenhaus lag, durch die Hannah mit Dolores am Tag zuvor gekommen war.

(… *man durchschreitet diese Tür nur zweimal* …)

Auffällig war die amerikanische Flagge im Glaskasten. Zugegeben, in vielen öffentlichen Einrichtungen hing eine amerikanische Flagge: an Fahnenmasten, als kleine Wimpel auf Schreibtischen oder als Pin an Sakkos oder Uniformen. Sogar an den Waggons der öffentlichen U-Bahnen waren Flaggen als zweidimensionale Symbole angebracht. Aber jene Flagge im Glaskasten besaß einen goldenen Saum drumherum. Einen Goldrand sozusagen. Ein Indiz dafür, dass die Einrichtung einer Behörde unterlag. Keiner kommunalen Behörde, sondern …

Ist das eine militärische Einrichtung? Was geht hier vor sich? Sind wir Versuchskaninchen? Und warum habe ich hier bisher nur Frauen gesehen?

Ein Knistern aus den Lautsprecherboxen, die an den Wänden hingen, gefolgt von Dolores Stimme: „In einer Reihe aufstellen!" Ihre Worte galten Hannah, die noch orientierungslos im Raum herumirrte.

Nach und nach bekamen die Patientinnen eine Pille in die

Hand gedrückt, die sie vor den Augen der Schwestern dressiert in ihre Münder steckten und mit dem Wasser, welches sie in kleinen Pappbechern ausgehändigt bekamen, hinunterspülten. Hannah, die das Schlusslicht bildete, wurde auch solch eine Pille und ein Becher mit Wasser vorgehalten.

„Was ist das?", fragte sie.

„Ist das wichtig?", stellte Dolores die Gegenfrage. Sie hielt Hannah weiterhin die Kapsel und den Pappbecher hin.

„Ich würde gern wissen, was das für eine Pille ist."

„Irgendeine Medizin. Vitamine. Aspirin. Das spielt doch keine Rolle."

„Ich will das nicht zu mir nehmen", protestierte Hannah.

Dolores prüfte, ob die anderen Insassinnen von Hannahs Aufstand Wind bekamen, doch diese verließen bereits den Trakt, marschierten in Reih und Glied durch die Stahltür, die vor einer Minute noch mit einer Stahlkette verriegelt gewesen war. Nur die Frau mit den blassen hellblauen Augen drehte sich kurz zu den beiden um.

Dolores legte die Pille und den Becher mit Wasser beiseite. „Dann lass es bleiben. Bevor du mir die Pille auch noch auskotzt. Du wirst morgen früh schon sehen, was du davon hast."

„Wo bin ich hier, Schwester?"

„Geh zu den anderen!"

„Sie meinen zu den Insassinnen?"

„Wir bevorzugen den Begriff Patientinnen, Schätzchen."

Insassen, Patienten, Probanden, was macht das schon für einen Unterschied?

„Was ist das für eine Einrichtung?"

„Hör zu, Kleines, ich weiß, du bist neu hier, aber wenn du

deine Chance bewahren willst, hier heil herauszukommen, dann stell dich gut mit mir und folge unseren Anweisungen, kapiert? Rebellen leben gefährlich. Egal, ob in der Welt da draußen oder hier, hinter diesen Mauern."

„Was ist gestern Nacht in der einen Zelle passiert?"

Ich verkneife mir lieber die Frage, was es mit der Höhle auf sich hat, von der die eine Frauenstimme gesprochen hat.

„Wenn du nicht schon hier drin wärst, ich würde dich spätestens jetzt einliefern lassen!" Dolores Augen warnten Hannah davor, weiter fragende Wortspitzen abzuschießen, und Hannah verstand. Für eine Weile hielten beide Augenkontakt, dann folgte Hannah der Frauengruppe. Kaum hatte sie die Stahltür durchschritten, knallte diese hinter ihr auch schon zu. Dolores war Hannah mit dem dazugehörigen Schlüssel unmittelbar gefolgt.

Wohin gehen wir? Was haben die mit uns vor?

Mit kleinen Schritten trotteten die Frauen durch einen schmalen Korridor mit Gitterfenstern. Auf der einen Seite hatte man einen Ausblick auf die idyllisch grüne Außenanlage der Anstalt, und auf der anderen Seite erblickte man eine große Terrasse, die parallel zum Korridor verlief. Die Terrasse war mit einem Stahlnetz versehen.

Sieht aus wie eine Voliere für Greifvögel. Auch wenn hier keine toten Mäuse oder anderweitige Fleischreste auf dem Boden liegen, oder Kotspuren. Vermutlich ein Ort, an dem die Insassinnen frische Luft tanken, und die Angestellten eine Zigarette rauchen.

Am Ende des Ganges wartete bereits die nächste verriegelte Stahltür auf sie. Doch kurz davor machte Betty eine scharfe Kurve nach links, und nach der Haarnadelkurve verwandelte sich der Korridor in eine nach unten verlaufende Rampe. Ein paar Meter weiter ging es ein weiteres

Mal um hundertachtzig Grad nach links. Hannah glaubte, genau ein Stockwerk unterhalb des Traktes zu sein, in dem sie untergebracht waren.

Betty summte vergnügt vor sich hin, als sie die Klinke einer weiteren Stahltür griff und diese hinunterdrückte.

„Na los, meine Damen! Nicht trödeln!" Wie ein Feldwebel trieb Dolores die Gruppe von hinten an. „Wir tischen gleich auf!"

Die Frauen gehorchten, doch sie hätten auch so die Bänke ohne Rückenlehnen angesteuert. Wie gezähmte Tiere nahmen sie am Tisch ihre Positionen ein. Hannah fand am Ende des Tisches einen Platz.

Sie alle saßen einfach nur da und starrten auf das Geschirr vor ihnen: eine Tasse, eine Suppenschüssel, ein flacher Teller und das dazu passende Besteck. Und das minutenlang. Allein die Mahlzeit fehlte.

Was die hier wohl servieren?

Als der Servierwagen in den Speiseraum hineingefahren wurde, blieben die leeren Blicke weiterhin auf den Tisch gerichtet, selbst dann noch, als Dolores und Betty das formlose Essen unter den strengen Augen zweier Wachen lieblos auf die Teller plumpsen ließen und die Tassen mit einer Art Saft befüllten.

Das Essen sah aus wie der Kotzfleck in Hannahs Zelle, den sie mit Sicherheit noch aufwischen durfte. Und es schmeckte auch so. Eklig und fad. Mehr als zwei Gabelfüllungen waren nicht drin; der Würgereiz war zu stark. Beim Schluck aus der Tasse teilte das Gehirn ihr mit, dass es sich um Orangensaft handelte, der über ihren Gaumen und Zunge in den Hals gelangte. Aber sie schmeckte noch etwas anderes. Anstatt weiter darüber nachzudenken, kippte sie den Inhalt in einem Zug hinunter. Schließlich musste sie ihren Körper mit Flüssigkeit auffüllen.

Stell dir vor, das ist ein frisch gepresster Orangensaft aus saftigen Orangen aus Florida.

Der Saft war das Einzige am Frühstück, was Hannah als halbwegs annehmbar empfand. Der Versuch, die formlose Pampe zusammen mit dem Orangensaft hinunterzuwürgen, schlug jedoch fehl. Anders die anderen Insassinnen. Einige von ihnen schaufelten den Fraß widerstandslos in ihre Münder, andere spielten damit herum, ließen die Pampe vom Löffel auf den Teller fallen oder rührten in der lieblosen Masse herum, aber irgendwann gelangte auch bei ihnen das Zeug in den Mund. Irgendwie.

„Ich mach dich fertig! Ich mach dich kalt!", schrie plötzlich die Frau, die Hannah gegenübersaß. Sie hatte die Statur eines zerbrechlichen kleinen Mädchens und visierte Hannah mit einem aggressiven Blick an.

Meint die mich?

Wieso?

„Du wirst für das bezahlen, was du mir angetan hast!" Ihre Stimme wurde aggressiver. Ihr Hintern rutschte auf der Bank nervös hin und her.

„Nancy! Setz dich anständig hin!", befahl Dolores und eilte zur aufgebrachten Frau, die mit ihrem Löffel ein Stück der essbaren Kotze auf Hannah abfeuerte; sie verfehlte Hannah nur knapp.

„Wie gefällt dir das, du Bastard? Den ganzen Krieg über habe ich mich um unser gemeinsames Kind gekümmert und gebetet, dass du heil nach Hause kommst. Ich war so überglücklich, als ich dich dann endlich, körperlich unversehrt, zurückbekam und umarmen durfte. Doch dann fingst du an, mich zu schlagen und diese blöde Kuh zu bumsen."

Ein weiterer Schuss mit dem Löffel, und ein weiteres Mal daneben.

Hannah erhob sich von der Bank und machte vorsichtig einen Schritt zur Seite, mehr nicht. Sie wollte zwar einen weiteren Angriff entgehen, aber zugleich eine mögliche Strafe wegen unautorisierten Verlassens des Tisches vermeiden.

Die Frau, die Dolores Nancy nannte, belud den Löffel erneut mit essbarer Munition. Sie schaute zum leeren Platz, auf dem Hannah eben noch gesessen hatte, und schimpfte und brüllte unaufhörlich weiter.

„Nancy, hör sofort auf!", befahl Dolores.

Der Löffel schickte seine Munition auf die Reise.

„Du brauchst gar nicht so zu heulen, du Arsch! Geschieht dir ganz recht, dass ich dir dein Spielzeug abgeschnitten habe. Jetzt kannst du keine Schlampe mehr vögeln."

Dann flog Nancys Gesicht in den vor ihr liegenden Teller. Die darin befindliche ungenießbare Pampe klebte überall: in den Haaren, an der Nase, an den Augenbrauen und am Kinn.

Dolores hatte Nancys Kopf gepackt und auf den Tisch gedrückt. Nachdem sie diesen wieder losließ, hob Nancy ihn mit geschlossenen Augen an und stieß einen schmerzhaften Schrei heraus. Denn Dolores war noch nicht fertig. Sie hatte Nancys Unterarm gepackt, nach hinten gerissen und dabei ihren Daumen herumgedreht. Auf diese Weise machte die Oberschwester die angriffslustige Patientin handlungsunfähig und rang sie zu Boden.

Wie ein Seeelefant, der einen Pinguin unter sich begräbt und erdrückt, dachte Hannah.

Betty trat heran und rammte eine Spritze in Nancys Hals, die kurz darauf zusammenbrach und regungslos auf dem Boden liegen blieb.

Hoffentlich nur ein Sedativum, um sie zu beruhigen.

„Bringt Nancy in ihre Zelle!"

Einer der beiden Wachen holte eine Rollbahre herbei und legte die Frau mithilfe des Kollegen darauf ab. Dann wurde sie aus dem Speisesaal gebracht.

„Und du setzt dich wieder hin!", befahl Dolores, und Hannah gehorchte.

Die Frau mit den blassen hellblauen Augen, die am selben Tisch wie Hannah saß, begann leicht zu wippen. „Man durchschreitet diese Tür nur zweimal. Einmal kommt man durch diese hinein. Als Mensch. Mit einer Seele, und sei diese noch so verwirrt. Beim zweiten Mal geht man durch diese hinaus; und man wird zum Geist. Man kommt nie wieder zurück. Man geht für immer", flüsterte sie.

Die Frauen setzten derweil unbeeindruckt das Frühstück fort. Anschließend ging es über denselben Weg zurück, den sie zuvor gegangen waren: den Korridor entlang, die Rampe hinauf, vorbei an der Terrasse, die wie eine Voliere für Greifvögel aussah, und durch die Stahltür, hinter der der Tagesraum auf sie wartete.

Dolores stellte sich vor den Glaskasten und klatschte in die Hände. Der dabei erzeugte Klang hörte sich an wie eine geschwungene Peitsche.

„So, Ladies, Zeit, zu putzen. Einige von euch säubern heute ihre eigenen Zellen. Und zwar, du, du, du, …" Dolores zeigte auf die Auserwählten und blieb bei Hannah stehen. „Und vor allem DU! Die anderen Frauen machen den Tagesraum, das Bad und den Flur Klarschiff."

Jede Auserwählte, die ihre eigene Zelle säubern musste, bekam von Betty einen Eimer mit einer Bürste und einem Tuch darin in die Hand gedrückt. Anschließend rannten die Frauen in das Bad und befüllten die Eimer mit Wasser. Wie am Tag zuvor, als Dolores die frisch eingetroffene Hannah mit dem Duschkopf abgebraust hatte, war die hinterste Badewanne bis zum Rand mit Wasser befüllt, nur dass die zwangsjackenähnliche Plane am heutigen Tag aufgerollt war, sodass die Insassinnen ihre Eimer auffüllen konnten. Auch dieses Mal erschauderte es Hannah bei dem Anblick.

Wozu überhaupt diese Abdeckplane?

Wofür wird die Badewanne tatsächlich benutzt?

Das will ich mir gar nicht ausmalen.

Sie befüllte ihren Eimer als Letzte. Auf dem Weg in ihre Zelle manövrierte sie sich und den vollen Eimer an den Frauen vorbei, die bereits eifrig daran waren, die Tische und Stühle abzuwischen, den Fußboden zu schrubben und die Fenster zu reinigen. Ihr fiel auf, dass Nancys Zelle verschlossen und Nancy selbst nirgendwo zu sehen war.

Liegt sie da drin? Oder hat man sie in die Höhle gebracht, von der die Frau mit den blassen hellblauen Augen eben geflüstert hat? War die Frau mit den blassen hellblauen Augen es auch, die letzte Nacht geschrien hat, als man jemanden über den Boden weggezogen hat?

Die Tür zur Zelle, aus der letzte Nacht die Person entfernt und mit ihr der Name auf der Kreidetafel ausradiert worden war, war ebenfalls verschlossen. Aber jetzt war ein neuer Name darauf zu lesen: Chloe.

Eine neue Insassin? Ist sie schon da? Wurde sie eingeliefert, als wir beim Frühstück waren? Oder trifft sie noch ein?

In ihren Gedanken versunken, wischte Hannah die Kotze

in der Ecke ihrer Zelle auf. Beim Auswringen im Eimer vermischte sich das Aufgenommene mit dem Putzwasser, dessen klare Substanz entzogen wurde. Dunkelheit brach herein.

Gestatten, Inspektor Garnier

Sie haben sich sicher schon gefragt, wo der Inspektor geblieben ist, der sich am Anfang der Geschichte zu Wort gemeldet hat, oder? Nun, der kommt jetzt ins Spiel.

Alles begann mit einem Anruf. Man bat mich, in dieses Hotel zu fahren. Eine Frau sei spurlos verschwunden, eventuell ermordet. Und der Ehemann benähme sich merkwürdig. Ein Klassiker, dachte ich. Und so fuhr ich dorthin. Der beige Trenchcoat war das Einzige an mir, was an diesem Tag ordentlich und gepflegt erschien. In meinem Mundwinkel steckte eine nicht brennende Zigarre.

Als ich die Hotellobby betrat, wurde ich von einem Mann im Anzug abgefangen, der mich mit einem freundlichen und zugleich formellen Nicken begrüßte. „Hallo, Inspektor! Bitte hier entlang."

Ich nickte zurück. Vorbei am wortlosen Hotelier, den ich nur am Rande wahrnahm, führte der Mann im Anzug mich über das Treppenhaus hinauf in das betroffene Hotelzimmer, wo zwei Beamte bereits der Spurensicherung nachgingen.

„Kann ich etwas für Sie tun, Inspektor?", fragte mich ein auf dem Flur stehender Polizist.

„Einen Kaffee, bitte. Schwarz", antwortete ich, und der Polizist verschwand.

Der chaotische Zustand des Hotelzimmers und der Anlass meines Kommens (Der Hotelier hatte das St. Louis Police Department telefonisch alarmiert, und die Kollegen vom Department wiederum mich) ließen zwei Szenarien als möglich erscheinen.

Szenario eins: Raubzug mit Entführung. Die Täter durchforsteten gerade das Zimmer nach Wertsachen, als sie von der jungen Frau überrascht wurden. Sie wussten sich nicht anders zu helfen, als die Frau mitzunehmen. Die Frage ist nur, wie sie die Frau unbemerkt aus dem Hotel schleppen konnten? Eingewickelt in einem Teppich? Wäre es nicht einfacher gewesen, die Frau bewusstlos zu schlagen oder zu töten und vor Ort liegen zu lassen? Und wenn es sich um eine geplante Entführung handelte, dann hätten die Täter eine Nachricht hinterlassen, in der sie ein Lösegeld fordern.

Szenario zwei: Eine Tat im Affekt. Wenn Ehepaare sich streiten, kann es zu Handgreiflichkeiten kommen. Die Ursachen können die kleinsten und unbedeutendsten Dinge des Lebens sein. Das Paar schaukelt sich gegenseitig hoch; und wenn das Fass je nach emotionaler Stabilität und Konfliktfähigkeit voll ist, schwappen die Emotionen über. Angenommen, das frischgebackene Ehepaar hat sich gezofft und der Mann daraufhin die Frau getötet – und sei es nur aus Versehen, wie etwa, dass sie mit dem Kopf gegen ein Möbelstück geknallt ist –, wie hat der Mann seine Frau dann heimlich aus dem Gebäude geschafft?

„Ihr Kaffee, Sir."

„Danke." Ich genehmigte mir sofort einen Schluck und verbrannte mir die Zunge. Ich war so mit den Gedanken bei den Geschehnissen im Hotelzimmer, das ich vergaß, dass der Kaffee noch heiß sein könnte.

Dann blendete mich ein Lichtstrahl.

„Hallo, Inspektor! Haben Sie heute Ihr Feuerzeug vergessen?", begrüßte mich ein Mann von der Spurensuche, der mit einer aktivierten Taschenlampe unter dem Bett hervorgekrochen kam und mich mit dieser kurz blendete.

„Guten Morgen, Mr. Pursen", antwortete ich, nachdem ich die Zigarre aus meinem Mund genommen hatte und sie betrachtete. „Nein, ich habe aufgehört. Das ist wohl meine Art, mir das Rauchen abzugewöhnen."

„Der Arzt oder Ihre Frau?"

„Wie?"

„Na, wegen des Aufhörens."

„Der Arzt hat längst aufgehört, mich zu belehren. Und meine Frau hat schon lange keine Meinung mehr über mich. Bin ja kaum Zuhause." Ich grinste. „Aber ja, ich habe wohl meiner Frau zuliebe aufgehört. Sie meint, wenn ich jetzt noch mehr Schlaf fände, würde ich schon bald viel frischer aussehen", sagte ich und streichelte meinen Dreitagebart.

Wir lachten beide, dann fischte ich aus der Jackentasche einen kleinen Notizblock heraus, an dem ein Stift klemmte.

„Schon irgendetwas herausgefunden?"

„Nach der ersten Inaugenscheinnahme noch nichts. Keine Anzeichen von Gewalt. Zumindest nicht in diesem Zimmer. Es gibt keine sichtbaren Blutspuren auf dem Boden oder auf dem Bett. Und wir sehen keine Einkerbungen oder Kratzer in den Möbeln, die auf einen Kampf schließen. Nachdem wir den Tatort fotografiert und mögliche Spuren gesichert haben, wissen wir mehr."

„Fehlt irgendetwas in diesem Zimmer, was zum Inventar gehört?"

„Laut der Aussage von Mr. Pukowski ist nichts entnommen worden."

„Mr. Pukowski?"

„Äh … der Hotelier. Er war es auch, der uns alarmiert hat!"

„Okay." Ich kritzelte weiter auf dem Notizblock herum. Nur flüchtig suchte ich Sichtkontakt zu meinem Gesprächspartner Mr. Pursen, aber der war das von mir gewohnt. Wir hatten bereits einige Fälle zusammen aufgeklärt.

„Wissen Sie, Inspektor, es ist so, als ob die Frau sich in Luft aufgelöst hat. Wenn die Dame ihre Unterschrift nicht vor Augenzeugen in das Empfangsbuch gesetzt hätte, und wenn hier nicht ihr Koffer stünde, dann müsste man meinen, sie sei ein Phantom."

Na gut, Szenario eins und zwei haben sich zerschlagen. Dann möglicherweise die Szenarien drei oder vier.

Szenario drei: Der Ehemann hat seine Frau außerhalb des Hotels umgebracht und an einem unbekannten Ort vergraben oder versteckt. Falls das geplant war, dann fehlt noch das Motiv.

Szenario vier: Die vermisste Frau ist davongelaufen. Sie hielt es mit ihrem Ehemann nicht mehr aus. Wenn dem so wäre, warum hat sie sich an der Rezeption nicht abgemeldet? Warum ist ihr Koffer noch hier? Ist sie etwa geistig verwirrt und rennt ziellos durch St. Louis?

Und warum setzt der Ehemann die Flitterwochen im Hotel fort? Warum ist er nicht geflohen? Ihm muss doch klar sein, dass er verdächtigt werden und zu den Hauptverdächtigen gehören wird?

Zugegeben, das sind alles nur Szenarien und Spekulationen. Beim gegenwärtigen Zustand des Hotelzimmers stand nur fest, dass der Ehemann kein Ordnungsfanatiker war.

Irgendwann hatte ich genug gesehen und ließ den Hotelier aufs Zimmer kommen, der jedoch nicht hineintrat, sondern an der Türschwelle stehen blieb.

„Sind Sie Mr. Pukowski?"

„Sie werden hier drin doch nicht etwa rauchen wollen,

Mister, oder?"

Mit dieser Frage hatte er meine Frage beantwortet.

Ein Blitz erhellte den Raum. Mr. Pursen von der Spurensuche hatte damit begonnen, Fotos vom Tatort zu schießen. Mit einer Handgeste bat ich den Hotelier, ein Stück den Flur hinunterzugehen, um dem Blitzlichtgewitter zu entgehen.

„Ich bin Inspektor Garnier. Können Sie mir etwas zum Vorgang hier erzählen?" Ich blätterte zur nächsten freien Seite meines Notizblocks und hielt meinen Stift bereit, um die Aussage des Hoteliers zu notieren.

„Das Paaar checkte bei uns ganz normal ein. Sie kooommen aus Washington, D. C., sie wollten ihre Flitterwochen hier verbringen."

„Flitterwochen?"

„Ich an deren Stelle hätte lieber einen Straaand mit blauem Himmel, Paaalmen und klarem Waaasser bevorzugt, und nicht St. Louis im Herbst."

„Seit wann ist die Frau nicht mehr gesehen worden?", fragte ich weiter.

„Gleich am nächsten Morgen, nachdem sie eingecheckt hatten, verließen sie Aaarm in Aaarm das Hotel. Danach haben weder ich noch die anderen Angestellten die Frau wiedergesehen. Es ging nur noch der Mann bei uns ein und aus, also dieser Mr. Baaanks."

„Und da sind Sie sich ganz sicher? Ich meine, es kann ja sein, dass bei all den Gästen, die hier umherlaufen, die Frau übersehen wurde?"

Ich fragte mich, weshalb der Hotelier durch die Nase sprach und bei der Aussprache manche Wörter streckte. Ich kannte Männer, die ihre homosexuelle Orientierung öffentlich verbargen, um Diskriminierungen und die gesellschaftliche Isolation zu vermeiden. Besonders die, die bei der Polizei arbeiteten. Mr. Pukowski hingegen konnte damit offenbar sehr gut leben und umgehen. Er war definitiv ein extrovertierter, sich selbst darstellender Mensch. Und es war gut möglich, dass sein Auftritt einem gewissen Klischee dienlich war.

„Da bin ich mir gaaanz sicher. Unsere Zimmermädchen kontrollieren die Zimmer jeden Tag und bringen diese wieder auf Vooordermann. Sie wissen schon, Reinigen, Handtücher wechseln … Und auf dem Zimmer des Ehepaares hatte nachweislich nur eine Person geduscht und die Zähne geputzt. Und es hat auch nur eine Person in dem Bett geschlafen. Da bin ich mir gaaanz sicher."

„Den Mann haben Sie also gesehen?"

„Ja, nun glaaauben Sie mir doch. Den haben wir hier aaalle reeegelmäßig gesehen."

„Wissen Sie eventuell, was der Mann hier in St. Louis so alles unternommen hat, als er unterwegs war?"

„Woher soll iiich das wissen? Einmal war er bei einem Baseballspiel. Ansonsten, keine Aaahnung. Vielleicht war er in einem Museum oder im Forest Park? Vielleicht hat er sich auch den Zoo angeschaut?", spekulierte Mr. Pukowski.

„Ist der Mann bisher immer zu einer bestimmten Uhrzeit ins Hotel zurückgekehrt?"

Greenwood

Wo bist du nur, Hannah? Zeig dich!

Trevor lag am Flussufer im dichten Grün; mit einem Fernglas in der Hand. Um wie beim letzten Mal unentdeckt zu bleiben, hatte er seinen Cadillac an der Hauptstraße abgestellt und war das Stück zu Fuß gegangen. Wobei man ihn als Fremdkörper wahrgenommen hätte, hätte einer der Bewohner ihn auf der Straße angetroffen. Kleinstädter kannten sich untereinander. Nach dem letzten Haus war er in die hohe Uferböschung gesprungen und bis zum Ufer gerobbt.

Der Wind raute die Oberfläche des Mississippi auf und bog das Schilf. Auf einem Baumwipfel versuchte ein Raubvogel krampfhaft, sein Gleichgewicht zu halten. Er flatterte mit seinen Flügeln auf und ab, um nicht weggeweht zu werden.

Ich muss mit Hannah Kontakt aufnehmen! Aber wie? Ein Brief vielleicht? Keine gute Idee! Es würde zu lange dauern, bis er zugestellt wird, sofern er es bis in die Anstalt schafft. Man würde ihn vor der Aushändigung mit Sicherheit lesen. Sie würden meine Warnung an Hannah lesen, und die Tarnung wäre dahin. Außerdem weiß kein Außenstehender von Hannahs Aufenthalt dort.

Sehr verdächtig!

Trevor wollte Hannah warnen, aber nicht in Gefahr bringen.

Bitte lass sie keine Qualen erleiden!

Und so musste er geduldig warten, bis Hannah sich zeigte, um Sichtkontakt herzustellen. Bei all den Fenstern, die er scannen musste, kein leichtes Unterfangen. Er konnte Hannah leicht verpassen.

Der Wind wurde rauer und ungemütlicher; die ersten feinen Wassertropfen setzten sich aufs Fernglas und Trevors Brille.

Auf der Anlage selbst war es ruhig und friedlich. Weder Personal noch Fahrzeuge waren zu sehen. Die Wachleute hatten sich bei dem Wetterumschwung in das Wachhäuschen neben der Zugbrücke zurückgezogen oder waren im Hauptgebäude verschwunden.

Was ist mit Besuchszeiten? Die Patienten müssen doch Angehörige haben, unabhängig der Bewachung? Selbst in Gefängnissen gibt es diese. Die haben sogar Wohnwagen oder Räume, wo Ehepaare für eine Stunde Zweisamkeit genießen dürfen. Allein unter vier Augen, ohne Anwesenheit des Personals. Aber dazu müsste ich mich anmelden und eine Eheurkunde vorzeigen, die ich nicht habe. Es ist schon ein Wunder, dass Hannah und ich das Zimmer im Hotel als Ehepaar buchen konnten, ohne eine solche vorlegen zu müssen. Und das Problem, woher ich weiß, dass Hannah dort drin ist, bleibt bestehen. Diese Option fällt ebenfalls weg.

Aber ich muss ihr irgendwie signalisieren, dass unser Alibi bröckelt und wir kurz vorm Auffliegen sind. Aber wie? Wenn ich am Ufer stehe und wild winke, besteht die Gefahr, dass das Wachpersonal auf mich aufmerksam wird. Und ich hätte nicht einmal die Sicherheit, dass Hannah mich dabei sieht.

Trevors Herz pochte. Seine einzige Chance war ein unvorhersehbares Wunder. Und dieses wurde plötzlich wahr. An einem Fenster im zweiten Stock, am Ende eines Gebäudeflügels!

Hannah! Da ist Hannah!

Trevor sah sich schon aus der hohen Uferböschung hervorspringen und mit der aktivierten Taschenlampe wild herumfuchteln, doch stattdessen blieb er wie angewurzelt auf dem Boden liegen. Als ob der stärker werdende Wind ihn von oben hinunterdrückte und die Erde ihn von unten festhielt.

Da ist Hannah!

Wie eine Schaufensterpuppe stand sie an einem der vielen Fenster.

Hannah!, schrie eine Stimme in Trevors Kopf. *Hannah!*

Minutenlang stand sie dort, und er lauerte bewegungslos im Grünen.

Wie mache ich mich jetzt unbemerkt bemerkbar?

Eine dunkelhaarige Krankenschwester mit geflochtenen Zöpfen gesellte sich zu Hannah und sagte etwas. Hannah nickte, blickte für ein, zwei Sekunden aus dem Fenster, drehte sich um und folgte der Schwester.

Mist! Das war meine … unsere Chance! Nach zwei Tagen sehe ich sie endlich wieder und dann weiß ich nicht, wie ich sie warnen soll. Warum habe ich nichts unternommen?

Die Mittagssonne wurde von den aufziehenden Wolken nun ganz verschlungen; der Regen wurde heftiger. Der Wind wirbelte um Trevor herum, die Erde wurde weicher und nässer. Doch das störte ihn nicht. Er lag noch eine ganze Weile im Schilf und grübelte und hoffte, Hannah noch einmal an einem der Fenster zu erwischen.

Was an diesem Tag jedoch nicht mehr geschah. Enttäuscht schlich er sich zurück zu den Häusern von Greenwood, setzte sich in seinen Cadillac und fuhr zurück nach St. Louis.

Obwohl Hannah sich weiterhin auf der Insel befand und deren Alibi als Ehepaar bröckelte, war Trevor einfach nur froh, sie überhaupt gesehen zu haben. Sie war am Leben und schien unverletzt.

Halte durch Hannah! Ich hole dich da raus! Irgendwie.

War es Schicksal, dass Trevor Hannah sehen durfte?

Wenn ja, warum schenkte das Schicksal ihm diesen einen Augenblick und nahm es ihm dann durch den aufkommenden Sturm wieder weg? Würde das Schicksal Trevor ein weiteres Mal erlauben, Hannah zu sehen?

Ihm war nach einem Drink – oder mehreren. Dass die letzte Nacht, in der er die Minibar des Hotelzimmers geplündert hatte, noch in seinen Knochen lag, war ihm ebenso egal, wie die Frage, wie er später angetrunken mit dem Wagen zurück ins Hotel käme. Und dann dieser blöde Mr. Pukowski. Die Begegnung mit dem Hotelier konnte er zwar nicht verhindern, aber zeitlich so weit wie möglich hinauszögern.

Vergiss das Auto, vergiss das Hotel. Ich verbringe die Nacht zur Not auf der Straße.

Frustriert und glücklich zugleich, suchte er eine Bar auf und bestellte sich sodann seinen ersten Drink. Und der Nachmittag hatte erst begonnen.

Wie geht es uns heute?

Am Fenster stehend, blickte Hannah auf den Mississippi River, ohne zu ahnen, dass Trevor am Rande des Flusses im Schilf lag und ihr am liebsten gesagt hätte, dass deren Tarnung bröckelte. Ihr ging so vieles durch den Kopf. Woher kam dieses Verlangen, schon als Kind auf diese Insel zu wollen? Was für ein Ort war das hier? Ein Gefängnis? Ein Krankenhaus? Eine Irrenanstalt? Ein Labor, in dem Experimente mit Menschen betrieben wurden? Und was hatte es mit dieser Tür auf sich, die zum Treppenhaus führte?

(... *in die Höhle* ...)

(... *man durchschreitet diese Tür nur zweimal* ...)

Krankenschwester Betty, die sich zu ihr gesellte, hatte keine Augen für die Welt außerhalb des Fensters. Sie gab Hannah die Order, ihr zu folgen. Es war Zeit für die zweite Sitzung bei Dr. Friedgeist.

Sie gingen durch dieselbe große Stahltür, durch die sie auch am Morgen gegangen waren. Der Wachmann, der den beiden Damen wie einprogrammiert hinterhergehen wollte, wurde von der kaugummikauenden Pin-up-Version einer Krankenschwester abgewunken. Sie glaubte, keinen Begleitschutz zu benötigen.

Wieder ging es den Korridor entlang, vorbei an der Terrasse, die wie eine Vogelvoliere aussah, und anschließend die Rampe hinunter. Doch dann schlugen sie eine andere Richtung ein. Über eine weitere verriegelte Stahltür gelangten sie in die Empfangshalle. Über Boxen, die fast unsichtbar unter der Decke hingen, erklang klassische Musik, zu der die Wasserfontäne des Brunnens in der Mitte der Halle tanzte.

Die breite Tür hinter dem Brunnen weckte Hannahs Interesse.

Ist das der Haupteingang der Anstalt?

Der schmale Grat zwischen hier drin und draußen?

„Ich weiß, was du denkst!", sagte Betty.

„Wie?" Hannah fühlte sich ertappt, spielte jedoch die Ahnungslose.

„Na, durch diese Tür zu gehen, die die Freiheit bedeutet." Betty zeigte auf den Haupteingang. „Du rennst einfach nach draußen, erklimmst den hohen Zaun, schwimmst durch den Mississippi und fliehst in den umliegenden Wald. Du weißt zwar nicht wie, und du weißt auch nicht, ob dir die Flucht gelingt, aber ein Versuch wäre es doch wert, oder nicht?"

„Ein Fluchtversuch wäre gegen jede Vernunft, und sei dieser noch so verlockend", erwiderte Hannah.

„Komm weiter", sagte Betty und ging voran.

Über einen Nebenflur erreichten sie Dr. Friedgeists Büro. Der Doktor saß hinter einem wuchtigen Schreibtisch, der auch im Oval Office des Weißen Hauses hätte stehen können, oder zumindest im Büro eines Universitätspräsidenten. Der Tisch war groß und breit genug, um Personen fernzuhalten, die auf der anderen Seite Platz nahmen. Dies hinderte die kaugummikauende Betty jedoch nicht daran, ihren kleinen Hintern auf diesen zu setzen.

„Wie geht es uns heute, Hannah?", fragte Dr. Friedgeist, während er Bettys freigelegten Oberschenkel bestaunte.

„Ich habe mich noch nicht ganz eingelebt", antwortete

Hannah. Sie blieb vor dem Schreibtisch stehen und begutachtete die dunklen Regale, die bis zur Decke mit antiquarischen Büchern befüllt waren. Erst als der Doktor sie bat, Platz zu nehmen, setzte sie sich auf den Stuhl vorm Schreibtisch.

„Inwiefern nicht ganz eingelebt?"

„Einfach alles."

„Haben Sie allgemein Probleme, sich irgendwo einzuleben?"

„Wo bin ich hier, Doktor?"

„Wonach sieht es denn aus?"

„Ich weiß nicht. Es ist kein Gefängnis, und auch kein Krankenhaus. Irgendwie."

„Mmmh." Dr. Friedgeist hielt seine Hand vor dem Mund, als wenn er nach einer passenden Antwort suchte. Dann stand er auf und ging um den Schreibtisch. Dabei bewegte er sich wie der König der Tiere. Ohne natürliche Feinde in seinem Terrain. Er strich durch Hannahs kurzgeschorenen Haare. „Reden wir noch mal über die Geschehnisse, die in Greenwood passiert sind", sagte er.

Was fasst du mich an, du Dreckskerl? „Okay."

„Woran erinnern Sie sich?"

„An alles, zumindest fast."

„Woran genau?"

„Ich weiß noch, wie ich im abgebrannten Haus meiner Großeltern getanzt habe. Inmitten des Regens. Der Sheriff brachte mich daraufhin zu einem Arzt, der mich betäubte. Als ich wieder zu mir kam, hockte ich in einer Gummizelle, nur um dann abermals wegzusacken und in einem Bett zu erwachen, auf dem Sie am Fußende saßen, Herr Doktor. Und die Praktikantin hier war auch anwesend."

Die Kaugummiblase platzte. „Ich bin keine Praktikantin. Ich bin eine Krankenschwester", korrigierte Betty, die Hände in ihre Hüften gedrückt.

Genau! Und ich bin … ach egal.

„Hannah, wissen Sie noch, weshalb Sie getanzt haben? Oder wie Sie nach Greenwood gekommen sind?", setzte Dr. Friedgeist die Fragestunde fort.

„Ganz sicher nicht mit einem UFO. Das ist alles erfunden. Das habe ich nur so gesagt. Es gibt natürlich keine Aliens."

Die Hand des Doktors wanderte von Hannahs Kopf zu ihrer Schulter, dann weiter über ihren Oberarm. Betty beobachtete die Aktion mit Argwohn. „Verstehe, aber wie sind Sie dann nach Greenwood gekommen?"

„Mit dem Auto. Ein Freund, Trevor heißt er, hat mich in Greenwood abgesetzt." Hannah duldete die Berührung, auch wenn sie seine Pfoten am liebsten weggestoßen hätte, doch es ging um ihre Tarnung.

„Trevor? Wer ist das? Wissen Sie, wo er sich derzeit aufhält?"

„Ich weiß nicht, was er gerade macht."

Ich erzähl dir doch nicht, dass Trevor nach wie vor das Zimmer im Hotel in St. Louis bewohnt, bis er mich in ein paar Tagen hier herausholt.

„Neben meinen Eltern und Großeltern ist Trevor ein wichtiger Mensch für mich", ergänzte sie.

„Vermissen Sie Ihre Eltern, Hannah?" Als ob Dr. Friedgeist auf dieses Stichwort gewartet hätte, lenkte er das Gespräch auf den Verlust ihrer Eltern. Er hockte sich neben sie und berührte sanft ihre Knie. Betty gefiel das überhaupt nicht. Ihr stand die Eifersucht ins Gesicht geschrieben, doch sie blieb auf der Kante des Schreibtisches sitzen.

Brauchst gar nicht so stinkig dreinschauen, Betty. Du kannst den alten Sack ruhig behalten und mit ihm Doktorspiele spielen. Der Typ widert mich an. Du kannst ihn jederzeit zu dir rufen, damit er mich in Ruhe lässt.

„Natürlich vermisse ich meine Eltern, aber mit der Zeit habe ich gelernt, damit umzugehen. Das Leben geht weiter und ich kann mein Leben nicht damit verbringen, Tag für Tag, morgens bis abends, zu trauern."

„Verstehe." Dr. Friedgeist schob Hannahs Kleid etwas nach oben und glitt über ihre Oberschenkel, verschwand dann unter dem Kleid.

Du Lustmolch. Du alter Sack. Sei froh, dass du diese Kranken-schwester vögeln darfst. Ist sie dir etwa nicht gut genug? Lang-weilt sie dich schon?

„Können Sie mir noch mal in eigenen Worten sagen, wie Ihre Eltern und Großeltern ums Leben gekommen sind?"

Beherrsch dich Hannah. Lass es zu, solange er dich da UNTEN nicht berührt. Betty wird das schon nicht zulassen. Sie kocht bereits vor Wut.

„Als ich zehn Jahre alt war, sind meine Großeltern mit dem Wagen von der Straße nahe Greenwood abgekommen und in den Mississippi River gestürzt. Sie ertranken. Entweder erlitt mein Großvater einen Herzanfall oder seine Atmung setzte aus unerklärlichen Gründen aus. Er verlor die Kontrolle über das Fahrzeug. Mein Vater starb ein paar Tage darauf. Ironischerweise auf der Beerdigung meiner Großeltern. Er ist einfach zusammengebrochen. Wohl eine Lebensmittelvergiftung. Meine Mutter kam beim Brand des Hauses meiner Großeltern ums Leben. Das war vor etwa einem halben Jahr."

Kurzweiliges Schweigen, mit Ausnahme eines Kaugummischmatzens. Betty schäumte vor Eifersucht.

„Glauben Sie an Zufälle?", fragte Dr. Friedgeist.

„Wollen Sie damit sagen, dass alle umgebracht worden sind? Denken Sie, ich hätte das getan? Ich habe meine Familie nicht umgebracht!" Hannahs Stimme klang erregt. Sie fühlte sich durch die Worte des Arztes provoziert und gekränkt. Sie krallte sich die Hand des Doktors, holte sie unter ihrem Kleid hervor und schob sie von ihrem Körper weg.

Dr. Friedgeist erhob sich, kehrte gelassen zu seinem Stuhl hinter dem großen Schreibtisch zurück und notierte etwas in Hannahs Akte.

Betty begann wieder zu lächeln. Ein gequältes Lächeln zwar, aber sie war froh, dass seine Hand nicht länger die blonde Patientin befummelte. Ihr wurde bewusst, dass sie den Doktor nicht für sich allein hatte.

„Haben Sie diesen Verdacht nicht gerade selbst in den Raum geworfen, Hannah?"

„Denken Sie etwa, ich bin Schizophren? Denken Sie, dass ich eine multiple Persönlichkeitsstörung habe? Dass ich Stimmen in meinem Kopf höre? Und wieso glauben Sie, dass mir ein kleines Mädchen erscheint, dass nicht altert?"

Betty kicherte den Doktor an, der sich in seinem Stuhl zurücklehnte. Wie ein betender Mönch drückte er seine Handinnenflächen gegeneinander. „Ein kleines Mädchen?"

Habe ich das eben wirklich gesagt? Oh, nein!

Hannah wurde bewusst, dass, je mehr sie die Wahrheit sprach und auf diese pochte, jene Wahrheit, die sie als Realität empfand, desto weniger nahm der Doktor sie ernst.

Ich darf mich nicht selbst verlieren!

„Das war nur so daher gesagt", relativierte sie ihre Aussage.

„War außer Ihnen noch jemand bei den Zwischenfällen vor Ort gewesen?"

Hannah zögerte. Sie wusste nicht, welche Antwort der Doktor hören wollte. Es gab nur eine einzige Person, die zu den Zeitpunkten der Todesfälle in Greenwood anwesend war.

„Meine Mutter, aber wenn dem so wäre, dann hätte sie den Brand im Haus meiner Großeltern selbst legen müssen. Und warum hat sie mich dann nicht zuvor getötet?" Hannah kam das Gesagte wie eine öffentliche Mordanklage vor.

„Können Sie mir sagen, warum alle vier in Greenwood gestorben sind?"

„Zufall!?", antwortete Hannah.

Patientenakte Hannah HS-1952-01

Vermerk

27. Oktober 1952

Der Verdacht einer multiplen Persönlichkeitsstörung beziehungsweise einer Schizophrenie festigt sich.

Hannah Soldtobury ist stets darauf bedacht, die Kontrolle über sich zu bewahren. Die Placebos und die Vitaminpillen, die ihr gestern Abend verabreicht worden sind, hat sie ausgewürgt. Ihr Erbrochenes haben wir auf dem Boden ihrer Zelle gefunden.

Die zwischenmenschlichen Verluste hat Hannah noch nicht verarbeitet. Vielmehr hat sie durch Verdrängung und durch die Entwicklung einer multiplen Persönlichkeit einen Weg gefunden, mit dem inneren Schmerz und den Verlusten umzugehen. Unsere Versuche, diese aufzudecken, wird sie vermutlich verhindern wollen.

Was auch immer sie verdrängt, was auch immer sie uns verheimlicht, wir bringen es ans Tageslicht. Wir beginnen mit der Einnahme von OS-13.

Dr. Friedgeist

Priscilla

Zufall? — Wirklich?
Mord? — Möglich?
Wer? — Meine Mutter?
Oder etwa ich?
Und was hat es mit dem Mädchen auf sich?

Gemeinsam mit den anderen Frauen hatte sie Ausgang, was nichts anderes bedeutete, als sich auf der Terrasse, die wie eine Voliere wirkte, aufzuhalten. Die kühle Regenluft und die Außentemperatur im einstelligen Bereich krochen unter die Kleidung. Die Jacken, die sie trugen, waren für lauwarme Sommerabende gedacht, nicht für kalte und verregnete Herbsttage in Illinois. Zudem befand sich die Einrichtung auf einer Insel, direkt am Fluss. Jeder wusste, dass die Lufttemperaturen in Wassernähe meist niedriger ausfielen. Hinzu kam, dass die Anstalt im ländlichen Gebiet lag. Dort war die Luft in Vergleich zu den Großstädten, wo zahlreich dicht beieinanderstehende Gebäude die Luft aufheizten, kühler. Demnach war die Luft auf der Anlage dreimal so kalt (ein Herbsttag im ländlichen Gebiet in Wassernähe) als etwa in Washington oder St. Louis.

Wie Zombies bewegten sich die Damen langsam und ziellos umher, drehten sich im Kreis oder zogen kleine Runden. Niemand konnte sagen, ob sie das taten, weil sie wie eingesperrte Zootiere Verhaltensstörungen zeigten, oder ob ihnen kalt war und sie im Körper Wärme erzeugen wollten.

Vielleicht traf auch beides zu.

Andere standen einfach nur da.

Nancy, die Hannah beim Frühstück mit Essen torpediert hatte und daraufhin von Dolores überwältigt worden war, fehlte in der Damenrunde.

Betty beobachtete die Frauen von einem Stuhl aus, der neben der Tür zum Korridor stand, jederzeit bereit, bei einer Auseinandersetzung dazwischen zu gehen oder zumindest Hilfe zu holen.

Hannah griff mit ihren Händen in das Außennetz der Terrasse. Sie lauschte dem launischen Herbstregen, während ihr Blick willkürlich über das Grün der Außenanlage schweifte. Nicht nur die kühle einstellige Außentemperatur ließ Hannah zittern, sondern auch das vorausgegangene Gespräch mit Dr. Friedgeist. Immer wieder kreiste die Unterhaltung in ihrem Kopf umher, immer wieder spielte sie das Gesagte ab. Das Gespräch hatte einem Monolog geglichen. Mit seinen Fragen hatte er ihr einen Spiegel vorgehalten, in dem sie die Antworten gesehen hatte. Aber hatte der Spiegel auch die Wahrheit gezeigt? Oder war dieser manipuliert gewesen? Je mehr Worte durch ihren Schädel schossen, desto mehr fragte sie sich, weshalb sie ihm solche Antworten gegeben hatte. Und wieso sie das Mädchen erwähnt hatte. Dr. Friedgeist hielt dies mit Sicherheit für ein Indiz, dass sie verrückt sei. Die Patientin sieht kleine Kinder, Geister und Phantome.

Die gesamte Zeit über herrschte auf der Terrasse Ruhe. Es wurde kaum gesprochen, gelacht oder geweint. Normalerweise unterhielten sich Menschen, wenn sie aufeinandertrafen. Sie starteten mit einem Small Talk (*„Blödes Wetter heute, nicht wahr?"* oder *„Das Essen schmeckt furchtbar, oder?"*) und gingen langsam in ein Gespräch über. Meistens gab es einen sogenannten Schweigbrecher, der die anderen involviert und zum Reden bringt. Egal, worüber. Egal, ob man den Gesprächspartner kannte oder nicht.

Hannah konnte sich nicht vorstellen, dass alle Frauen hier schüchtern und introvertiert waren. Und deren Emotionen waren ebenfalls abwesend. Seitdem sie sich in der Einrichtung befand, war es einzig Nancy gewesen, die Wutausbrüche gezeigt hatte. Sie hatte ihren imaginären Ehemann angepöbelt und ihn mit der ungenießbaren Essenspampe bombardiert.

Liegt das an der Medizin, die wir bekommen? Werde auch ich zu solch einer gefühlskalten Version mutieren? Oder haben die Damen einfach nur Angst, etwas zu sagen oder sich falsch zu bewegen?

Nach dem Auslauf in der Vogelvoliere wurden die Damen zum Mittagessen in die Kantine im unteren Stockwerk geführt, in der es zwar kühl, aber deutlich angenehmer war als draußen an der frischen Luft.

Auch beim Servieren der Mahlzeit hielt das Schweigen weiter an, und Nancy fehlte noch immer.

Wie am Morgen nahm Hannah am Ende der Bank Platz. Und wie am Morgen bekam sie von der essbaren Kotzversion nichts herunter. Es sah genauso aus wie das Frühstück. Aber sie musste etwas essen. Ihr Körper hatte seit zwei Tagen nichts bekommen und brauchte Energie. Waren da überhaupt Nährstoffe drin? Sie beobachtete, wie die meisten Frauen eher mit dem Essen spielten, als es in sich aufzunehmen, auch wenn gelegentlich ein Teil der Pampe in ihren Mündern landete.

Hannah wusste, dass sie aufgrund der mangelnden Ernährung, dem permanenten Stress und der Ungewissheit über das, was als Nächstes geschehen mochte, nicht nur an Gewicht, sondern auch an Kraft verlor. Ihr ohnehin schon schlanker Körper fiel zunehmend ein. Es gab keine Fettpolster, auf die er zurückgreifen konnte. Den kühlen Räumen und kalten Nächten ausgeliefert, würde sie schon bald eine Erkältung bekommen; oder Rheuma.

Wenn das so weitergeht, werde ich genauso so mitgenommen aussehen!

Zurück im Tagesraum löste sich die Frauenrunde auf. Einige von ihnen standen für sich allein in den Ecken herum, andere schauten aus den Fenstern oder starrten auf Wände. Manche schlappten wortlos den Korridor auf und ab und ignorierten die anderen. Hannah und die Frau mit den blassen hellblauen Augen saßen mit zwei weiteren Frauen an einem Tisch. Wie Passagiere in einer New Yorker Subway mit unbekanntem Ziel saßen sie ein paar Stationen lang gemeinsam nebeneinander und akzeptierten die Nachbarschaft, ohne mit dieser Kontakt aufzunehmen.

Als an der nächsten Station die Treppenhaustür aufging und eine neue Passagierin an Bord kam, erhoben sich die Köpfe der Anwesenden – wenn auch nur für einen Augenblick.

Die Neue wirkte mitgenommen. Unter Dolores Aufsicht wurde sie von zwei Wachmännern gestützt. Allein konnte sie keinen Schritt auf dem grünen Linoleumboden des Korridors setzen.

„Man durchschreitet diese Tür nur zweimal. Einmal kommt man durch diese hinein. Als Mensch …", sagte die Frau mit den blassen hellblauen Augen. Vor Hannahs geistigem Auge tauchte das Treppenhaus auf, in dem ein gefährliches Wesen zu jeder Sekunde aus einer der dunklen Ecken hervorspringen und seine Beute zerfetzen konnte. Jenes Treppenhaus, welches auch Hannah einst durchschritten hatte. Sie fragte sich, woher all die Frauen kamen und weshalb sie hier waren. Freiwillig war garantiert niemand hier.

„Mit einer Seele, und sei diese noch so verwirrt", sprach die Frau mit den blassen hellblauen Augen weiter.

„Priscilla, sei still!", befahl Dolores, die auf dem Korridor stehen geblieben war und sich zu ihr umgedreht hatte, während die Wachmänner – davon unbeeindruckt – die Neue in die Zelle brachten.

Ihr Name ist also Priscilla!

„Beim zweiten Mal geht man durch diese hinaus; und man wird zum Geist."

„Priscilla, das ist die letzte Warnung!" Dolores wartete ab, ob sich die Situation von allein regelte oder ob sie eingreifen musste.

Priscilla wandte sich Hannah zu, die den Blick wie hypnotisiert erwiderte.

„Man kommt nie wieder zurück. Man geht für immer."

„Dr. Parson!", rief Dolores.

Wieso ruft sie nach einem Doktor?

„In der Höhle stirbt die Seele." Priscilla verharrte in ihrem Monolog.

In der Höhle? Sie war es, die in der Nacht ‚Ab in die Höhle! Ab in die Höhle!' geschrien hat, während etwas über den Korridor gezogen wurde!

„Dr. Parson!" Dolores marschierte wie ein wild gewordenes Nilpferd auf Priscilla zu. Und Nilpferde waren sehr schnell zu Fuß. Zudem waren diese Tiere für ihre Aggressivität und Angriffslust bekannt. Durch Nilpferde kamen mehr Menschen ums Leben als durch Tiger oder Löwen.

Um dem Sturmlauf der Oberschwester auszuweichen, löste sich Hannah aus Priscillas Hypnoseblick und entfernte sich ein Stück von ihr.

Kurz bevor Dolores mit ihren großen Fleischerpranken Priscillas Hals packte und zudrückte, sprach Priscilla zu Hannah: „Am Ende rammen sie dir zwei Nägel durch die Augen."

Kaum ausgesprochen, verwandelten sich ihre Worte in Würgelaute. Ihre Stimme verstummte. Das Gehirn gab ihr den Befehl, nach Luft zu ringen.

Hannah prüfte die Umgebung. Zu jedem Zeitpunkt erwartete sie das Eintreffen des Doktor Parson. Aber keine Tür schwang auf, und Betty und die zurückgekehrten Wachmänner schienen niemanden zu erwarten. Sie widmeten sich allein dem Geschehen vor sich. Dolores hatte Priscilla unverändert im Würgegriff. Hannah bekam allmählich das Gefühl, dass dieser Doktor nicht kommen würde.

„Ich habe dich gewarnt, Dr. Parson!", sagte Dolores in einem herrischen Ton.

Die Frau ist Doktor?

Hat sie hier mal gearbeitet?

Priscilla bekam kaum noch Luft, ihre Augen fielen phasenweise zu. Dann ergab sie sich, sodass die Oberschwester den Würgegriff lockerte.

Die Aufregung schwappte auf die anderen, bisher passiven Insassinnen über. Sie alle erhoben sich wie aufgebrachte Schimpansen von ihren Stühlen oder kamen aus ihren Ecken hervor. Sie folgten Dolores und Priscilla mit gemächlichen Schritten und neugierigen Blicken.

Was hat Dolores mit ihr vor?

Wohin geht sie mit ihr?

Dolores war in Fahrt. Wie eine nicht zu bremsende Dampflok. Einen Zusammenprall mit ihr würde niemand überleben. Im Eifer des Gefechts dachte sie nicht daran, beim Betreten des Beauty-Shops die Tür hinter sich zu schließen. Jeder konnte sehen, wie die Badewanne in der hintersten Ecke des Raumes nun ihren Einsatz fand. Jene Badewanne, die jeden Tag bis zum Rand mit Wasser aufgefüllt und mit einer zwangsjackenähnlichen Plane überzogen war.

Dolores nickte dem Wachmann zu, der ihnen gefolgt war; und dieser verstand. Er rollte das Spanntuch wie den Deckel einer Sardinenbüchse auf. Währenddessen hielt die Oberschwester Priscillas linken Arm und Nacken fest.

Priscilla wimmerte. Sie wusste, was auf sie zukam, doch ihr blieb nur die rechte Hand zur Verteidigung, mit der sie sich verzweifelt am Badewannenrand festklammerte, als die große Pranke in ihrem Nacken sie gewaltsam unter Wasser drückte.

Nach wenigen Sekunden stiegen Luftblasen auf und durchbrachen die Wasseroberfläche. Erst eine Blase, dann zwei. Es wurden immer mehr. Und je mehr Luftblasen aufkamen, umso mehr begann Priscilla zu zucken. Ihre freie Hand löste sich vom Rand der Badewanne und zuckte in der Luft.

Für Hannah kam der Moment wie eine Ewigkeit vor, und gerade als sie dachte, Dolores würde die Frau nicht mehr hochkommen lassen, gewährte sie.

„Na, Frau Doktor? Wollen wir weiter rebellieren und Unruhe stiften?", fragte Dolores, ohne auf eine Antwort zu warten. Wieder klatschte das Wasser in Priscillas Gesicht, ummantelte ihren ganzen Kopf. Sie hatte nur einen Wimpernschlag Zeit gehabt, um zu atmen. In dem Augenblick, als sie ihren Mund weit geöffnet und wie ein Inhaliergerät frischen Sauerstoff eingesaugt hatte, kam der verschwommene Boden der Badewanne gnadenlos auf sie zu. Das Wasser drang in ihre erweiterten Lungen.

Es dauerte wieder eine Weile, ehe Priscilla eine weitere Gelegenheit bekam, um nach Luft zu schnappen. Sie pumpte und pumpte, doch bevor ihr Körper sich ausreichend mit Sauerstoff versorgen konnte, wurde sie abermals hinuntergedrückt.

Die wenigen Luftblasen, die an die Wasseroberfläche kamen, signalisierten allen, dass Priscilla allmählich der Sauerstoffvorrat ausging. Der Wachmann im Hintergrund hielt sich dennoch zurück. Die Insassinnen ebenfalls. Niemand bemühte sich, dazwischen zu gehen.

Hannah ließ die gewaltsame Maßnahme schweren Herzens geschehen. Dolores wollte Priscilla ja hoffentlich nur eine Lektion erteilen und nicht umbringen. Und als Hannah dachte, das Ganze habe bald ein Ende, gesellte sich Betty kichernd dazu. Während Dolores weiterhin den Kopf der Frau unter Wasser drückte, packte Betty Priscillas Beine und hob diese in die Höhe. Priscillas Körper zuckte wild, als ob in der Badewanne ein riesiger Zitteraal schwamm und ihr einen Stromschlag verpasste.

Sie ertrinkt!
Sie braucht Luft!
Ich muss etwas unternehmen!
Noch bevor Hannah den ersten Schritt zur Badewanne

machen konnte, griff eine Hand nach ihrem Unterarm.

„Nein", sagte eine der Insassinnen und schüttelte den Kopf. Hannah wusste, dass die Frau Recht hatte, und so ließ sie Priscillas Misshandlung weiter geschehen.

Platsch!

Kaum hatte Betty Priscilla in die Badewanne hineinplumpsen lassen, griff Dolores nach der Zwangsjackenplane und deckte mit dieser die Badewanne vollständig zu. Beim Verlassen des Raumes knipste sie das Licht aus und verriegelte von außen die Tür.

Wollen die Schwestern Priscilla einfach so in der Badewanne liegen lassen? In diesem dunklen Raum? Die Fenster da drin sind Tag und Nacht geöffnet, und dass bei den kühlen und nassen Außentemperaturen. Das Wasser muss verdammt kalt sein. Priscilla wird sich den Tod holen. Ihre Körpertemperatur wird rapide sinken. Ihre Haut wird verschrumpeln. Und falls man sie da wieder lebendig herausholt, wird sie sich eine Lungenentzündung eingefangen haben.

Im Tagesraum ertönte Musik, die aus den Lautsprechern unter der Decke und an den Wänden abgespielt wurde. Gene Kellys Stimme schallte durch den Trakt. Hannah sah ihn vor sich, wie er vergnügt durch den strömenden Regen tanzte, um eine Laterne schwang und mit seinem aufgespannten Regenschirm Tanzfiguren zauberte. Seine Worte *I'm singing in the rain* klangen so unbeschwert. Wie aus dem Mund eines Kleinkindes oder eines Schwerverliebten. Bis ein Polizist ihn zum Schweigen brachte und seine Stimme verstummen ließ. Hannah mochte den Film.

Läuft der Song zufällig im Radio oder will man sich über Priscilla und uns lustig machen? Wo bin ich hier gelandet?

Trevor, hol mich raus. Irgendwie. Sofort! Bitte!

Zurück im Hotel

Die Stimme der Vernunft hatte gesiegt. So gern er ein Auf-
einandertreffen mit dem Hotelier vermeiden wollte, ein
Fernbleiben auf Dauer war keine Option. Mr. Pukowski
war wie ein Jagdhund, der die Fährte aufgenommen hatte
und kurz davor war, zu bellen.

Trevor betrat beschwipst das Hotel.

Ganz langsam.

Einen Schritt nach dem anderen.

*Geh ruhig und entspannt durch die Lobby und dann die Treppe
hinauf. Sobald du im Zimmer bist, kannst du dich ins Bett schmei-
ßen.*

„Guten Aaabend, Mr. Baaanks".

Mr. Pukowskis lautstarke Stimme dröhnte in Trevors
Schädel. Wozu dieser Lärm? Mit Ausnahme des Mannes im
beigen Trenchcoat war die Lobby vollkommen leer. Trevor
hätte ihn auch flüsternd gehört. Er schwieg und hob zur Be-
grüßung kurz seinen schlaffen Arm. Dabei bemühte er sich,
sein Gleichgewicht zu halten und im aufrechten Gang
durch die Lobby zu schreiten.

Außer Sichtweite von Mr. Pukowski fing er wieder an, zu
torkeln. In der oberen Etage kämpfte er sich zu seinem Zimmer vor und nutzte die Wand als Stütze. Als ein Blumenkü-
bel den Weg versperrte, stieß er sich von der Wand ab und
ließ sich von der gegenüberliegenden Wand auffangen.

Das Zimmer liegt sowieso auf dieser Seite.

An der Wand angelehnt, kramte er vor der Zimmertür in

seiner Hosentasche.

„Der muss hier doch irgendwo sein."

Der Hauptverdächtige

Der erste Eindruck zählt, so heißt es. Er brennt sich in deinen Schädel ein. Unwiderruflich und unveränderbar. Eingemeißelt in deiner Festplatte. Mein erster Eindruck von Mr. Banks war: Der Typ tut mir verdammt leid, so wie er mit dem Rücken zur Wand Halt suchte und in seiner Hosentasche verkrampft nach dem Schlüssel wühlte. In der Lobby wollte er nicht offenbaren, wie besoffen er war, doch vor der Tür seines Zimmers war dies allzu deutlich.

„Wo bist du? Huuhuu! Schlüssel? Huuhuu … oh … mein Kopf."

„Mr. Banks?"

„Wer sagt das?"

Er wollte sich um die eigene Achse drehen, indem er seine Schulterblätter entlang der Wand abrollte, doch kurz bevor er durch eine motorische Fehlzündung umfiel, stoppte er und rollte sich wieder in die Ausgangsposition zurück.

Ich stellte mich vor die Zimmertür, ehe er in der Lage war, etwas Dummes zu tun.

„Dies ist ein Tatort, Mr. Banks."

Das amtliche Absperrband vor der Tür hatte er nicht bemerkt. Ebenso wenig das kleine amtliche Klebesiegel, das an der Naht zwischen Tür und Türrahmen klebte. Erst als ich das Wort *Tatort* erwähnte, hatte er dieses registriert.

„Wer sind Sie?", fragte er und starrte verwundert auf die nicht angezündete Zigarre in meinem Mund.

„Ich bin Mr. Garnier. Mordinspektion."

„Mr. Garné? Was ist passiert?"

Ich unterließ es, meinen Namen zu korrigieren, es hätte eh nichts gebracht. Er war zu betrunken. Und er war mit Sicherheit auch ohne Alkohol ein komischer Kauz.

„Das würde ich gern von Ihnen erfahren, Mr. Banks."

„Ginspektor, niemand ist in diesem Zimmer gestorben oder getötet worden, oder so." Beim Reden schien er zu realisieren, wie angeschwipst er tatsächlich war. Zumindest deuteten seine kurzweilig zusammengezogenen Augenbrauen darauf hin.

„Es geht um Ihre Frau!"

„Ist sie tot?"

„Sie wird vermisst, und da wir nicht wissen, was genau vorgefallen ist, bin ich daran, das aufzuklären."

Mr. Banks rutschte die Wand hinunter, bis sein Hintern den Boden erreichte. Wie ich später aus seinem Buch erfuhr, dachte er, dass er aufgeflogen sei. Er wusste, dass es nur der neugierige Hotelier gewesen sein konnte, der die Polizei eingeschaltet hatte. Er fühlte sich niedergeschlagen; und zugleich erleichtert. Denn weder ich noch meine Kollegen von der Polizei hatten Hannah tot aufgefunden. Das bedeutete im Umkehrschluss, dass sie noch am Leben sein musste. Es sei denn, sie wäre in der Klinik ums Leben gekommen und dort heimlich beseitigt worden.

Er hatte noch immer keine Ahnung, wie er Hannah aus der Anstalt befreien sollte. Die Polizei konnte die Lösung sein. Ihm war es egal, dass die Geschichte publik werden und sie dadurch ihre Jobs bei Mr. Adens Zeitung verlieren würden. Mr. Aden hatte ihnen vor der Aktion ja angedroht, dies zu tun, sollte die Story aus den Fugen geraten. Für ihn war es einfach nur wichtig, seine geliebte Hannah wiederzubekommen und sie in seine Arme zu nehmen.

Doch er fragte sich, wie er mir die Wahrheit beibringen sollte, sodass ich ihm am Ende glaubte.

„Wenn niemand ermordet wurde, wozu dann die Mordkommission?"

„Ein Verdacht reicht aus, Mr. Banks. Besser, Sie begleiten mich aufs Revier. Draußen wartet bereits ein Wagen auf uns."

„Legen Sie mir jetzt Handschellen an?"

Die unangezündete Zigarre wanderte von einer Seite auf die andere. „Sie sind zwar der Hauptverdächtige, aber nicht verhaftet, falls Sie das meinen."

„Verstehe!"

Er wusste, dass er widerstandslos mitgehen musste. Ein Zuwiderhandeln würde seine derzeitige Position nicht verbessern. Im Gegenteil. Er schrieb später in seinem Buch, dass ihm ein Bauchgefühl sagte, dass man ihn aufgrund seines Verhaltens während des Hotelaufenthalts für den Täter hielt. Kein Wunder, denn er hatte es dem schnüffelnden Hund, Mr. Pukowski, sehr leicht gemacht, den Braten riechen zu lassen. Vom ersten Tag an hatte der Hotelier seinen Riecher in die Luft gehalten und die Fährte aufgenommen.

„Es ist mir zwar unangenehm, Inspektor, aber können Sie mich auf dem Weg zum Wagen stützen?"

Ich nickte, und Mr. Banks hakte sich in meinen Oberarm ein. Wir gingen nach unten in die Lobby, wo uns ein Pärchen mittleren Alters mit verdutzten Gesichtern entgegenkam.

„Wer küüüümmert sich um das Gepääck? Und um das Chaos im Hooootelzimmer?", fragte der an der Rezeption stehende Mr. Pukowski einen Polizeibeamten, als er mich

Trevor abführen sah.

„Keine Sorge", antwortete ich, ohne den Hotelier eines Blickes zu würdigen. „Meine Kollegen kümmern sich darum."

Draußen inspizierten zwei Männer in Zivilkleidung Mr. Banks roten Cadillac. „Hey, das ist mein Auto!"

„Wir haben Kratzspuren gefunden, Inspektor", sagte einer der beiden Beamten.

„Okay! Dann nichts anfassen! Lasst das Fahrzeug zur weiteren Untersuchung aufs Revier bringen!", ordnete ich an.

„Verstanden."

„Das ist bestimmt auf dem Weg von der Bar ins Hotel passiert. Kann ein anderes Auto gewesen sein, dass ich beim Ausparken gestreift habe, oder ein Stein, der mir im Weg stand, oder was auch immer. Das hat nichts mit Hannah zu tun, ich schwöre."

„Wir müssen jeder Spur nachgehen, Mr. Banks", sagte ich und brachte den Pseudo-Ehemann zu einem Zivilfahrzeug, welches neben dem Cadillac parkte, und öffnete die Hintertür.

„Einsteigen, aber passen Sie auf Ihren Kopf auf!"

„Au!"

„Ich sagte doch, passen Sie auf Ihren Kopf auf!"

Die beiden Beamten stiegen in dasselbe Auto, und ich setzte mich ans Steuer meines eigenen Wagens, welches ein Stück weiter vor der Auffahrt zum Hotel stand.

Trevor schrieb später, dass er, als er von uns mitgenommen wurde, froh war, nicht wieder in das Hotelzimmer zurückkehren zu müssen und dass bald alles überstanden sein könnte. Die Polizei war der Wahrheit auf der Spur. Ihnen war es eher möglich, Hannah aus der Einrichtung auf der mysteriösen Insel herauszuholen als für ihn. Das hoffte er zumindest. Und dass es noch nicht zu spät war. Er wollte Hannah unversehrt in seinen Armen wissen.

Zeugenaussage: Mr. Pukowski

Hääätte ich daaas gewuuusst. Ich wollte doch nuuur, dass wieder Ruhe und Ooordnung in meinem Hotel einkehrt. Deswegen hatte ich die Polizei eingeschaltet. Die Gäste bemerkten den Trubel, blieben aber erstaauuunlich gelaaassen. Ohne es in diesem Momeeent wirklich zu wissen, sagte ich ihnen, dass eine Kundin aus einem der Zimmer weeeggelaufen sei, einfach nur, um sie zu beruhigen. Die Frau sei geistig verwiiirrt und man würde nun nach ihr suchen. Ihr Ehemann sei sehr aufgebracht deswegen. Man habe ihn mitgenommen, damit er die seelische Fürsorge erhalte, die er unter diesen Umständen braucht. Versteeeehen Sie mich nicht faaalsch. Mir ging es nicht darum, Mr. Baaanks zu verteidigen, oder zu deeecken, sondern mein Hotel.

An diesem Aaabend wollte ich einfach nur, dass alles vorüber geht. Ich meine, all diese Määäänner in Uniformen, dieser Mr. Baaanks und dieser Sauuustall auf dem Zimmer. Glücklicherweise verbreiteten die Beamten keine Panik; sie gingen lediglich ihrer Arbeit nach.

Dass dieser Abend, so makaaaber das klingen mag, ein Seeegen für den Bekanntheitsgrad meines Hauses bedeutete, konnte ich zu diesem Zeitpunkt noch nicht aaahnen. Hannahs Schicksal hatte einen bemerkenswerten Einfluss auf das Schicksal meines Hotels beschert. Es wurde in der gaaanzen Stadt bekannt, und darüber hinaus.

Auf der Wache in St. Louis

Man kann die moralische Frage stellen, ob man einen Mann unter Alkoholeinfluss in einen Verhörraum stecken darf. Nun, ich stellte mir diese Frage nicht, dafür richtete ich aber einige an Mr. Banks. Ich dachte, der Alkohol könnte uns als eine Art Wahrheitsdroge dienlich sein, Informationen aus der losen Zunge des Hauptverdächtigen zu ziehen.

Der Verhörraum war funktional ausgestattet: eine große Spiegelscheibe, zwei Stühle und ein Tisch. Alles wirkte sehr nüchtern, im Gegensatz zum Verdächtigen.

„Was ist mit Ihrer Ehefrau geschehen? Wo ist sie?", fragte ich ihn. Er saß brav am Tisch, während ich mich, mit dem Rücken an die Wand gelehnt, mit einer Fußsohle an dieser abstützte. Meinen Trenchcoat hatte ich zuvor auf die Lehne des unbesetzten Stuhls geworfen; die Ärmel meines Hemdes hochgekrempelt.

„Wollen Sie Ihre Zigarre nicht irgendwann mal anzünden, Inspektor?", fragte Mr. Banks mit provokanter Stimme.

Ich ließ mich nicht darauf ein.

„Mr. Banks, bitte versuchen Sie, sich auf meine Fragen zu konzentrieren. Es geht um das Wohl Ihrer Ehefrau."

„Miss Soldtobury, also Hannah …"

„Miss? Hannah?"

„Hannah ist nicht meine Ehefrau. Wir haben das alles nur erfunden."

Ich bekam das Gefühl, dass der Verdächtige nicht länger

das Lügenkonstrukt aufrechterhalten konnte – oder wollte. Die Wahrheit schmeckte ihm besser. Und das nicht, weil er angetrunken war, sondern, weil sein Gewissen das Sprechen für ihn übernahm.

„Angenommen, Sie sagen die Wahrheit. Wozu dann die Show? Warum haben Sie beide im Hotel ein Doppelzimmer angemietet?"

„Damit Hannah auf die Insel gehen kann."

„Damit Hannah auf die Insel gehen kann, Mr. Banks?"

In einer Kneipe am späten Abend hätte diese Aussage mit Sicherheit für ein Lächeln in meinem Gesicht gesorgt, nicht aber in diesem rationalen Verhörraum. Zudem ging es um eine vermisste Frau. Und die einzige Person, die wissen könnte, was ihr zugestoßen war, war der besoffene *Ehemann*.

„Was für eine Insel, Mr. Banks? Sofern das Ihr richtiger Name ist?"

„Das ist mein richtiger Name. Ich bin Mr. Banks, aber Sie können auch Trevor zu mir sagen."

„Mr. Banks, was für eine Insel meinen Sie?"

„Die Insel in Greenwood. Das kleine Stück Land im Mississippi River. Die Insel, auf der sich diese seltsame Einrichtung befindet. Eine Klappsmühle oder so was."

„Wollen Sie mir weiß machen, dass Ihre Ehefrau …"

„Nicht meine Ehefrau, Sir", unterbrach er mich. Dabei wedelte er wie ein spießiger Lehrer mit seinem Zeigefinger hin und her.

„Sie wollen mir also sagen, dass Hannah sich freiwillig in eine Anstalt einliefern lassen hat?"

„Sie kapieren schnell, Inspektor." In seinem Gesicht erstrahlte ein krampfhaftes Lächeln; seine Schultern wurden breiter.

„Machen Sie sich über mich lustig?", fragte ich mit kalter Miene. Mein Dienst war lang, und nach diesem Verhörgespräch erwartete ich sehnsüchtig mein Bett oder die Couch im heimischen Wohnzimmer.

„Entschuldigen Sie meine Unhöflichkeit, Sir, aber ich bin emotional durcheinander." Mr. Banks versuchte, das Grinsen einzustellen, doch der Alkohol zwang ihn weiter dazu. Dann plötzlich starb seine fröhliche Seite. Als ob er Hannah vor seinen Augen sah und ihm dabei das Lachen verging. „Mr. Garnier, glauben Sie mir. Niemand wünscht sich Hannah so sehr herbei wie ich. Rufen Sie Mr. Aden in Washington an. Er ist unser Chef. Oder rufen Sie von mir aus diesen Sheriff in Greenwood an."

„Was ist mit Familienangehörigen?"

Mr. Banks schüttelte den Kopf. „Sie ist allein. Abgesehen von mir."

„Schön, Mr. Banks. Sie werden die heutige Nacht bei uns schlafen. Und wenn Sie nüchtern sind, reden wir weiter. In der Zwischenzeit werde ich die von Ihnen genannten Personen überprüfen lassen."

Ich nahm meinen Trenchcoat von der Stuhllehne und ging zur Tür.

Ausnüchterungszelle

Für Trevor war die Nacht in der Ausnüchterungszelle des
St. Louis Police Departments die reinste Erholung. Es war
eine Befreiung. Eine Erleichterung. Keine Lügen mehr; und
kein Mr. Pukowski.

Hannah, wir holen dich da raus, das verspreche ich dir.
Bald fahren wir zurück nach Washington.
Nach Hause.

Hannah: Die zweite Nacht

Der Tag im Trakt neigte sich dem Ende, und Hannah saß hungrig in ihrer Zelle. Vom Abendbrot hatte sie so gut wie nichts herunterbekommen. Einen Teil vom trockenen, harten Brot konnte sie auch nur deshalb herunterwürgen, weil sie es in die lauwarme Suppe getunkt hatte.

Es hatte den ganzen Tag über geregnet. Die in den Mississippi River einschlagenden Regentropfen brachten den Fluss aus der Fassung und erzeugten auf der Oberfläche Kreise. Hannah fragte sich, was passieren würde, wenn der Fluss ansteigen und die Insel mitsamt der Anlage überfluten würde. Existierte ein Rettungsplan, um die Insassinnen von der Insel zu evakuieren, oder würde man die Patientinnen ertrinken lassen? Würde überhaupt jemand die Menschen retten (wollen), wenn diese in Lebensgefahr schwebten? Sie schüttelte innerlich den Kopf.

Eher nicht.

Ihr war von Anfang an klar, dass dies kein Krankenhaus sein konnte. Keine der anwesenden Frauen, die in den kalten und herzlosen Zellen untergebracht waren, zeigten ein für ein Krankenhaus typisches Verletzungsbild auf; wie etwa ein gebrochenes Bein, ein gestauchtes Handgelenk oder eine äußere Kopfverletzung. Kein Arzt kam zur Visite vorbei, geschweige denn irgendwelche Familienmitglieder oder Bekannte, die ihre Angehörigen besuchten. Es gab weder männliche Patienten noch zu behandelnde Kinder auf der Station, sondern nur Frauen mit weißer Hautfarbe. Wa-

ren die Männer und Kinder in anderen Trakten untergebracht? Wenn ja, wozu die Trennung nach Geschlecht; und
möglicherweise der Hautfarbe?

Ein Gefängnis schloss Hannah ebenso aus, auch wenn
alle Fenster mit Gittern versehen waren und die Treppen-
häuser wie Tiergehege aussahen. Um in ein Gefängnis zu
kommen, müsste jede einzelne Frau eine Straftat begangen
haben und durch ein Gericht für schuldig erklärt worden
sein. Hannah wurde jedoch kein Prozess gemacht. Zudem
sahen die Damen nicht gerade wie Verbrecherinnen aus,
eher geistig verwirrt bis seelisch abgestumpft.

Der Ort glich einer Anstalt, in der Menschen mit psychologischen Störungen untergebracht waren, die in der Welt
außerhalb der Mauern nicht zurechtkamen oder von der
Außenwelt abgestoßen worden waren. Nancy war ein gutes
Beispiel dafür. Während des Zweiten Weltkriegs hatte sie
gehofft und gebetet, ihren Mann unversehrt zurückzube-
kommen. Und als er traumatisiert zurückgekehrt war, hatte
er sie betrogen und vergewaltigt. Für die hintergangene
Nancy krachte die heile Welt wie ein Spielkartenhaus zusammen. Sie hatte sich davon nicht mehr erholt, so Hannahs Theorie, schließlich gingen viele Beziehungen und Familien durch die Folgen des Zweiten Weltkriegs zu Bruch.

Ein Klacken drängte sich in Hannahs Gedankengänge.
Die Klappe der Luke in der Zellentür öffnete sich, und ein
Becher Orangensaft wurde durchgereicht.

„Trink das!", befahl die kaugummikauende Betty auf der
anderen Seite der Tür. Hannah schwieg, nahm den Becher
entgegen und trank den Orangensaft in drei Schlucken aus.

„Warum bekomme ich keine Pillen? So wie gestern?"

„Damit du wieder die Zelle vollkotzt?", antwortete Betty,

die den leeren Becher von Hannah entgegennahm. Sie verriegelte die Klappe, und ihre Schritte verstummten nach und nach.

Hannah widmete sich wieder den fallenden Regentropfen, die ungebremst zu Boden prasselten, und ihren Gedanken. Warum hatte man die Anstalt ausgerechnet hier, im Nirgendwo, auf einer Insel errichtet? Welchen Auftrag hatte sie? Warum behandelte man die Frauen so rau und kalt, statt einen Heilungserfolg anzustreben und ihre psychologischen Störungen zu behandeln? War es nicht traurig genug, dass die Frauen aus ihrer vertrauten Umgebung herausgerissen und an diesen fremden und herzlosen Ort gebracht worden waren? Isoliert und abgeschirmt von der Außenwelt? Auch wenn die Quellen ihrer seelischen Qualen möglicherweise in deren alltäglichen Umgebung lagen und sie es deshalb psychisch nicht ausgehalten hatten?

Hannah glaubte nicht, dass das medizinische Personal daran interessiert war, die seelischen Störungen der Frauen zu diagnostizieren und zu heilen. Die Einrichtung war ein Auffanglager für kaputte Seelen. Die Gesellschaft hatte keine Verwendung mehr für sie und sperrte sie weg, ließ sie hinter dem Gemäuer vor sich hinvegetieren. Die Insassinnen wurden einfach nur ruhiggestellt und in gezähmte, charakterlose Zombies verwandelt.

Echt gruselig. Wird mir das auch passieren?

Die Wolken brachen auf und gaben den fast runden Mond frei, dessen schimmerndes Licht auf dem Weg in die Zelle immer mehr verblasste und gerade so das Innere erreichte.

Der Umgang mit den Frauen war unwürdig. Wie man Nancy behandelt hatte zum Beispiel, nachdem sie mit dem

Löffel ihr Frühstück durch die Gegend torpediert hatte. Sie hatte den ganzen Tag gefehlt. Erst zum Abendbrot saß sie wieder in der Runde, friedlich wie ein Lamm. Sie hatte niemanden angeschaut. Ihr Blick ging ins Leere oder auf den Boden. Was hatte man bloß mit ihr angestellt?

Mein Kreislauf.

Aus Angst im Stehen zusammenzubrechen, legte sich Hannah mit dem Rücken aufs Bett und starrte zur Decke. Ihre Augen fielen kurzweilig zu.

Auch der Umgang mit Priscilla war diskriminierend und menschenverachtend. Abgesehen von ihrem Gebrabbel von Höhlen, Menschen und Seelen war sie doch friedlich? Wozu dann die Aktion mit der Badewanne? Warum ließ man sie ohne Licht im kalten Wasser liegen? Nur einen kleinen Spalt zwischen dem Wasser und der Plane hatte man ihr gelassen, damit sie Luft bekam. Die verschrumpelte Haut war dabei das geringere Übel, denn die Unterkühlung des Körpers konnte zu einer Verlangsamung des Herzens führen, ja, sogar zum Aussetzen des Organs.

Mein Kopf. Was ist los mit mir?

Priscilla wurde erst nach dem Abendbrot von ihrem feuchten Bad der Erniedrigung erlöst. Für sie ging es ohne eine Mahlzeit ins Bett. Hoffentlich hatte man ihr in der Zelle trockene Kleidung gegeben, um nicht im durchtränkten Kleid schlafen zu müssen. Sonst wäre bei der Kälte eine Lungenentzündung die Folge; oder Schlimmeres.

Mein Kopf dreht sich.

Und was war mit der Frau geschehen, die letzte Nacht aus der Zelle entfernt und wie ein lebloser Körper über den Korridor gezogen worden war? Hatte sie da noch gelebt? War sie bewusstlos? Oder war sie bereits tot?

Und wer war Chloe, die Neue, die vorhin vom Wachmann und Dolores in den Trakt eingeliefert worden war, und die beim Abendbrot gefehlt hatte? Würde sie erst morgen zum Frühstück auf die Frauengruppe treffen?

Irgendetwas stimmt nicht mit mir!

Woher kamen all die Frauen? Wo hatten sie vor ihrer Zeit in der Anstalt gelebt? Hatten sie einen Mann? Kinder? Waren sie gesund oder bereits seelisch krank, als man sie aus dem Alltag gerissen und in die Einrichtung gesteckt hatte? Hatte man den Frauen ihre Entscheidungsbefugnis genommen? Wurden sie entmündigt? Freiwillig waren sie wohl nicht hier.

Hannahs Gedanken und Gefühle spielten verrückt. Sie wusste nicht, wie ihr geschah.

Hat Betty mir irgendetwas in den Orangensaft getan?

Drogen etwa?

Ein Kichern.

Das Kichern eines Mädchens.

Wer ist da?

Sie wollte das Lachen orten, aber ihr Körper gehorchte nicht. Ihr Kopf war genauso am Bett gefesselt wie ihre Arme und Beine. Nicht etwa durch Schnallen aus Metall, Leder oder Gummi, sondern ihr eigener Geist war es, der sie lähmte. Dieser fuhr Achterbahn und war verängstigt. Möglicherweise verursacht durch Drogen oder Medikamente, die im Orangensaft beigemischt waren.

Wieder dieses Kichern.

Wer ist da?

Etwa das kleine Mädchen?

Warum kichert es?

Das hat es noch nie gemacht.

„Bist du das?", fragte Hannah, um das Mädchen aus der Dunkelheit hervorzulocken. Und für einen Augenblick glaubte sie, den blutverschmierten Saum des Kleidchens im schwachen Mondlicht schimmern zu sehen.

„Komm ruhig zu mir. Ich tu dir nichts."

Das Mädchen blieb, wo es war. Verborgen im Dunkeln. Aber im Strahl des ermüdeten Mondlichts kam ihre Hand zum Vorschein. Der Zeigefinger deutete auf Hannahs Vulva. „Hat er dich da UNTEN auch angefasst?", fragte das Mädchen.

Hannah erschrak.

Was meint sie damit?

„Er hat mir da wehgetan", sagte das Mädchen.

Mit einem Mal spürte Hannah eine unsichtbare Hand über ihren rechten Oberschenkel gleiten, der immer weiter nach oben wanderte.

Ist noch jemand im Raum?

„Wer ist da?", fragte Hannah verängstigt. Mit Ausnahme der Kinderhand im schimmernden Mondlicht konnte sie nichts erkennen.

Eine der Krankenschwestern vielleicht? Dolores? Betty? Einer der Wachmänner?

Versteinert und hilflos musste sie ertragen, wie die unsichtbare Hand um ihre Schamlippen kreiste.

Ist das der Doktor? Der hat doch Betty, das real gewordene Pin-up-Girl, zum Vernaschen?

Als die böswillige Hand Hannahs Schamlippen streichelte, trat das Mädchen kichernd aus der Dunkelheit hervor. Es war ein vergnügtes und unschuldiges Kichern zugleich.

Alles nur Einbildung, Hannah. Du halluzinierst!

Das sind die Drogen.

Im Orangensaft.

Das geschieht nicht wirklich.

Das kindliche Kichern des kleinen Mädchens verwandelte sich in das Lachen eines Erwachsenen.

Dieses Lachen!

Hannah würde dieses Lachen nie im Leben vergessen. Es hatte sich in ihr Gehirn gebrannt, als sie noch ein kleines Mädchen gewesen war. Gerade mal fünf Jahre alt war sie da gewesen. Seitdem ließ sich das Geschehene nicht mehr aus ihrem Gedächtnis entfernen. Es war das Lachen der lächelnden Hand.

Nicht schon wieder!

Ich will nicht!

Nicht noch einmal!

Stopp!

„Trevooor!"

Obwohl ihre Schreie mit Sicherheit den Korridor entlang schallten, eilte ihr niemand zur Hilfe. Nicht einmal das Echo kehrte in ihre Zelle zurück.

Kaffee?

„Kaffee?" Ich betrat die Zelle und legte meine Jacke und meinen Hut am Ende des Bettes ab, auf dem Mr. Banks saß.

„Schwarz, bitte!", antwortete dieser.

Ich wand mich an meinen an der Tür stehenden Kollegen: „Zweimal schwarz, bitte."

Ich brauchte unbedingt einen Kaffee. Mein Dreitagebart war über Nacht ebenso gewachsen wie meine Augenringe. Hinzu kamen meine Haare, die undankbar lagen und sich nicht zähmen ließen, sprich, ich sollte den ganzen Tag lang keine ordentliche Frisur hinbekommen. Mr. Banks schien in der Zelle eine bessere Nacht verbracht zu haben als ich auf der Wohnzimmercouch. Ich wollte meine Frau nicht wecken. Sie hätte mich so oder so aus dem Bett geworfen, mit der Bitte, eine Dusche zu nehmen.

„Haben Sie den Sheriff angerufen? Oder Mr. Aden in Washington?", fragte der Verdächtige.

„Meine Kollegen sind dran."

In diesem Augenblick kam der Beamte mit den zwei Tassen Kaffee zurück. Während Mr. Banks einen kleinen Schluck nahm und jeden Tropfen auf seiner Zunge genoss, nahm ich die unangezündete Zigarre aus meinem Mund, behielt sie in meiner Hand und kippte den Kaffee funktional in einem Zug den Rachen hinunter. Das ging aber auch nur, weil das schwarze Getränk anscheinend einige Minuten auf der Herdplatte der Kaffeemaschine gestanden und sich etwas abgekühlt hatte. Angenehm warm, nicht zu heiß.

Andernfalls hätte ich mir wohl den Gaumen und den Rachen verbrannt.

Mr. Banks umfasste seine Tasse, als wenn er ein rohes Ei warmhalten wollte. „Wir können doch direkt nach Greenwood fahren und mit dem Sheriff sprechen?", schlug er vor.

„Wir?", fragte ich, während ich mit der Zigarre zwischen meinen Fingern spielte.

„Sie können mich meinetwegen so festketten und festgurten, wie Sie wollen, Inspektor. Hauptsache, ich bin mit dabei. Ich will Hannah unbedingt wieder in meine Arme schließen können. Unversehrt."

„Dann hätten Sie Hannah erst gar nicht gehen lassen dürfen."

„Wem sagen Sie das, Sir!"

„Mr. Banks, jetzt erzählen Sie mir bitte in wenigen Sätzen, wie es dazu kam, dass Sie jetzt hier bei mir sitzen."

Mr. Banks erzählte mir, dass Hannah nicht nur außergewöhnlich schlau, sondern auch sehr beliebt sei. Einst auf der High-School und später als Redakteurin bei den Lesern. Sie habe bei einer großen Zeitung in Washington eine vielversprechende Karriere vor sich. Dennoch habe sie die Show im abgebrannten Haus ihrer Großeltern in Greenwood abgezogen, um in diese Einrichtung zu gelangen. Sie sei von dieser Insel und der darauf stehenden Anstalt wie besessen, meinte er.

„Sie machen Scherze?", unterbrach ich ihn, doch Mr. Banks schüttelte den Kopf.

„Ich weiß, wie das klingt. Es gibt keinen logischen Grund dafür. Welcher schlaue Mensch würde für ein derartig bescheuertes Unterfangen seine Karriere und sein Leben aufs Spiel setzen, richtig?"

„Sie sagen es."

„Ich habe einen Augenzeugen, der nicht weiß, dass er einer ist!"

„Haben Sie den Namen der Person?"

„Nein, aber ich weiß, wo wir ihn finden."

„Ihn?"

„Den Sheriff", sagte Mr. Banks und hielt inne, um seiner Antwort mehr Gewicht zu verleihen.

Ich schwieg und zog skeptisch eine Augenbraue hoch.

„Der Sheriff von Greenwood, das sagte ich Ihnen bereits gestern. Die Einwohner hatten ihn alarmiert. Er war es, der Hannah zu einem Arzt in Alton gebracht hat. Ich war seinem Wagen gefolgt."

„Und der Arzt hat tatsächlich geglaubt, dass Hannah verrückt ist, obwohl sie das nur gespielt haben soll?"

„Verrückt, nicht wahr?"

Mr. Banks schien es selbst nicht glauben zu wollen. Menschen, die als Spezialisten galten, hatten einen gesunden Menschen für verrückt erklärt.

„Ich weiß nicht, was in der Arztpraxis passiert ist. Sie hat diese freiwillig und bei Bewusstsein betreten; gemeinsam mit dem Sheriff. Einige Minuten später hielt ein Krankenwagen vor dem Gebäude und zwei Männer in bizarren Uniformen holten Hannah heraus. Sie lag auf einer Rollbahre. Bewusstlos. Dann fuhr der Krankenwagen mit ihr davon. Der Sheriff hinterher, bis zur Insel, dann verschwand er."

Ich hörte dem Hauptverdächtigen genau zu. Und obwohl mir die dargebotene Geschichte seltsam vorkam, sagte mir mein Bauchgefühl, dass der vor mir sitzende junge Mann an das glaubte, was er sagte. Und mein Bauchgefühl hatte mich noch nie in Stich gelassen.

„Inspektor, ich weiß, dass sich das verrückt anhört, aber das ist die Wahrheit!"

„Ich werde das prüfen, Mr. Banks."

Der Verdächtige schien ein sympathischer und feiner Kerl zu sein, und er schien Hannah wirklich zu mögen. Wobei Menschen stets in der Lage waren, denjenigen zu töten, den sie am meisten lieben.

„Inspektor, ich weiß, dass ich kein Recht habe, irgendwelche Forderungen zu stellen oder Wünsche zu äußern."

„Stimmt."

„Aber wenn Sie nach Greenwood fahren, dann nehmen Sie mich bitte mit. Und sei es in Hand- und Fußschellen. Bitte!"

Ich hatte genug gehört und musste die neugewonnenen Informationen erst einmal für mich sortieren.

Jeder Mensch ist unschuldig, solange nicht das Gegenteil bewiesen ist.

„Ich komme später auf Sie zurück, Mr. Banks", sagte ich und verließ die Zelle. Ich wollte davon absehen, dass Mr. Banks am Tag zuvor betrunken mit dem Wagen von der Bar zum Hotel gefahren war. Außer ein paar Kratzern, die wie auch immer in den Lack vom Cadillac gekommen waren, schien nichts passiert zu sein. Und wo kein Kläger …

Nicht mit Kleinkram aufhalten.

Der Besuch

Jeder neue Tag bot eine neue Chance. Vorausgesetzt, man war dafür empfänglich und bereit. Wer in der Vergangenheit lebte oder sich von dieser beherrschen ließ, nicht.

Hannah war in ihren Gedankengängen gefangen. Sie fragte sich, woher dieses Verlangen kam, sich in die Einrichtung einschleusen zu lassen. Das Verlangen, die Anstalt von innen sehen zu wollen. Der Ort schadete ihr; nicht nur physisch. Er zeigte ihr Dinge, die sie nicht sehen wollte. Er hatte die Dämonen aus ihren frühen Kindheitstagen, die sie im Laufe des Lebens in Tresoren weggeschlossen hatte, wieder zum Leben erweckt und hinausgelassen.

Wie die anderen Frauen stellte sich Hannah für die morgendliche Medikamentenausgabe in die Schlange. Den Glaskasten erreicht, scannte Dolores sie skeptisch ab.

„Wollen wir heute unsere Medikamente nehmen?"

Wortlos warf Hannah die Pillen in ihren Rachen und schluckte sie – zusammen mit dem Wasser aus dem kleinen Pappbecher – hinunter.

Ich hoffe, Trevor holt mich hier rechtzeitig raus. Bis dahin lass ich mich betäuben. Bloß keine Eskalation. Einfach mitschwimmen und beten, dass ich hier nicht versauere oder durchdrehe.

„Ich sagte dir ja, dass du es bereuen wirst, wenn du dich den Medikamenten verweigerst. Rebellinnen werden hier ganz schnell zahm", sagte Dolores. In ihrem Gesicht wuchs ein breites Grinsen. Sie fasste sich an ihre weiße Haube, als wenn sie nach einem gewonnenen Kampf sich zur Belohnung selbst am Kopf streichelte.

Die verriegelte Doppeltür öffnete sich und der weibliche Zombietrupp schritt im Gleichtakt den langen Korridor entlang, mit all seinen Kurven und Steigungen, wieder vorbei an der Außenterrasse, die wie ein Vogelkäfig aussah.

Draußen reflektierten die Sonnenstrahlen im Morgentau, der wie ein seidenzartes Perlentuch über den Grashalmen lag. Es versprach, ein schöner Tag zu werden, doch im Inneren der Gemäuer spielte das Wetter keine Rolle. Dort herrschte eine nebulöse Stimmung. Es lag eine geistige Trägheit in der Luft, und es regnete Tränen. Die Insassinnen waren wetterfühlig und ließen sich von den aufgenommenen Medikamenten und dem hausgemachten Wetter leiten. Auch Hannahs Seele wurde düsterer und düsterer.

Ich brauche Energie. Bitte lass es heute ein Fünf-Sterne-Frühstück sein, dachte sie, doch zu ihrer *Überraschung* gab es die gleiche Pampe wie zuvor. Während das Zeug in ihrem Gaumen umherwanderte und schließlich den Hals hinunterrutschte, stellte sie sich vor, es sei Großmutters Resteeintopf. Großmutter hatte immer gesagt, warum genießbare Lebensmittel wegschmeißen, wenn man daraus ein liebevolles und individuelles Gericht zaubern konnte? Aber dieses warmherzige Bild voller Erinnerungen wurde ihr vom ungenießbaren Geschmack der Pampe vermiest.

Zurück im Tagesraum herrschte Eintönigkeit. Wieder saßen die Frauen wie Passagiere in einer New Yorker Subway schweigend nebeneinander oder standen geistlos in der Gegend herum. Im Hintergrund dudelten im Radio Songs aus der aktuellen Hitparade, die durch den Verkauf von Schallplatten bestimmt wurde. Gekauft von Mitgliedern einer Gesellschaft, die außerhalb der Einrichtung ihren Alltag nachgingen und die Insassinnen hier drinnen ignorierten, oder vergessen hatten.

Vier Frauen spielten Karten. Obwohl sie sich uneinig waren, welches Spiel sie gerade spielten, oder wie die Regeln lauteten, wurde es aufrechterhalten. Jede Frau legte ihre Karten so, wie sie meinte, es spielen zu müssen. Wahrscheinlich ging es weniger um das Spiel selbst, als vielmehr um das Gemeinsame; und um die Zeit totzuschlagen. Außerhalb der Mauern rannte einem die Zeit davon. In der Einrichtung war sie wie ein lästiger Kobold auf der Schulter, der einem permanent in den Nacken biss und an den Haaren zog.

Im Trakt herrschte Frieden.

Aber der Frieden täuschte.

Es war die Ruhe vor dem Sturm.

Ob die Frauen vor ihrer Einlieferung bereits psychische Störungen hatten oder ob diese erst danach auftraten, blieb ungewiss. Einige von ihnen jedenfalls waren tickende Zeitbomben. Ein falsches Wort, ein falsches Geräusch oder ein anderer falscher Reiz und schon würde sich ihr Gemüt verändern.

Die verriegelte Doppeltür öffnete sich, und Dolores trat hinein; mit einem kräftig gebauten Mann in Uniform an ihrer Seite. Die Orden und das Rangabzeichen kündigten jeden an, dass er einen hohen Dienstgrad besaß. Er war in Begleitung zweier Soldaten, die als Personenschutz dienten.

„Wie Sie sehen, herrscht hier allerbeste Ordnung, Mr. Detoy."

Beim Anblick des Generals wurde Nancy unruhig. Zuerst zuckten ihre Lippen, dann fletschte sie die Zähne wie ein Wachhund, der keinen Eindringling duldete.

Hunde, die bellen, beißen nicht, oder?, dachte Hannah.

Der General überflog mit den Augen den Trakt. „Sehr schön. Wie kommen Sie voran? Gibt es von der ersten Testphase schon Ergebnisse?"

Testphase?

Sind wir etwa Labormäuse?

Für wen?

Und für was?

„Dr. Friedgeist wird Ihnen schon bald die ersten Daten übermitteln", antwortete Dolores.

„Ausgezeichnet."

Aus dem knurrenden Hund wurde eine Katze mit aufgestellten Nackenhaaren und ausgefahrenen Krallen.

„Was stimmt mit der denn nicht?" Der Offizier deutete auf die Frau im fragilen Körper eines kleinen Mädchens. „Gehört sie auch zum Projekt?"

Dolores nickte. „Ja."

Tests? Projekt?

„Du Hurenbock!", schrie Nancy. „Warum hast du dieses Flittchen gebumst?!"

„Unternehmen Sie etwas!", befahl der hohe Besuch; und so griffen die beiden Soldaten zu ihren Waffen. Doch der General machte mit einem Kopfschütteln deutlich, dass er keine Schießerei wollte.

„Ich mache dich kalt! Das wirst du mir büßen!" Nancy sprintete auf den großgewachsenen Mann zu, sprang ihn an.

Ein tiefer, langgezogener Schrei schallte durch den Tagesraum. Er versuchte, die zierliche Frau von sich wegzuziehen, doch der durch den Kopf schießende Schmerz hielt ihn davon ab. Seine beiden Soldaten standen anfangs hilflos daneben, bis einer der beiden nach der Frau griff. Wie ein Kampfhund in der Wade eines Postboten hatte Nancy sich in das Ohr des Generals festgebissen.

„Entfernen Sie das Weib von mir!", befahl der General, aber seinem Soldaten gelang es nicht, die Frau von ihm zu trennen.

Plötzlich rammte sich eine Spritze in Nancys Hals, die wie ein toter Käfer mit dem Rücken zu Boden fiel. Ihre in die Luft gestreckten Gliedmaßen zuckten noch einige Sekunden nach. An ihrem Mund klebte das Blut des Opfers. Dolores war dazwischen gegangen und hatte sie ruhiggestellt.

„Schaffen Sie mir diese Frau aus den Augen! Die ist aus dem Projekt gestrichen! Entledigen Sie sich ihr!", befahl der Offizier. Er hielt mit einer Hand sein blutendes Ohr fest und suchte den Linoleumboden nach herausgebissenen Ohrfetzen ab, fand aber nichts und verschwand sodann aus dem Trakt; gefolgt von seinen beiden Männern.

Ein lautes, apathisches Lachen. „Man durchschreitet diese Tür nur zweimal", sagte Priscilla. „Einmal kommt man durch diese hinein. Als Mensch. Mit einer Seele, und sei diese noch so verwirrt. Beim zweiten Mal geht man durch diese hinaus; und man wird zum Geist. Man kommt nie wieder zurück. Man geht für immer."

„Priscilla, hör sofort auf damit! Sonst erwartet dich das gleiche Schicksal wie Nancy", drohte Dolores.

„Nancy wird in die Höhle gebracht", fuhr Priscilla unbeeindruckt fort. „Dort bekommt sie Stromstöße in den Kopf. Und am Ende werden ihr zwei Nägel in die Augen gerammt!"

„Letzte Warnung!"

Priscilla verstummte, doch ihre Worte hallten im Kopf der fassungslosen Hannah weiter, die beobachtete, wie der Wachmann Nancys leblosen Körper forttrug. Er folgte der Oberschwester, die die Pforte zur Höhle aufgestoßen hatte, und hinter der alle drei verschwanden.

Allein das Kaugummischmatzen und das naive Gelächter blieben. Betty schien die vorherige Szene samt Abgang amüsant zu finden.

Hat Betty eine Vorstellung davon, was mit den Insassinnen im Keller geschieht? Wohl kaum, sonst würde sie das nicht lustig finden. In der Vorbereitung auf meine Rolle als Verrückte habe ich über bestimmte Handlungsmethoden gelesen. Wenn sie darüber Bescheid wüsste wie ich, dann müsste sie respektvoll und beklemmend darauf reagieren. Es sei denn, sie ist abgestumpft und gefühllos. Vielleicht genießt sie es ja auch, Derartiges mit anzusehen?

Vor Hannahs geistigem Auge wird die bewusstlose Nancy in das Kellergewölbe gebracht, vorbei an den Gummizellen und dem Zahnarztraum. In einem Behandlungsraum wird sie vom Wachmann auf die Liege gelegt und fixiert.

Doktor Friedgeist, der sie bereits erwartet hat, legt die Elektroden mit Freude an ihre Schläfe. Stromstöße im dreistelligen Voltbereich schießen durch Nancys Körper. Und zum Finale hämmert der Mediziner ihr zuerst einen großen, langen Nagel am linken Auge vorbei, dann am rechten.

Im Namen der Wissenschaft.

Im Namen der Medizin.

Der Anruf

Sympathie ist ja schön und gut, aber die sagt einem nicht immer die Wahrheit. Das Bauchgefühl dagegen schon eher; aber auch hier gibt es keine Garantie.

Ich ließ den Hörer sanft in die Gabel fallen und lehnte mich im Stuhl nach hinten. Meine Beine legte ich auf eine Ecke des Schreibtisches, sodass meine Füße in der Luft schwebten.

Es war nur ein Bauchgefühl, aber MEIN Bauchgefühl.

Der Anruf, den ich getätigt hatte, stimmte mich nachdenklich. Der Mann am anderen Ende der Telefonleitung meinte, dass Hannah Soldtobury und Trevor Banks ein Dream-Team seien, und er daher fassungslos sei, zu hören, dass Mr. Banks unter Verdacht stehe, Hannah etwas Schlimmes angetan zu haben.

Wie von Geisterhand öffnete ich die Schreibtischschublade. Die darin liegende Zigarre lächelte mich an. Ich nahm sie heraus, ohne zurückzulächeln. Sie landete in meinem Mundwinkel und blieb unangezündet. Sie zu riechen, reichte mir schon.

Der Mann, mit dem ich telefoniert hatte, war Mr. Aden aus Washington. Seine Betroffenheit konnte ich durch den kilometerlangen Telefondraht spüren. Der Tatverdächtige schien die vermisste Frau wirklich geliebt zu haben, möglicherweise liebte er sie noch immer. Aber war es andersherum genauso? Für Mr. Banks musste es hart sein, zu wissen, dass er sie nicht bekommen konnte, weil Hannah seine

Liebe nicht auf gleiche Weise erwiderte.

Ob die beiden tatsächlich verheiratet waren oder dies nur vorgaben, spielte für mich keine Rolle. Selbst die Eheschließung auf dem Papier hätte nicht die Frage geklärt, ob der Verdächtige die Frau verschleppt und ermordet hatte oder nicht.

Eifersucht.

Kontrollzwang.

Macht.

Vielleicht konnte Mr. Banks es nicht ertragen, dass die junge Frau eine Karriere startete, während er in ihrem Schatten blieb? Nein, der junge Mann in der Zelle machte keinen derartigen Eindruck auf mich. Das sagte mir mein Bauchgefühl.

Die Zigarre landete im leeren, aschefreien Aschenbecher, und ich griff ein weiteres Mal zum Hörer. Über die Wählscheibe gab ich die Nummer ein. Es war die Zeit der Switchboard Operators. Damen und Herren, die vor riesigen Tafeln mit unendlich vielen nummerierten Löchern saßen, Kabel hineinsteckten und herauszogen, um Anrufe weiterzuleiten oder zu beenden. Egal, wo man war – Zuhause, in einem Hotelzimmer oder im Büro –, binnen weniger Sekunden war man mit jemandem an einem anderen Ort verbunden und konnte miteinander reden. Landesweit, und darüber hinaus.

Ein weiblicher Operator meldete sich am anderen Ende.

„Hallo?"

„Hallo, Inspektor Garnier hier, ich möchte gern ein Gespräch nach Greenwood führen."

Nach der Durchstellung nahm die gewünschte Person am anderen Ende ab. „Sheriff Baxter."

Die Stimme klang erschöpft und müde. Wie ein alter Hund, der auf der Veranda geschlafen hatte und geweckt worden war. Ich hatte das Gefühl, dass der Mann kurz vor der Pensionierung stand, oder zumindest auf diese wartete.

„Hallo, Mr. Baxter. Ich bin Inspektor Garnier vom St. Louis Police Department. Ich habe ein paar Fragen an Sie."

Beim Sheriff

Die Scheibenwischer waren schwer damit beschäftigt, die Windschutzscheibe von den Regentropfen zu befreien, die unaufhörlich hinab prasselten; und überall blitzte es. Der Ort gab sein Bestes, um sein Geheimnis zu bewahren.

Langsam und vorsichtig bewegte ich mein Fahrzeug über die Straße, die einige Zentimeter unter Wasser stand. Der dichtstehende Wald zu meiner rechten, der Mississippi River zu meiner linken Seite.

Nach dem Telefonat mit Sheriff Baxter schien die Ermittlung nun in die richtige Richtung zu laufen. Wir hatten uns darauf verständigt, den Fall vor Ort in Ruhe zu besprechen. Das kam mir sehr gelegen, da ich sowieso einen persönlichen Eindruck von Greenwood gewinnen wollte.

Im sauberen Aschenbecher des Wagens wartete eine Zigarre darauf, angezündet zu werden. Die Zahnabdrücke darauf verrieten, dass sie schon einmal in meinem Mund gewesen war. Ich griff nach ihr und steckte sie in die Jackentasche.

„Wir sind gleich da", sagte ich, als die ersten Gebäude von Greenwood auftauchten, und schaute über den Rückspiegel zu meinem Passagier auf dem Rücksitz, dessen rechte Hand mit einer Handschelle am Türgriff festgebunden war.

Ich erhielt keine Antwort. Der Mann war mit seinen Gedanken außerhalb des Wagens, in dessen Fenster sich die vorbeiziehenden Bäume spiegelten.

Ich nahm den Hauptverdächtigen mit, damit dieser die Gelegenheit bekam, seine Sicht der Dinge vor Ort zu schildern. Der junge Mann sah mir nicht danach aus, als ob er mir irgendwelche Schwierigkeiten bereiten würde. Falls doch, dann wären der alte Sheriff und ich waffenmäßig in der Überzahl. Und eine Flucht aus Greenwood wäre schier unmöglich. Um uns herum war nur Wald. Er würde sich darin verlaufen und am Ende von den Polizeihunden aufgespürt werden.

Als ich das Zielgebäude ansteuerte, entdeckte ich den Sheriff auf der überdachten Veranda. Er hatte bereits auf unsere Ankunft gewartet. Sein äußeres Erscheinungsbild wirkte genauso müde wie seine Stimme während des vorausgegangenen Telefonats.

„Kann ich Sie von den Handschellen losmachen, ohne dass Sie mich anspringen?", fragte ich in Richtung Rückbank.

„Keine Sorge, Inspektor. Ich werde Sie unterstützen, um Hannah zurückbekommen", sagte Mr. Banks, und ich warf ihm die Schlüssel zu den Handschellen zu, damit er diese mit seiner freien Hand öffnen und selbstständig aus dem Wagen steigen konnte.

Der Regen nahm spürbar ab, dennoch wurde unsere Kleidung nass, als wir zum tropfenden Vordach des Sheriffbüros eilten.

„Schön, dass Sie sich Zeit für uns nehmen", begrüßte ich den Sheriff.

„Ich fühle mich mit verantwortlich – irgendwie", antwortete dieser. „Kommen Sie, ich habe frischen Kaffee gemacht, falls Sie möchten."

Wir betraten das Büro, legten unsere Jacken über die

Stühle und nahmen am Schreibtisch des Sheriffs Platz. Der Sheriff selbst schnappte sich die Kaffeekanne und drei Tassen von der kleinen Küchenzeile, bevor er es sich bequem machte und uns allen Kaffee einschenkte. Mit einer Handgeste bot er uns Milch und Zucker an, die bereits auf dem Schreibtisch standen.

Wenn man nicht wüsste, dass Mr. Banks der Tatverdächtige war, so konnte man meinen, er gehöre zum Ermittlungsteam.

Bevor ich dem Sheriff die erste Frage stellte, griff ich hinter mich und holte aus der Tasche meines Trenchcoats die Zigarre hervor. Sie landete – na, klar – unangezündet in meinem Mundwinkel.

„Sie haben also Hannah noch lebend gesehen, bevor Sie verschwand?"

„Ja, hier in Greenwood. Sie tanzte im Regen, in einem total durchnässten Kleid. Sie meinte, sie würde auf die Aliens warten. Man wolle sie abholen. Daraufhin brachte ich sie zum Doktor, der im Nachbarort Alton seine Praxis hat. Nachdem dieser ihr ein Beruhigungsmittel verabreicht hatte, führte er ein kurzes Telefonat, woraufhin zwei Sanitäter in seltsamer Kleidung erschienen. Sie brachten Hannah in einem untypischen Krankenwagen fort."

Beim letzten Satz realisierte ich, wie ein Ruck durch Mr. Banks ging. Fast wäre er vom Stuhl hochgesprungen.

„Sehen Sie, Inspektor? Ich habe Ihnen die Wahrheit gesagt", kam es aus ihm heraus. In der Tat, der Sheriff bekräftigte sein Alibi, und ich nickte.

Dann faltete der Sheriff seine Augenbrauen zusammen und runzelte die Stirn. „Und wer sind Sie nochmal?", fragte er den jungen Mann an meiner Seite. Doch bevor Mr. Banks antworten konnte, ergriff ich das Wort.

„Mr. Banks ist … ähm … war bisher der Tatverdächtige, weil wir davon ausgegangen waren, dass hinter dem Verschwinden der jungen Frau ein Mord steckt … stecken könnte. Aber nach ihren Worten, Sheriff, ist davon nun nicht mehr auszugehen."

Ich nahm einen Schluck aus der Kaffeetasse, dann wandte ich mich Mr. Banks zu.

„Auch wenn Sie die Handschellen bereits los sind, hiermit sind Sie offiziell vom Verdacht freigesprochen."

Erleichtert rutschte Mr. Banks fast vom Stuhl. Er setzt sich wieder aufrecht hin und atmete auf. Ihm wurde eine große Last genommen, aber noch hatte er Hannah nicht zurück.

Sheriff Baxter schüttelte verdutzt den Kopf. „Nein, Hannah wurde nicht umgebracht. Sie befindet sich in der Einrichtung, drüben auf der Insel." Er zeigte auf die Wand, in deren Richtung die Insel lag. „Mr. Banks habe ich zu keinem Zeitpunkt in Greenwood gesehen. Ich bin dem Krankenwagen gefolgt, mit dem die beiden bizarren Sanitäter Hannah abtransportiert haben. Sie fuhren direkt zur Insel, auf der sich die Einrichtung befindet."

Ich nickte. Mr. Banks hatte mir bereits im Verhörraum davon erzählt, doch da wollte ich ihm nicht glauben. Zum einen war er zu diesem Zeitpunkt besoffen gewesen, zum anderen klang die Geschichte für mich unglaubwürdig. Welcher normale Mensch lässt sich freiwillig in eine Klapse einschleusen? Doch nur, wenn er mit seinen Dämonen kämpft oder sich in der Gesellschaft nicht zurechtfindet und in den Gemäuern der Einrichtung Schutz und Ruhe sucht.

„Was für eine Einrichtung ist das?"

„Ehrlich gesagt, obwohl die Insel genau vor unseren Augen liegt, wissen wir Bewohner von Greenwood nicht, was dort im Inneren geschieht. Nicht einmal ich als Sheriff weiß, was in meinem eigenen Bezirk vor sich geht. Alles Top-Secret." Er lachte gehässig.

Ich schielte zu Mr. Banks. „Ist das der Grund, weshalb Miss Soldtobury, also Hannah, dort reinwollte? Um herauszufinden, was darin vor sich geht?"

Mr. Banks nickte, während er auf den Boden starrte. „Hannah hat mit ihren Eltern in Washington gewohnt, da aber ihre Großeltern in Greenwood gelebt haben, ist sie auch hier groß geworden. Die Einrichtung auf der Insel war für Hannah immer präsent. Vom Haus der Großeltern aus hatte sie sogar einen freien Blick auf diese. Hannah fühlt sich von der Einrichtung angezogen, selbst jetzt noch, nachdem ihre Großeltern und ihr Vater gestorben sind."

Ich warf einen prüfenden Blick zum Sheriff, um die gemachte Aussage bestätigen zu lassen.

„Das stimmt", sagte der Sheriff. „Hannah war bei ihren Großeltern regelmäßig zu Besuch. Bis ihre Großeltern und Eltern in Greenwood ums Leben kamen. Einer nach dem anderen."

„Wie meinen Sie das?"

Der Sheriff blickte auf die Regentropfen am Fenster, in denen die ersten Sonnenstrahlen funkelten. Die Gewitterfront schien weiterzumarschieren. Der Regen ließ deutlich nach.

„Ich denke, ich führe Sie durch den Ort, damit Sie sich einen eigenen Eindruck machen können."

„Einverstanden", sagte ich und steckte die unangezündete Zigarre mit den Zahnabdrücken zurück in die Seitentasche meines Trenchcoats. „Gehen wir!"

Das Tonbandgespräch

Im Rahmen der Falluntersuchung lag uns eine Tonbandaufnahme vor, auf der das Gespräch zwischen Hannah und Dr. Friedgeist festgehalten wurde. Während ich mir diese anhörte, stellte ich mir vor, wie sie im Raum saßen und sich unterhielten. Später las ich das Buch von Mr. Banks, der die Tonbandaufnahme in Romanform verfasst und ein paar mögliche Gedankengänge von Hannah hinzugefügt hatte.

„Wie geht es uns heute, Hannah?"

„Wie soll es mir denn gehen?"

„Ich weiß nicht?"

„Wo ist Betty?"

„Betty hat heute eine andere Aufgabe von mir bekommen. In den letzten Sitzungen waren da diese, sagen wir mal, negativen Schwingungen zwischen Ihnen beiden gewesen, die nicht förderlich sind. Daher möchte ich jetzt allein mit Ihnen reden."

Negative Schwingungen? Ist dir Betty etwa schon langweilig geworden?

„Tut mir leid, dass Ihre Freundin eifersüchtig auf mich ist."

„Interessante Anmerkung. Sind Sie denn eifersüchtig?"

Was willst du von mir, Doc?

„Was für ein Ort ist das hier? Ein Gefängnis? Ich meine, wir werden in Einzelzellen gehalten, fernab von unseren Familien, ohne zu wissen, wieso; und ohne von einem Gericht verurteilt worden zu sein."

„Jedes Individuum muss sich dem allgemeinen Wohl der Gesellschaft anpassen. Wenn dem Individuum das nicht gelingt, wird es entfernt. Man versucht, es außerhalb der Gesellschaft zu reparieren. Wie ein Auto, das man in die Werkstatt bringt und dann abholt, wenn es wieder fahrtauglich ist. Falls das nicht gelingt, verbleibt das Individuum in der geschlossenen Einrichtung, isoliert von der Außenwelt. Das geschieht in Gefängnissen, Altersheimen und Nervenanstalten. Wir wollen herausfinden, ob die Menschen, die zu uns kommen, tatsächlich verrückt sind – oder wahnsinnig."

„Wollen Sie mir weiß machen, dies sei eine Nervenanstalt?"

„Ich bevorzuge die Bezeichnung *Medizinische Einrichtung*." Der Doktor klang, als ob er sich rechtfertigen wollte. Und als er das realisierte, sammelte er sich wieder.

„Wir Insassinnen hatten nicht die Möglichkeit, uns gegen die Einweisung zu wehren", übernahm Hannah das Wort. „Wir wurden entmündigt, weil andere Menschen uns für verrückt erklärt haben. Warum werden wir an einem fremden Ort therapiert – isoliert und weggesperrt –, wenn die Auslöser der Störungen sich innerhalb der Gesellschaft befinden? Warum findet die Therapie nicht dort Anwendung, wo die Patienten wohnen und leben?"

„Nun, zum einen ist eine Heilung nicht immer dort möglich, wo der Auslöser angesiedelt ist. Es gibt individuelle Fälle, wo eine räumliche Distanz zur Ursache notwendig wird, und nicht jeder Auslöser ist ortsgebunden. Zudem meidet die Gesellschaft Menschen mit seelischen Störungen. Einzelne Mitglieder der Gesellschaft könnten die verrückten Individuen sogar angreifen, weil sie in den seelisch

Gestörten eine Gefahr für ihr eigenes Leben sehen. Die gesunden und funktionierenden Mitglieder der Gesellschaft streben ein perfektes Zusammenspiel miteinander an, so wie man es ihnen vordiktiert.

Im europäischen Mittelalter wurden Bettler, Diebe und Geisteskranke gleichermaßen in Kerker geworfen, wo sie ihr restliches Leben verbrachten, ohne Hoffnung, kuriert zu werden oder je wieder in das Tageslicht zu treten."

„Was ist mit Nancy geschehen?", unterbrach Hannah den Mediziner. „Wird sie das Tageslicht je wiedersehen?"

„Nancy?"

„Die zierliche blonde Frau, die von Betty und dem Wachmann heute weggebracht worden ist. Wir haben sie seitdem nicht mehr gesehen."

„Ich fürchte, sie wird auch nicht wiederkommen."

„Wieso?" Hannah stellte jetzt die Fragen. Der Doktor nahm die Position des Antwortenden ein, doch dies schien ihn nicht zu stören.

„Wissen Sie, Hannah, unsere medizinischen Fortschritte werden immer besser. Noch nie wurden die Menschen älter. Wären die beiden Weltkriege nicht gewesen, würde sich das auch in den Statistiken widerspiegeln. Und weil die Menschen immer älter werden, haben wir die Zeit und die Möglichkeiten, uns mit den medizinischen Schicksalen von Individuen zu beschäftigen. Dadurch erzielen wir Fortschritte, die natürlich Opfer mit sich bringen. Unsere Einrichtung leider des Öfteren, denn es findet derzeit ein medizinischer und wissenschaftlicher Umbruch statt. Ein sehr bedeutsamer für die weitere Entwicklung des zwanzigsten Jahrhunderts. Wir müssen schauen, welchen Weg wir einschlagen wollen, und welche Rolle dabei unsere Einrichtung einnimmt."

Der Doktor stoppte kurz.

„Wollen Sie das wirklich alles wissen?"

„Ja", antwortete Hannah. „Ich bin Journalistin."

Dr. Friedgeist lachte. Wie bereits in Hannahs Akte vermerkt, schien sich seine Prognose, dass die junge Patientin an einer multiplen Persönlichkeitsstörung litt, zu bewahrheiten. Er verblieb in seiner passiven Haltung als Antwortgeber. „Nun, bevor ich in dieser Einrichtung anfing, habe ich als deutscher Staatsbürger für die Nazis gekämpft, auch wenn ich selbst kein Anhänger der Hitler-Doktrin war. Doch ich war Arzt; und mir war klar, dass, sollte ich für die Nazis arbeiten, viel über die Medizin in anderen Ländern und Kulturen erfahren würde."

„Ich wusste es. Zuerst kämpfen die USA gegen die Nazis und dann schnappen sie sich deren Wissenschaftler und anderen schlaue Köpfe. Nur so bauen die USA ihren technischen Vorsprung und ihr Wissen gegenüber den feindlichen Nationen weiter aus."

„Trösten Sie sich. Nicht nur die USA handeln so. Auch die Sowjetunion, China und all die anderen. Jede Nation handelt auf diese Weise, wenn sie kann. Jeder will an das Wissen und Know-how seines Feindes gelangen und es sich aneignen, um noch stärker und unbesiegbarer daraus hervorzugehen. Nach dem Zweiten Weltkrieg musste ich mich entscheiden: entweder auf Anordnung eines internationalen Kriegsgerichts sterben oder im Feindesland unter Hausarrest leben und arbeiten. Ich entschied mich für den Hausarrest. Ich biete den Amerikanern mein Wissen an und darf dafür weiterleben."

„Ich glaub das einfach nicht", sagte Hannah.

„Das müssen Sie auch nicht, Hannah. Vielleicht ist es Schicksal, dass mein Nachname Friedgeist lautet, also *friedlicher, friedfertiger* oder *ausgeglichener Geist*. Ob mein Schicksal darin liegt, ein ausgeglichener Mensch zu sein oder andere Menschen zu einem friedlichen Geist zu verhelfen, war mir lange Zeit nicht bewusst. Und wenn es doch kein Schicksal war, sondern Zufall, so hatte ich unter der Führung der Nazis pures Glück. Anstatt in Europa an der Front zu kämpfen, ging ich mit einer SS-Truppe nach Tibet und durfte dort einiges über die chinesische Medizin lernen, die so viel anders ist als die des Westens.

Bei einer Krankheit beziehungsweise einer seelischen oder organischen Störung betrachten die Chinesen stets den gesamten körperlichen Organismus eines Menschen, der aufgrund einer Disharmonie oder Blockade aus dem Gleichgewicht geraten ist. Das Qi kann nicht mehr richtig hindurchfließen. Mithilfe der traditionellen chinesischen Medizin wird dieses Ungleichgewicht wieder ausbalanciert. Ying und Yang, verstehen Sie? Materie und Energie.

Die westliche Medizin behandelt die Krankheiten dagegen lokal. Wenn die Hand schmerzt, wird die Hand behandelt. Wenn der Fuß schmerzt, lindert man den Schmerz entsprechend dort. So verfährt sie auch bei psychischen Störungen. In der ganzen Menschheitsgeschichte hindurch wurden psychische Störungen mit physischen Methoden behandelt.

In der Antike und im Mittelalter etwa wurden Zähne als eine mögliche Quelle des Wahnsinns angesehen, sodass sie mit der Wurzel gezogen und medizinisch erforscht wurden. Aber auch Körperteile wie Beine, Hände, Füße oder Arme konnten die Seele bedrohen.

Das Ziehen von Zähnen und die Amputation von Körperteilen galten als medizinische Notwendigkeit, da die Ursache für die erkrankte Seele damit physisch entfernt wurde. Dies geschah meist ohne Zustimmung der Patienten, obwohl man keine wissenschaftlich fundierten Belege über den Heilungserfolg besaß."

„Wenn Sie das alles wissen", unterbrach Hannah ihn, „warum verändern Sie dann nicht die Methodik? Warum werden wir gegen unseren Willen festgehalten? Wieso werden wir mit Pillen vollgepumpt? Und was meinte Dr. Priscilla Parson, als sie von den Elektroschocks und den Nägeln in den Augen sprach?"

„Wie gesagt, wir befinden uns in einem medizinischen Umbruch, der nicht über Nacht geschieht. Natürlich versuche ich dabei mein Wissen über die Anwendung neuer Methoden einzubringen."

„Von was für einen Umbruch reden Sie? Ist dies hier ein Labor? Sind wir Frauen die Versuchskaninchen?"

„Medizinische Fortschritte können nur mit Hilfe von Probanden erzielt werden, die sich freiwillig zur Verfügung stellen oder durch Zwang herangezogen werden."

Der Doktor legte eine rhetorische Pause ein.

„Wenn ich von einem Umbruch spreche, meine ich unter anderem die Art der Behandlung seelischer Störungen. Wie bereits gesagt, bis vor kurzem machte man zwischen den psychischen und physischen Krankheiten keinen Unterschied. In beiden Fällen behandelte man die Patienten mit physischen Anwendungen. Wie die eben erwähnten Amputationen von Körperteilen oder das Ziehen von Zähnen, um die Störquelle vom Körper zu trennen.

Im neunzehnten Jahrhundert erfand man einen Zwangsstuhl der besonderen Art: den Tranquilizer. Menschen, die nicht zur Ruhe kamen oder nicht aufhörten, zu schreien, wurden mit den Armen und dem Brustkorb auf diesem besagten Stuhl fixiert; der Kopf wurde in einen bizarren, von innen ausgehöhltem Holzblock gesteckt. Unfähig den Kopf zu bewegen oder außerhalb des herrschenden Schwarzes etwas zu erkennen, mussten sie so oft tagelang auf diese Weise ausharren. Die Luke in dem Holzblock bliebt meist geschlossen, und wenn geöffnet, dann konnte man nur geradeaus schauen. Mit dieser unangenehmen Sitzhaltung sollten die Patienten besänftigt werden. Man hoffte, sie auf diese Weise in gehorsame Wesen zu verwandeln.

Und wenn all das nicht half, hatte man die Patienten an Betten und Wänden oder auf Stühlen gefesselt. Oft ein Leben lang, ohne jede Chance der Heilung."

„Wie grausam", sagte Hannah.

„Stimmt, aber es geht noch grausamer. Mit der Erfindung und Beherrschung der Elektrizität war es nur eine Frage der Zeit, bis man diese als physisches Heilmittel anerkannte. Bis heute werden den Menschen Elektroschocks und Insulinspritzen verabreicht. Durch diese werden elliptische Anfälle erzeugt, die das Gehirn beruhigen und wieder in den richtigen Takt bringen – so heißt es zumindest. Es werden aber auch Gehirnoperationen an offenen Schädeln durchgeführt oder – wie von Ihnen schon angesprochen – Nägel in Augenhöhlen gehämmert."

„Nennen Sie das etwa medizinische Behandlungsmethoden? Die Menschen werden mit solchen Behandlungsmethoden doch nicht geheilt. Das kann mir keiner erzählen. Das ist reine Folter!"

Aufgrund der Tatsache, dass es sich um eine Tonbandaufnahme handelte, konnte man Dr. Friedgeists Reaktion nicht sehen, aber er hat mit Sicherheit gelächelt, bevor er fortfuhr.

„Von derartigen Methoden habe ich auch noch nie viel gehalten. In den letzten Jahren geht man mehr dazu über, die psychischen Krankheitsbilder mit Medikamenten zu behandeln. Zumindest können diese die Symptome der seelischen Störungen unterdrücken; oder zumindest abschwächen. Und so sehr ich diese Entwicklung begrüße, so sehr beeinflusst dies meine persönliche Zukunft negativ. Eines Tages dürfen Menschen mit psychischen Störungen ihre Behandlungen Zuhause genießen. Die Nerveneinrichtungen werden dann nicht mehr gebraucht und in ihrer Anzahl zurückgehen; die wenigen Verbleibenden werden dann nur noch die wirklich harten, hoffnungslosen Fälle beherbergen. Oder sie werden, wie diese hier, zu medizinischen Forschungseinrichtungen umgewandelt, deren Ergebnisse für das Militär brauchbar und anwendbar sind."

Kurzes Schweigen auf dem Tonband.

„Wissen Sie, Hannah, Kriege wird es immer geben, denn der Mensch kann nicht anders. Kriege werden aber nicht durch Gewehre, Panzer, Flugzeuge, U-Boote, Bomben oder biochemische Waffen gewonnen, sondern durch psychologische Kriegsführung."

„Kriege ohne Panzer und Flugzeuge?"

„Naja", gab Dr. Friedgeist zu. „Ganz ohne die geht das natürlich nicht, aber Kriege werden im Kopf gewonnen, nicht durch die Hand. Wenn wir durch unsere Forschung herausfinden, wie der Mensch auf welche chemischen Düfte, optischen Reize und akustischen Signale reagiert, können wir diese Erkenntnisse nutzen und unseren Feind besiegen."

„Das ist grausam und widerlich", protestierte Hannah.

„Alles zum Schutz der USA. Unsere Forschungsergebnisse können durchaus positive Auswirkungen haben. Placebos sind dafür ein Beispiel. Wissen Sie, was Placebos sind?"

„Sie meinen diese Pillen?"

„Placebo ist lateinisch und bedeutet „Ich werde gefallen." In der Medizin sind Placebos Medikamente, die keinerlei Arzneistoffe beinhalten und somit keine pharmakologische Wirkung erzielen dürften. Und dennoch lindern sie bei den Patienten das Empfinden von Schmerz. Es gibt Menschen, die erfahren durch Placebos sogar eine Heilung.

Schon die Griechen wussten von diesem Effekt. Hippokrates hatte bereits damit experimentiert und dokumentiert. Auch im Mittelalter wusste man davon. Doch erst im zwanzigsten Jahrhundert wurde der Placebo-Effekt ein Thema der Wissenschaft, wie wir sie heute kennen. Auslöser war Dr. Henry K. Beecher, ein Militärarzt der USA während des Zweiten Weltkriegs. Weil die Versorgung an der Front knapp war, gingen ihm allmählich die Medikamente aus. Die Lösung: Er spritzte den Verletzten eine Kochsalzlösung, sagte ihnen aber, es sei Morphium, welches die Schmerzen lindere. Die Soldaten fühlten sich nach der Spritze wieder schnell fit und gefechtsbereit."

Dr. Friedgeist atmete einmal ein und aus.

„Auch wenn wir uns noch am Anfang dieses Phänomens befinden, so eignen sich derartige Scheinbehandlungen durchaus."

„Wollen Sie damit sagen, dass Menschen sich einbilden, krank zu sein, aber ebenso in der Lage sind, durch Gedanken wieder gesund zu werden?"

„In der Tat. Durch die Placebos bekommen die Menschen eine positive Erwartungshaltung. Sie glauben, mit Hilfe der Placebos wieder zu gesunden. Und sie werden es, dank der Kraft ihrer positiven Gedanken.

Und wenn das möglich ist, so ist auch anzunehmen, dass Menschen durch negative Gedanken krank werden. Durch negative Gedankengänge bekommen sie Schmerzen, Lähmungen oder scheitern, woran auch immer. Allein dadurch, weil sie es sich einreden. Selbsterfüllende Prophezeiung. Egal, ob positiv oder negativ.

Die Gedanken sind genauso gefährlich wie Viren. Vielleicht sogar schlimmer."

„Das ist doch verrückt. Warum sollten wir uns selbst Schaden zufügen? Nur, weil ich an eine Grippe denke, fühle ich mich plötzlich schlapp?"

„Ja, weil Sie dann verstärkt auf Ihren Körper achten und in ihn hineinhorchen. Jedes kleine Symptom sehen Sie als Bestätigung Ihrer Annahme. Wenn Sie sagen, das ist nichts Besorgniserregendes, oder wenn sie denken, eine Portion Schlaf ist ausreichend, um sich wie neugeboren zu fühlen, dann wird das mit hoher Sicherheit auch so geschehen.

So verhält es sich auch mit der Angst, wie etwa in einer Prüfung zu versagen oder den Partner zu verlieren. Die Befürchtungen kreisen rund um die Uhr im Kopf herum. Man beginnt, sein Verhalten darauf auszurichten, bis die Ängste und Sorgen sich bewahrheiten."

Hannah schaute den Doktor sprachlos an. Aus dem Mund des Mediziners klangen die Worte plausibel und nachvollziehbar. Doch wer sagte ihr, dass dies stimmte? Dass Menschen tatsächlich solche übersinnlichen Fähigkeiten besaßen?

„Erinnern Sie sich noch an die erste Nacht in Ihrer Zelle, Hannah?", fuhr Dr. Friedgeist fort. „Als Oberschwester Dolores Ihnen die Medikamente gab, die Sie kurz darauf erbrachen?"

„Ich wusste nicht, was für Medikamente das waren. Deshalb wollte ich sie nicht in mir haben und habe sie ausgekotzt."

„Das waren Placebos. Oder in diesem Fall Nocebos, was übersetzt „Ich habe geschadet" bedeutet. Im Gegensatz zu Placebos lösen Nocebos einen negativen Effekt aus. In den Medikamenten, die Dolores Ihnen gab, befanden sich keine Arzneistoffe. Aber Sie, Hannah, Sie dachten, dass diese schädlich für Sie seien. Ein Anzeichen dafür, dass Ihr Selbsterhaltungstrieb noch funktioniert. Sie haben sich selbst schützen wollen."

„Das ist alles nicht gerecht."

„Die Welt war noch nie gerecht, und das wird sie auch in der Zukunft nicht sein. Jeder muss schauen, wo er bleibt."

Hannah realisierte, dass ihr Schicksal in den Händen des Doktors lag. Ohne Trevors Hilfe gab es keinen Ausweg, keinen Weg nach draußen. Sie würde in der Einrichtung verenden. „Warum glauben Sie, Doktor, dass ich verrückt bin oder wahnsinnig? Woran machen Sie das fest?"

„Ich habe zu keiner Sekunde behauptet, dass Sie wahnsinnig sind – oder verrückt."

„Ihre Augen sagen mir das. Und die Art, wie mich das Personal behandelt, oder die anderen Damen."

Vor einem Gericht ist man solange unschuldig, bis die Schuld bewiesen ist. In der Anstalt ist man schuldig, wenn die Ärzte und Schwestern es sagen, egal, ob beweisbar oder nicht.

„Warum bin ich hier?"

„Aus welchem Grund glauben Sie denn?"

„Sie denken, ich bin verrückt. Sie halten mich hier seit Tagen fest."

„Nun, was Sie mir in den letzten Sitzungen geschildert haben, ließ mich hellhörig werden."

„Inwiefern?"

„In der gestrigen Sitzung erwähnten Sie ein Mädchen, welches Sie regelmäßig sehen."

Ich habe wirklich ein Mädchen gesehen, dachte Hannah.

„Was sagten Sie?", fragte der Doktor. Ohne es realisiert zu haben, hatte Hannah leise vor sich hingesprochen, und der Doktor hatte ihre Worte vernommen.

„Sie sagten, dass Sie ein Mädchen sehen. Etwa hier in der Einrichtung? Hier gibt es keine Mädchen", meinte der Mediziner. „Hier gibt es überhaupt keine Kinder. Sie sind für unsere Zwecke nicht von Belangen. Was einen Erwachsenen umhaut, macht Kinder erst recht fertig."

„Das mit dem Mädchen habe ich nur so gesagt. Wie auch beim letzten Mal, als ich das als ein Beispiel von vielen erwähnt habe. Sie wissen schon, Stimmen im Kopf, Monster im Schrank oder Dämonen, die in Spiegeln leben."

„Tatsächlich? Oder ist das kleine Mädchen eine imaginäre Freundin von Ihnen? Eine Beschützerin? Ich meine, Sie haben Ihre Großeltern und Ihren Vater früh verloren. Das kleine Mädchen war bestimmt immer für Sie da gewesen. Sie konnten mit ihr über alles reden. Da ist nichts Schlimmes dabei. Kinder erwecken einen imaginären Freund zum Leben, um mit Problemen fertig zu werden. Sie dienen als Fluchtmöglichkeit. Diese Form von Schizophrenie wird bei Kindern weitgehend akzeptiert, da die imaginären Freunde irgendwann verschwinden. Existieren sie aber noch im Kopf eines Erwachsenen, können sie zu einem Problem werden."

„Vielleicht sollte ich ein Geständnis ablegen", warf Hannah ein.

„Ach, ja?" Dr. Friedgeist klang erwartungsvoll.

„Lieber doch nicht", revidierte Hannah. Das Kind, welches ihr auf der Insel regelmäßig erschienen war, und nun auch jüngst in der Einrichtung (in der Gummizelle und letzte Nacht in ihrer Zelle), sollte ihr Geheimnis bleiben. Das Geständnis käme dem Ausspielen einer falschen Karte am Pokertisch gleich.

„Wollen Sie mir nicht gestehen, dass Sie Ihre Großeltern und Ihre Eltern umgebracht haben?" Dr. Friedgeist setzte das rhetorische Brecheisen ein. Er wollte die Patientin mit ihrer Vergangenheit konfrontieren, um mehr von ihr zu erfahren.

„Ich habe nichts damit zu tun!"

„Sicher?"

Der Doktor gab sich mit der Antwort nicht zufrieden und setzte einen drauf. „Oder war es Ihre Mutter? Sie war bei allen Todesfällen vor Ort gewesen, und am Ende hat sie sich umgebracht. Ihre Schuldgefühle waren offenbar zu groß."

„Alles nur Zufall. Niemand hat meine Familie umgebracht, und schon gar nicht meine Mutter. Sie hat keinen Selbstmord begangen."

„Aber Ihre Mutter und Sie waren doch bei den Todesfällen in Greenwood anwesend, nicht wahr? Oder gibt es jemanden in Greenwood, der die Taten begangen haben könnte? Hätte jemand ein Motiv?"

„Hören Sie auf!" Hannah legte ihren Ellenbogen auf den

Schreibtisch, um ihren schweren Kopf zu stützen, in dem die Gedanken wild durcheinanderwirbelten und kaum zu fassen waren. „Wie soll ein zehnjähriges Kind jemanden umbringen können?"

Die Bürotür öffnete sich und eine piepsende Stimme ertönte. „Kann ich reinkommen?"

Die hat mir gerade noch gefehlt!

Hannah, die mit dem Rücken zur Bürotür saß, musste sich nicht erst umdrehen, um zu wissen, wer es war.

„Kommen Sie ruhig rein, Betty. Die Sitzung ist gleich vorüber", antworte Dr. Friedgeist erfreut. Er signalisierte seiner Lernschwester, zu ihm zu kommen, und sie ließ es sich nicht nehmen, sich gleich neben ihm auf die Tischkante zu setzen. Ihre freigelegten Beine lachten ihn an.

Hannah erhob sich aus dem Stuhl. „Schon als kleines Mädchen wollte ich in Ihre Einrichtung, um zu sehen, was hier vor sich geht."

„Wie meinen Sie das?", fragte Dr. Friedgeist mit gleichgültiger Stimme. Er machte eine seltsame, auffordernde Kopfbewegung zu Betty und gab ihr dabei einen Klaps auf den Hintern. Betty setzte sich in Bewegung und verschwand aus Hannahs Sichtfeld, die unbeirrt fortfuhr.

„Jeden Tag konnte ich die Insel sehen. Das Haus meiner Großeltern lag direkt auf der anderen Seite vom Mississippi River. Meinen Tanz im Regen, inmitten des Hauses meiner Großeltern, habe ich nur gespielt. Und die Geschichte mit den Aliens habe ich dazu gedichtet. In Wahrheit bin ich Journalistin."

Dr. Friedgeist brach in ein Gelächter aus.

„Ja, das Thema hatten wir bereits, Hannah", entgegnete er und machte eine bestätigende Kopfbewegung.

Als Hannah weiterreden wollte, spürte sie einen stechenden Schmerz, den sie zunächst nicht orten konnte. Der Überraschungseffekt war zu groß. Sich umdrehend, erkannte sie Betty. Lachend, mit einer Spritze in der Hand.

„Was hascht du mi gege … du …"

Hannahs innere Stimme befahl ihr, sich schnellstmöglich auf den Stuhl zu setzen. Ihre Knie wurden weich, sackten weg. Alles um sie herum begann sich zu drehen. Nebel setzte ein. Das Hörende und Sehende fand immer weniger Zugang zu ihrem Gehirn. Alles verschwamm. Das Kichern und Lachen der Lernschwester hallte in ihrem Schädel und wurde immer leiser und verzerrter – bis Hannah wegtrat.

„Arme Hannah", sagte Dr. Friedgeist und wandte sich an seine Lernschwester. „Können Sie bitte einen Wachmann holen?"

Betty nickte und verschwand aus dem Büro.

Die Brandruine

Sheriff Baxter, Mr. Banks und ich standen inmitten der Brandruine. Feiner Nieselregen hing in der Luft. Wir spürten die bedrückende Stimmung. Eine Zeit lang fiel kein Wort.

„Sie hat hier in dieser Brandruine getanzt, als ich eintraf", durchbrach der Sheriff die Stille. Er spielte mit den Fingern an seinem abgesetzten Hut herum, den er vorsichtig an die Brust drückte.

„Der Hausbrand, ich meine, war das ein Unfall? Oder Brandstiftung? Ist jemand dabei zu Schaden gekommen?", fragte ich und holte meine Zigarre aus der Jacke hervor, nur um sie dann in der Hand zu behalten.

„Mrs. Soldtobury, Hannahs Mutter, kam bei dem Brand ums Leben. Auf den ersten Blick ein Unfall. Vermutlich ein defekter Herd." Sheriff Baxter schielte kurz zu Mr. Banks, und dann zu mir. Seine Hände gruben sich noch fester in den Hut. „Irgendwie blanke Ironie, dass sie in dem Haus starb, indem sie geboren wurde. Das ist genauso ironisch und seltsam wie die anderen Todesumstände der Familienmitglieder."

„Die anderen Todesumstände?"

„Hannahs Großeltern starben bei einem Autounfall. Sie fuhren die Hauptstraße entlang." Der Sheriff zeigte auf die Straße, über die man nach Alton und St. Louis gelangte, und über die Mr. Banks und ich in umgekehrter Richtung nach Greenwood gekommen waren. Sie verlief parallel zum Mississippi River. „Außerhalb des Ortes kam der Wagen von der Straße ab und stürzte in den Fluss. Beide ertranken. Hannahs Großvater saß am Steuer. Möglicherweise Herzversagen wegen Altersschwäche. Vielleicht waren es aber auch Abgase im Innenraum, verursacht durch einen defekten Auspuff. Die Ursache lässt sich nicht mit Sicherheit feststellen."

Der Sheriff legte für ein paar Sekunden eine Pause ein, um sodann mit dem nächsten Schicksal fortzufahren. Ich hörte einfach nur zu und gab ihm die Zeit. Mr. Banks starrte derweil fast geistesabwesend zur Einrichtung hinüber. Ich fragte mich, ob er unserer Unterhaltung überhaupt folgte.

„Ein paar Tage später war die Beisetzung auf dem Friedhof, drüben bei der Kirche. Auf der Trauerfeier starb Hannahs Vater. Eine Lebensmittelvergiftung oder eine allergische Reaktion. Wohl Letzteres. Obwohl man im Krankenhaus alles probiert hatte, konnte man ihn nicht retten."

Ich war verblüfft. Vier Menschen verloren zu unterschiedlichen Zeitpunkten in Greenwood ihr Leben. In einer Großstadt, wo die Menschen ihre gewohnten Wege gehen, gehört das zum Alltag: Tag für Tag derselbe Weg zur Arbeit, zum Einkaufen und wieder nach Hause. Aber in so einem kleinen Kaff wie Greenwood? Zugegeben, die Großeltern hatten dort gelebt und wären eines Tages in ihrem Haus friedlich eingeschlafen – wären sie nicht mit dem Auto in den Fluss gestürzt und ertrunken. Die Eltern von Hannah lebten nicht in Greenwood, aber auch sie starben hier. Eine Lebensmittelvergiftung und ein Hausbrand mussten zweifellos von jemanden verursacht worden sein. Aber von wem? Aus welchem Grund? Sheriff Baxter meinte, dass er niemanden kenne. Die Familie war im Ort gern gesehen.

Dann blieb nur noch der Zufall – oder das Schicksal.

„Denken Sie, dass es einen Zusammenhang zwischen den Todesfällen gibt?", fragte ich.

„Einen Zusammenhang der Todesfälle? Nein. Theorien? Ja."

„Inwiefern?"

„Eine Theorie besagt, dass irgendwer die Familie systematisch ausgeschaltet hat. Aber wer und warum bleibt Spekulation. Entweder ein Familienmitglied oder eine außerhalb der Familie stehende Person, die bei all den Todesfällen anwesend war."

„Sie denken doch nicht, dass es Hannah gewesen sein könnte?", brach Mr. Banks sein Schweigen. Er hatte uns doch zugehört, aber aus Respekt sich wohl zurückgehalten. Doch zu diesem Thema konnte er nicht schweigen. Hannah konnte unmöglich zu den Tatverdächtigen gehören. Nicht seine geliebte Hannah.

„Hannah war bei den Todesfällen in Greenwood anwesend, das stimmt. Aber kennen Sie ein zehnjähriges Kind, das ein Auto manipuliert und ihren Vater vergiftet hat? Und welches Jahre später die eigene Mutter in eine Feuerfalle lockt?"

Ich schüttelte den Kopf. Das klang wirklich absurd.

„Die zweite Person, die stets anwesend war, war Hannahs Mutter", fuhr der Sheriff fort. „Heißt das automatisch, dass sie ihre Eltern und ihren Mann ermordet hat? Und dann sich selbst? Wenn Sie meine Meinung hören wollen, so denke ich, dass das nur Theorien sind, und auch bleiben werden."

„Welche Erklärung steckt dann dahinter?", fragte Mr.

Banks.

„Ich weiß, der Mensch braucht etwas Greifbares, um etwas zu verstehen. Je sonderbarer eine Sache ist, desto größer das Verlangen, es aufklären zu müssen. Und bei einem mysteriösen Todesfall beziehungsweise Mord will man unbedingt einen Schuldigen an den Pranger stellen, damit die Gerechtigkeit wiederhergestellt wird. Ich meine, dass können alles reine Zufälle gewesen sein. Ich muss nicht alles verstehen, vielmehr muss ich es akzeptieren können. Akzeptieren, dass manche Dinge nun mal so sind, wie sie sind. In erster Linie sind das einzelne Ereignisse für sich. Aber wir neigen dazu, einzelne Ereignisse miteinander zu verknüpfen oder zusammenzufügen. Zusammengeklebt mit Interpretationen und individuellen Sichtweisen. Daraus ergibt sich ein Bild, dass wir nicht verstehen. Wir fangen an, zu spekulieren und machen uns verrückt, weil wir keine logische und rationale Erklärung für das finden, was wir selbst willkürlich erschaffen haben. Und die Annahme, dass es reine Zufälle gewesen sind, ist für die meisten Menschen in Greenwood nicht befriedigend genug. Für sie liegt ein Fluch über der Familie."

Schweigen.

Der Sheriff war ein richtiger Philosoph. Unsere Blicke streiften ziellos über die Brandruine und Umgebung.

„Warum wurden die Überreste des abgebrannten Hauses noch nicht beseitigt?", fragte ich.

„Die Eigentümer sind tot. Und Angehörige, die wir dafür in die Verantwortung nehmen könnten, gibt es nicht. Es gibt bisher auch keine Interessenten, die das Grundstück kaufen wollen. Liegt wohl daran, dass die potentiellen Käufer sich vom Fluch abschrecken lassen, oder von dem Ort da drüben."

Der Sheriff drehte sich um und deutete auf die Insel, auf der das fledermausartige Gebäude friedlich ruhte.

„Ausgerechnet Hannah sitzt nun in dieser Einrichtung", fuhr er fort. „Leider konnte ich in all meinen Dienstjahren nie etwas über diese Anlage herausfinden. Ich denke aber, dass es eine militärische Institution ist. Gott weiß, was Hannah gerade durchmacht. Schon als kleines Mädchen musste sie Leid ertragen. Ihr wurde bereits früh die Unschuld genommen."

„Wie meinen Sie das?"

Der Regen und der Wind nahmen zu, als wenn der Ort vermeiden wollte, dass man weiter über Hannah und ihn sprach, als ob er sich wünschte, dass die neugierigen Menschen wieder verschwanden.

Der Sheriff setzte sich seinen Hut auf und zog den Kragen seiner Uniformjacke hoch. „Es wird langsam ungemütlich. Was dagegen, wenn wir zurück in mein Büro fahren? Ich mache uns einen frischen Kaffee und erzähle Ihnen dann mehr."

Gerade als wir zurück zum Wagen gingen, griff Mr. Banks nach meinem Arm. „Mr. Garnier, wir müssen Hannah von der Insel holen!"

Ich klopfte mit meiner Hand leicht auf seine, um Zuversicht zu vermitteln. „Wenn Hannah da drin ist, Mr. Banks, dann werden wir sie rausholen."

Sheriff Baxter, der uns einen Schritt voraus war, blieb stehen und drehte sich zu uns um „Ihr Wort in Gottes Ohr, Inspektor. Ich hoffe wirklich, Sie können was bewegen."

Zeugenaussage: Trevor Banks

Ich wusste nicht, wie ich mich fühlen sollte. Ich war nicht länger der Hauptverdächtige und wurde vom Tatverdacht freigesprochen. Mr. Garnier versprach mir sogar, dabei zu helfen, Hannah aus der Anlage zu holen. Aber was Sheriff Baxter uns in seinem Büro bei einem gemütlichen Kaffee erzählte, nachdem wir beim aufkommenden Unwetter dorthin zurückgekehrt waren, verschlug mir die Sprache und brach mir das Herz. Das mag kitschig klingen, aber das trifft es genau. Die vorgetragene Geschichte zeigte mir eine Seite von Hannah auf, die ich nicht kannte, von der sie mir – trotz unserer intimen Vertrauensbasis – nie erzählt hatte.

Doch nun ergab für mich alles einen Sinn. Ich meine, warum sie bei all den Verehrern – die Typen standen bei ihr quasi Schlange – keinen Freund hatte. Ich begriff, weshalb sie in der Schule oder in der Redaktion einen großen Intimitätskreis besaß. Sie ließ es sich nicht anmerken, aber die Menschen, die ihr beispielsweise die Hand gaben oder auf einer öffentlichen Bank sich neben sie setzten, duldete sie nur, es kostete sie Überwindung.

Mir wurde bewusst, was Hannah auf sich genommen hatte, um die Wahrheit über die Einrichtung auf der Insel zu erfahren.

Patientenakte Hannah HS-1952-01

Vermerk

28. Oktober 1952

Die gegenwärtige Taktik der Patientin ist der Gegenangriff. Sie kritisiert und verurteilt mich und meine Kollegen, um von ihren eigenen Problemen abzulenken. Sie will mit diesen nicht konfrontiert werden. Ein Schutzmechanismus.

Sie zeigt erneut Anzeichen einer multiplen Persönlichkeitsstörung. Sie ist jetzt eine Journalistin, die sich bei uns undercover eingeschleust hat. Sie will das Geheimnis unserer Klinik lüften, so ihre Aussage.

Es ist zu fragen, ob Hannah für unser Projekt weiterhin geeignet ist. Ich werde prüfen, ob ich für sie noch anderweitig Verwendung finde.

Dr. Friedgeist

Video HS-1952-002

Als Inspektor habe ich bereits so einiges gesehen und erlebt, aber welcher Mensch macht so etwas? Ich meine, mir lagen nur die Videos und Dokumente von Hannah vor, aber durch meine Ermittlungen erfuhr ich, dass den anderen Insassinnen Ähnliches widerfahren war. Selbst vor jungen Mädchen machte Dr. Friedgeist nicht halt.

Was ich damit meine?

Nun, das möchte ich Ihnen im Folgenden anhand eines Videos schildern.

In der Zelle ist es dunkel, die Überwachungskamera filmt, wie Hannah in ihrem Bett schläft. Dank der Nachtsichtfunktion ist das möglich. Eine relativ neue Technologie, die, wie ich im Rahmen meine Recherchen erfuhr, im Zweiten Weltkrieg entwickelt und unter anderem von den Deutschen, Briten und Amerikanern eingesetzt wird, um Feinde in der Dunkelheit ausfindig zu machen und zu attackieren.

Auf allen anderen Aufnahmen liegt Hannah da wie ein Embryo im Fötus ihrer Mutter. Fröstelnd, gekleidet in einem dünnen Nachthemd. Aber nicht in diesem Video, welches ich beschreibe. Hier gleicht sie einer steifen Leiche auf dem Totenbett. Vermutlich hat man ihr vor dem Schlafengehen neben den üblichen Medikamenten eine Schlaftablette verabreicht.

Ein Lichtspalt frisst sich durch die dunkle Zelle. Vom Korridor kommend, findet es durch die sich öffnende Zellentür Zugang und wird immer größer. Mit dem Lichtspalt einher, erscheint eine Gestalt, hinter der das Dunkle hereinbricht und alles Licht absorbiert. Die Gestalt schleicht sich – fast auf Zehenspitzen – an Hannah heran, beugt sich mit gestrecktem Hals und gespitzten Ohren über sie und horcht, ob sie tief und fest schläft. Als die Gestalt sich diesem sicher ist, dreht sie Hannah auf den Bauch und bindet ihre Hand- und Fußgelenke mit Gurten, die unter dem Bett angebracht sind, am Bettgestell fest. Dann steckt die Gestalt ihr einen runden Gegenstand in den Mund.

Wenn man nicht weiß, dass Hannah am Leben ist, so könnte man glauben, die Gestalt vergehe sich an einer frisch verstorbenen Frau, noch warm, weich und beweglich, kurz vor der eintretenden Leichenstarre.

Als die Gestalt nach den Vorbereitungen das Gefühl bekommt, die absolute Kontrolle zu besitzen, setzt sie sich an die Bettkante und streichelt zuerst den Rücken, dann die verführerisch frei gelegten Beine der bäuchlings liegenden Hannah. Dann ein kurzer Blick in die Kamera.

Dr. Friedgeist!

Seine rechte Hand verschwindet unter ihrem Nachthemd und verweilt im Intimbereich. Dann, nachdem er ihr das Nachthemd hochgeschoben hat, tritt ihm ihr Hintern ungeschützt entgegen; und er setzt sich auf diesen.

Ich schaltete ab, obwohl die Aufnahme hier noch nicht zu Ende ist. Ich hatte genug gesehen. Bei den anderen Videos erging es mir nicht anders. Wie etwa bei dem Video, von dem ich Ihnen am Anfang meiner Erzählung berichtet habe. Wo Hannah am Stuhl festgebunden ist und halbtot in die Kamera blickt, eher der Doktor … nun ja, Sie wissen schon.

Nachdem ich die Filmrolle aus dem Vorführgerät genommen und zu den anderen in den Indizienkarton gepfeffert hatte, beschloss ich, mir keine weiteren Aufzeichnungen mehr anzuschauen. Mir war klar, dass alle in dieselbe Richtung gingen. Ich hatte wirklich, wirklich genug gesehen. Was ich sah, war schlimm genug, um den Doktor anzuklagen. Der Mann, den man Mediziner, Arzt und Lebensretter nannte, sollte seine gerechte Strafe erhalten. Hoffentlich weiß Gott, was der Doktor Hannah und den anderen Opfern angetan hat.

Schmerz

Ein stechender Schmerz riss Hannah aus dem Schlaf.

Was?

Was passiert mit mir?

Warum liege ich auf dem Bauch?

Warum bin ich gefesselt?

Ihr benebeltes Gehirn registrierte einen Stoß.

Einen Schmerz.

Etwas rammte sich in ihren Leib.

Wieder ein Stoß.

Wieder Schmerzen.

Wieder.

Immer wieder.

Immer …

Durch die Wucht der Stöße ging jedes Mal ein Ruck durch ihren Körper. Wäre sie nicht fixiert, so würde sie durch die Kraft nach vorn wegfliegen.

Sie spürte die groben Pranken ihres Vergewaltigers an den Hüften. Er hatte ihr das Nachtkleid hochgeschoben und bearbeitete ihren Hintern wie eine Bestie.

Vor lauter Schmerzen blieb ihr nichts übrig, als unter Tränen und rot unterlaufenden Augen zu schreien. Doch ihre Schreie erstickten. Sie erstickten an dem Ball, den der Peiniger ihr in den Mund gesteckt und mit einem verstellbaren Band um den Kopf befestigt hatte. Sie bekam nur über die Nase Luft.

Wer ist das?

Ist das der Doktor?

Mit glasigen Augen starrte sie auf die Kopfkante des Bettes und die nüchterne graue Wand dahinter.

Sie wünschte sich ein schnelles Ende. Warum hatte ihr Vergewaltiger sie zuvor nicht betäubt? Dann müsste sie die Stöße nicht miterleben. Nicht fühlen.

Warum macht man das mit mir?

Schon wieder!

Sie war noch ein kleines Mädchen, als ihr die Unschuld genommen worden war, wie auch die Freiheit, selbst zu entscheiden, mit wem sie intim werden wollte. Man nahm ihr die unbeschwerten, naiven Kindheitstage. Während andere Kinder euphorisch die Welt entdeckten und sich für diese begeisterten, sah Hannah überall Gefahren und Ungerechtigkeiten. Sie konnte zu anderen Menschen keine tiefen, emotionalen Beziehungen mehr aufbauen. Sie hatte das Vertrauen in fremde Personen verloren.

Während in der Pubertät die Gleichaltrigen begannen, sich für das andere oder gleiche Geschlecht zu interessieren, Doktorspiele und Flaschendrehen spielten, den ersten Kuss bekamen und ihre Jungfräulichkeit verloren, hatte Hannah sich bereits in ihre selbsterschaffende Welt verkrochen. Sie hielt es nur phasenweise aus, sich in die Welt der Menschen zu begeben und sich als Schönheit, Klassensprecherin und Journalistin feiern zu lassen. Doch die Auftritte in der Öffentlichkeit kosteten Kraft. Zuhause, wenn die Maske fiel, brauchte sie viel Zeit, um sich zu regenerieren, ehe es wieder hinaus auf die Bühne ging.

Während der Peiniger weiter auf ihr saß und über sie herfiel, erinnerte sie sich an letzte Nacht, in ihrer Zelle, in der sie bereits geglaubt hatte, jemand habe ihr zwischen die

Schenkel gefasst. Doch sie hatte niemanden entdecken können. Mit Ausnahme des kleinen Mädchens, welches ihr erschienen war; das Mädchen im weißen Kleid, auf dessen
Saum Blut geklebt hatte. Es hatte Hannah gefragt, ob *er* ihr
da unten auch wehgetan habe.

Warum erscheint mir das Mädchen jetzt nicht?

Hannah wollte ihren Körper verlassen und der Situation
entfliehen. Stattdessen sah sie den Mann vor ihren Augen,
der sie einst als Opfer auserkoren hatte, damals, als sie noch
ein kleines Mädchen war.

Der Mann ohne Gesicht!

Die Hand mit dem Lächeln!

Die Hand mit dem Lächeln

Die 1930er. Die kleinen Läden von nebenan, wo die Inhaber die Kunden bestens kannten und ihnen das Notwendige persönlich über die Theke reichten, machten allmählich Platz für die Supermarktketten. Riesige Hallen, in denen meterhohe, bis zur Decke befüllte Regale standen: Lebensmittel, Haushaltsartikel, Spielzeug und noch viel mehr, und alles davon im Überfluss. Wie im Schlaraffenland. Was man brauchte, holte man sich einfach aus diesen heraus und warf es in den Einkaufswagen. Die entstandenen Lücken in den Regalreihen wurden vom Supermarktpersonal umgehend geschlossen. Wurden alle *notwendigen* und *überflüssigen* Waren von den Kunden selbstständig eingesammelt, ging es an die Kasse, wo man die Ware selbst auf ein Fließband legte. Die Kassierer erfassten diese und nannten am Ende einen Preis. Die Namen der Kunden kannten sie meist nicht.

Für die fünfjährige Hannah waren Supermärkte ein Paradies. An jeder Ecke lauerte etwas Neues. Neben den nüchternen und funktionalen Aufmachungen auf Konservendosen, Tuben, Schachteln und Kartons gab es zunehmend viele bunte Layouts, die zum Kauf einluden – wie etwa lachende Gesichter, niedliche Tiere oder das Abbild eines Familienidylls.

Für Hannahs Mutter bedeuteten Supermärkte Stress. Zwar war es praktisch, alle wichtigen Lebensmittel und Haushaltshilfen in einem Laden zu bekommen, statt mehrere kleine Läden anzusteuern, aber die Regalreihen, durch denen sich die Kunden mit ihren Einkaufswagen aneinander vorbeiquetschten, machten sie nervös. Sie mochte es lieber übersichtlich, sie liebte es, Kontrolle über die Dinge zu behalten. Doch die kontinuierliche Kontrolle erforderte Höchstleistung all ihrer Sinne – bis zum Limit. Und so war es nur eine Frage der Zeit, bis eine Ablenkung zu einem Ausfall in ihrem Kontrollmechanismus führte. In einer Sekunde der Unaufmerksamkeit ließ sie ihr Kind aus den Augen. Hannah war in einer der zahlreichen Regalreihen voller bunter Schriftzüge, lächelnden Zähnen und Tiermotiven abgebogen. Sie bestaunte die bunte Verpackungswelt mit ihren Farben und Formen.

Als die freundliche Hand auftauchte, sie anlächelte und ihr versprach, noch etwas Schöneres als all die Verpackungen zu zeigen, ging sie mit ihr mit.

Wie konnte das kleine Mädchen mit den engelblonden Haaren im weißen Kleid ahnen, dass lächelnde Zähne böse sein konnten? Besonders dann, wenn die lächelnde Hand Geschenke versprach, die im Auto lagen, das vor dem Supermarkt parkte? Außerdem wäre sie ja gleich wieder zurück. Bei ihrer Mutter.

In den Kofferraum blickend, verflog die Vorfreude. Schnell wuchs die Angst. Mit einem Knall brach Finsternis über sie herein und vereinnahmte sie. Hannah war im Kofferraum gefangen.

Die lächelnde Hand fuhr mit ihr davon. Mit der Zeit lösten Schotterwege den Asphalt ab, und der Wagen wurde langsamer, hopste auf und ab, und kam irgendwann zum Stehen.

Die Kofferraumklappe öffnete sich, und die Finsternis

wich. Die tiefstehende Wintersonne strapazierte Hannahs Augen, die sich an die Dunkelheit gewöhnten hatten. Sie vernahmen die Umrisse eines alten Farmhauses, das verlassen wirkte. Im Schuppen nebenan stand ein grüner Traktor, der Rost angesetzt hatte. Aufweichender Schnee und Matsch bedeckten das Gelände.

Die trügerische Hand, die jetzt nicht mehr lächelte, zog Hannah in das Farmhaus. Im Inneren war es düster. Die schwachen Sonnenstrahlen schimmerten vereinzelt durch die Löcher der zugezogenen Gardinen und Vorhänge; nur wenige Strahlen gelangten bis in den Flur.

Hannah wurde schnurstracks in ein Zimmer gebracht, in dem ein Gitterbett stand. Das Lächeln der Hand wuchs wieder, und zwar in dem Augenblick, als sie Hannah am Bett festband. Bei Hannah hingegen stieg die Angst. Die Hand berührte sie überall, auch dort, wo die Babys rauskamen, dann drang sie in das Mädchen ein.

Die lächelnde Hand befand sich in einem Tunnelblick. Vom Trieb gesteuert, vergaß sie alles um sich herum, und bemerkte nicht, wie jemand von hinten an sie herantrat und sie ausknipste.

Für immer.

Das Farmhaus gehörte einem alten Mann, der in diesem Moment zurückgekehrt war. Im Flur stehend, hatte er das Mädchen nicht vernommen. Auch nicht, als er das Zimmer mit dem Bett betreten hatte, an dem Hannah gefesselt war. Er hatte nur den Rücken der lächelnden Hand gesehen. Hätte er früher registriert, dass noch ein kleines Mädchen anwesend war, so hätte er vermutlich anders gehandelt. Der breite Kolben seines Gewehrs schlug mehrmals auf den Schädel der lächelnden Hand ein. Blut tropfte zu Boden;

und spritzte auf das weiße Kleid des Mädchens.

Das Lächeln der Hand verging. Sie war nur noch eine formlose Gehirnmasse in einem gespaltenen Schädel.

Wie sich herausstellte, war die lächelnde Hand in ländlichen Gebieten ziellos umhergereist, auf der Suche nach verlassenen und leerstehenden Gebäuden und Hallen, um dort mit seinen jungen, weiblichen Opfern ungestört zu sein. Aber dieses Mal hatte die Hand sich geirrt. Das scheinbar verlassene Farmhaus war bewohnt.

Auch wenn die Hand nicht mehr lächelte und keine kleinen Mädchen mehr aufsuchen konnte, so war dies für Hannah kein Trost. Ihre Kindheit, ihre Unschuld, ihre Naivität, sie wurden ihr genommen. Sie musste früh lernen, dass man Menschen nicht trauen konnte. Schon gar nicht, wenn sie umso breiter lächelten.

Was ist real, was nicht?

Der Morgen nach der Vergewaltigung in ihrer Zelle lief an Hannah vorbei. Die Anweisungen von Oberschwester Dolores und das Gemurmel der Insassinnen hallten in ihrem Kopf wie Stimmen vergangener Seelen. Der Gang zum Frühstück glich dem Voranschreiten durch einen finsteren Tunnel, in dem es keine seitlichen Abzweigungen gab, und kein Licht am anderen Ende. Das Essen war weder kalt noch warm, es schmeckte nach nichts, als sie es leidenschaftslos in den Mund steckte. Und zurück im Tagesraum schaute sie teilnahmslos nach draußen auf die Außenanlage. Die Menschen und Geräusche im Trakt blendete sie aus. Sie befand sich in einem Paralleluniversum.

Ich habe meine Familie nicht umgebracht. Das sind Dr. Friedgeists hypnotische Worte. Er will, dass ich das denke. Die verabreichen uns Drogen. Sie experimentieren an uns herum. Wir sind nichts weiter als Probandinnen. Psychische Kriegsführung, wie der Doktor meinte. Sie probieren an uns aus, was später gegen Kriegsgegner und Gefangene nützlich sein könnte. Wie praktisch, da die amerikanische Gesellschaft uns eh nicht in ihrer Mitte haben will. Also kann man uns zum Wohle der Nation als billige Versuchskaninchen opfern.

Sie nutzen mein individuelles Schicksal schamlos aus. Sie legen es sich zurecht, um mich zu zermürben. Zum Glück wissen sie nichts von meiner Vergewaltigung und der lächelnden Hand, sonst würden sie das gegen mich ausspielen. Eiskalt. Sie denken, ich bin schwach. Sie glauben, ich gebe kampflos auf. Ich darf nicht an das glauben, was sie mir einreden wollen. Die Todesfälle waren reine Zufälle. Ich habe niemanden ermordet. Und meine Mutter war es auch nicht. Keiner von uns hat einen anderen umgebracht. Weder meinen Großvater noch meine Großmutter, und schon gar nicht meinen Vater. Und meine Mutter hat kein Selbstmord begangen, da bin ich mir sicher. Wie gesagt, alles nur Zufall.

Ich bin ein Opfer, ich habe Leid erfahren und Menschen verloren, die ich liebte – und noch immer liebe.

Trevor ist mir noch geblieben.

Gott sei Dank!

Trevor, hol mich hier heraus!

Bitte!

Der Empfang

Ich hatte keine Ahnung, aber davon eine Menge. Wie sollte ich die junge Frau aus der Einrichtung herausbekommen? Ich entschied mich für den einfachsten und direktesten Weg: Ich klingle an der Haustür.

Von der Hauptstraße, die durch Greenwood verlief, bog ich in die Seitenstraße, die zur Zugbrücke führte. Es war die einzige Zufahrt zur Insel.

Mr. Banks hatte mich angefleht, mitzukommen, doch ich hatte abgelehnt, versprach ihm aber, ihn bei passender Gelegenheit mitzunehmen.

Mit Schrittgeschwindigkeit näherte ich mich dem kleinen Wachhaus. Und ehe ich mir die Frage stellen konnte, wie ich den Wachmann davon überzeugen sollte, mit dem Verantwortlichen der Einrichtung sprechen zu dürfen, musste ich schmunzeln. Bereits bei Sichtweite kam der Mann in Uniform heraus und stellte sich mir demonstrativ in den Weg. Die Aktion gab für mich keinen Sinn, da die Zugbrücke hochgezogen und eine Weiterfahrt nicht möglich war; und mein Dienstfahrzeug war kein Amphibienfahrzeug. Der Wachmann wollte Macht und Stärke ausstrahlen, stattdessen demonstrierte er seine ganze Unerfahrenheit. Der junge Mann mit dem besprenkelten Gesicht und der kurzgeschorenen Rothaarfrisur unter der Mütze befand sich mit Sicherheit noch in seiner Ausbildung. Er war noch ganz grün hinter den Ohren.

Mein Wagen rollte langsam aus und stoppte vor seinen

Füßen, und er marschierte zum heruntergelassenen Fenster auf der Fahrerseite.

„Sir, ich m-m-muss Sie b-b-bitten umzu-zuke-kehren! Dies ist Sp-Sp-Sperrgebiet!"

Wie selbstverständlich griff ich in meine Jackentasche; und die Nervosität meines Gegenübers wuchs. Also verlangsamte ich meine Bewegung. Nicht, dass der junge Wachmann noch seine Waffe zog, damit unbeholfen herumhantierte und sich in den eigenen Fuß schoss.

„Ich bin Inspektor Garnier", sagte ich und zeigte ihm meine Marke. „Ich ermittle an einem Mordfall. Einige Hinweise führen mich zu dieser Einrichtung hier."

Der Wachmann entfernte sich einen Schritt vom Autofenster und blickte zur Einrichtung hinüber, als hoffe er, von dieser eine Anweisung zu bekommen, wie er mit mir weiter verfahren sollte. Doch sie gab ihm keinen Rat, und er wandte sich mir wieder zu. „H-H-Haben Sie eine G-G-Genehmigung, Sir? Oder eine Ei-Ei-Einladung?"

„Nein."

„Dann b-bitte ich Sie u-u-umzuke-k-kehren. D-D-Drehen Sie um!" Sein Befehl klang wie eine hilflose Bitte.

„Ich könnte mir eine Genehmigung besorgen, aber ich dachte, wir kürzen das ab", pokerte ich. Der junge Wachmann ließ sich bestimmt weichklopfen. „Können Sie nicht jemanden fragen, der mir für ein kurzes Interview zur Verfügung steht?"

„Sir, ich …"

„Versuchen Sie es. Andernfalls komme ich mit einem Durchsuchungsbefehl zurück!"

Die Schultern des Wachmanns fielen in sich zusammen. Resignierend ging er in das kleine Wachhaus, griff zum Telefon und wählte eine Nummer. Nach ein paar Sätzen setzte sich die Zugbrücke mit einem leisen Surren in Bewegung, und er kam zu mir zurück.

„F-F-Fahren Sie b-b-bis zum Eingang des G-G-Gebäudes vor. Sie w-w-werden dort von D-D-Doktor Friedgeist in Empf-f-fang genommen."

Die Zugbrücke war heruntergelassen, und der junge Wachmann forderte mich mit einer kreisenden Handbewegung auf, diese zu passieren. Ich bedankte mich und fuhr langsam hinüber und wunderte mich, dass ich ohne einen Plan so weit gekommen war. Nur, wie ging es jetzt weiter?

Auf in die nächste Runde, dachte ich. *Auf in Runde zwei.*

Ich hatte das imposante Gebäude bereits einmal gesehen, als wir das abgebrannte Haus von Hannahs Großeltern besichtigt hatten. Schon aus der Ferne hatte der Bau beeindruckend und einschüchternd ausgesehen, aber aus der unmittelbaren Nähe umso mehr. Wie ein Drache, der vortäuschte, zu schlafen, nur um im nächsten Moment die Flügel über mein Auto zu legen und mich einzuverleiben. Ich verspürte ein gewisses Unwohlsein.

Beim Heranfahren kam ein Mann in einem weißen Kittel aus dem Gebäude und visierte mich an. Bei seinem Anblick war ich mir sicher, dass er in seinen jungen Jahren ein Playboy gewesen sein musste, aber die Zeit hatte auch an ihm genagt – oder die Einrichtung. Ich hielt vor dem Haupteingang und ging auf ihn zu. Er streckte mir seine Hand freundlich entgegen und begrüßte mich. Ich erwiderte.

„Herzlich willkommen, Inspektor. Welch ein überraschender Besuch."

„Dr. Friedgeist?"

Der Mann nickte.

„Es tut mir leid, dass ich unangemeldet erscheine, aber mir ist mein Anliegen sehr wichtig."

„Wir alle machen nur unseren Job. Und das offensichtlich mit vollem Engagement und voller Leidenschaft. Aber bitte, kommen Sie rein", lud der Mediziner mich ein und ging mir voraus.

Wir durchschritten die Empfangshalle, die einer Hotellobby glich, oder die eines ansehnlichen Krankenhauses. Der Boden war mit Mosaiken ausgelegt, in der Mitte stand ein Springbrunnen und unter der Decke hingen Kronleuchter. Passend zum Ambiente ertönte klassische Musik im Hintergrund. Für mich war die Halle die perfekte Symphonie für die menschlichen Sinne.

„Wollen Sie mir nicht folgen, Inspektor?", fragte mich Dr. Friedgeist, der jetzt einige Meter von mir entfernt stand. Ohne es bemerkt zu haben, hatte ich meine Schrittgeschwindigkeit reduziert und war fast zum Stillstand gekommen. Ich war so fasziniert von der Halle gewesen, dass ich beinahe den Anschluss verloren hätte. Aber nie im Leben hätte ich so etwas innerhalb dieser Einrichtung vermutet. Ich hoffte, dass Hannah gut behandelt wurde, und dass die Räume ebenso ansehnlich waren. Der Empfang war schon mal grandios.

Dr. Friedgeists Büro war genauso beeindruckend wie das eines Hoteldirektors oder eines Firmenchefs. An einer Wand standen dunkle, bis zur Decke stehende Regale, befüllt mit Büchern, die man in keinem gewöhnlichen Buchladen kaufte, sondern – ähnlich wie die Gemälde an den Wänden – erbte oder über Kunsthändler erwarb und ersteigerte. Das verrieten mir die Buchrücken und die darauf stehenden Titel, die ich nicht verstand.

In einer Ecke, nahe dem Fenster mit Ausblick auf den Mississippi River, hing eine amerikanische Flagge. Der Schreibtisch, vor dem ich Platz nahm, war groß und wuchtig.

„Der ist aus Teakholz angefertigt. Importiert aus Vietnam", sagte Dr. Friedgeist, als ich mit einem Finger über den Tisch strich.

„Gern würde ich Ihnen etwas Alkoholisches anbieten, Inspektor." Er deutete auf eine schwere Kommode aus dem gleichen Edelholz, die als Bar diente, aufgereiht mit Flaschen unterschiedlicher Marken und den dazu passenden Kristallgläsern. „Aber Sie sind ja im Dienst. Darf ich Ihnen stattdessen Tee, Kaffee oder Wasser anbieten?"

„Was für einen Tee haben Sie denn?"

„Einen Earl Grey vielleicht?"

„Gern", sagte ich, und er schenkte mir ein. Derweil holte ich die Zigarre mit meinen Zahnabdrücken darauf hervor.

„Aber Herr Inspektor!"

„Ähm, ja?"

„Ich möchte Sie bitten, hier nicht zu rauchen." Der Doktor deutete auf die Zigarre. „Das ist bei uns nicht gestattet."

„Oh, entschuldigen Sie, Sir, das ist nicht meine Absicht. Ich rauche nicht. Das ist meine Art, es mir abzugewöhnen", antwortete ich. Obwohl ich keine Straftat begangen hatte, fühlte ich mich ertappt und schuldig, dennoch legte ich sie nicht ab. Ich brauchte sie. Sie war das Einzige, woran ich mich klammern konnte. Das, und der Wunsch, Hannah aus der Einrichtung zu holen. Ich hatte nach wie vor keinen Plan, an den ich mich halten konnte.

„Na, schön", sagte der Doktor. „Sie sagten dem Wachmann, dass Sie in einem Mordfall ermitteln?" Trotz aller

Höflichkeitsfloskeln kam der Mann direkt zur Sache. Wahrscheinlich hatte er einen vollen Tageskalender. Vielleicht wollte er mich aber auch nur, den uneingeladenen und schnüffelnden Gast, schnell wieder loswerden. Wer mag schon ungebetene Fremde, die ihre neugierigen Nasen irgendwo reinstecken.

„Oh ja, Sir, es heißt, die junge Frau wurde ermordet. Andere wiederum sagen, dass sie noch am Leben sei. Man habe sie zuletzt in einem Krankenwagen oder sowas in der Art gesehen. Und dieser Wagen fuhr auf diese Insel hier."

„Darf ich den Namen der Frau erfahren?"

„Hannah Soldtobury."

Bei dem Namen lehnte sich der Mediziner in seinen großen Lederstuhl zurück und schwieg. Sein freundliches und einladendes Lächeln versiegte für einen Moment, ehe es wieder verkrampft hervorgezaubert kam. Ich konnte von seinen Augen ablesen, dass ich auf der richtigen Fährte war.

„Abgesehen von der ärztlichen Schweigepflicht haben wir hier eine hohe Geheimhaltungspflicht, Inspektor", begann er zu bluffen. Er wollte erfahren, woher ich die Information hatte, ohne zuzugeben, dass er Hannah in seiner Einrichtung beherbergte.

„Ich habe Augenzeugen, deren Namen ich natürlich nicht nennen darf. Sie wissen ja, Geheimhaltungspflicht."

Das Gespräch verwandelte sich in ein Pokerspiel. Niemand wusste, was für ein Blatt sein Gegenüber auf der Hand hatte oder was der andere über seinen Gegenspieler wusste.

Ich realisierte, dass die Zigarre mittlerweile in meinem Mund gelandet war. Andere spielten mit Kugelschreibern oder mit diesen Perlenketten herum, die die Araber, Türken und Griechen oft in ihren Händen halten, um Stress und Druck abzubauen; ich kaute eben auf meiner Zigarre.

„Greenwood ist eine Kleinstadt, da wird viel gedichtet", versuchte Dr. Friedgeist meine Augenzeugenberichte kleinzureden. „Die kleine Gemeinde ist umzingelt von einem Fluss und einem niemals endenden Wald. Es gibt kein Kino und kein Sportstadion, es gibt nur eine kleine Bar. Da geschieht so etwas ganz automatisch. Gerüchte meine ich. Die Einwohner halten unsere Einrichtung für mysteriös, da sie etwas benötigen, worüber sie reden und spekulieren können. An uns lassen sie ihre Phantasien aus. Und da niemand von ihnen Zutritt bekommt, verschärft das die Geheimniskrämerei. Sie dürfen sich also geehrt fühlen, hier zu sein, Herr Inspektor."

Das stimmte. Scheinbar hoffte er, mich schnell wieder loszuwerden, indem er mich für eine höfliche Frage-Antwort-Sitzung in sein Büro einlud. Lieber eine polizeiliche Ermittlung über seine Einrichtung, als eine militärische Kommission. Lieber den Inspektor umherführen als einen ganzen Militärtrupp, der auf der Suche nach Antworten sämtliche Korridore und Trakte auseinandernimmt.

„Die vermisste Frau ist Journalistin", warf ich ein. „Die Frau wollte Ihre Einrichtung erforschen. Nun wird sie vermisst. Daher muss ich allen Informationen nachgehen. Möglicherweise benötigen wir Zugang zu Ihrer Einrichtung, das verstehen Sie doch?"

„Das dürfte schwierig werden", erwiderte der Doktor selbstsicher. Sein Lächeln wuchs.

„Wie meinen Sie das?"

„Das erfahren Sie, wenn Sie einen Durchsuchungsbefehl oder die Herausgabe von Akten beantragen."

„Das sehen wir dann, Herr Doktor. Aber vergessen Sie nicht, dass Angehörige von Vermissten schnell die Geduld verlieren und eigene Wege gehen, um ihre Vermissten wiederzufinden. Da bedarf es keiner Polizei."

„Durchaus." Der Doktor war beeindruckt, wie ich versuchte, Druck auf ihn auszuüben.

„Hannah ist nicht irgendein Mädchen aus der Nachbarschaft, den Mama und Papa vermissen. Sie ist, wie bereits gesagt, Journalistin und genießt in Washington einen gewissen Bekanntheitsgrad. Die Zeitung, für die sie arbeitet, wird Fragen stellen. Die Medien werden recherchieren. Ihre Einrichtung, Herr Doktor, wird in das Licht der Aufmerksamkeit geraten."

Das Lächeln in seinem Gesicht verging so schnell, wie es gewachsen war; eisige Kälte brach herein. „Auf der Suche nach Antworten geht jeder seinen Weg."

Die Gastfreundschaft war vorbei. Dr. Friedgeist erhob sich von seinem Stuhl. „Leider muss ich das Gespräch beenden, Herr Inspektor. Meine Arbeit ruft. Das verstehen Sie sicher. Ich wünsche Ihnen für Ihre Arbeit viel Erfolg. Und vor allem: *Glück*."

Ich nahm die Zigarre – angereichert mit frischem Speichel, der sich durch das Kauen gut verteilt hatte – aus meinem Mund und legte sie genüsslich auf den edlen Schreibtisch aus Teakholz. Ich war der Meinung, dass ich sie nicht mehr brauchte, und dass dies der richtige Ort sei, damit ganz aufzuhören. Selbstverständlich verabschiedete ich mich konform und wünschte dem Doktor ebenfalls viel Erfolg und alles Gute.

Für heute war alles gesagt, doch das Pokerspiel ging weiter. Der Geruch von Tricks, Bluffs und noch nicht ausgespielten Karten lag in der Luft, als mich der Gastgeber schweigend zur Tür brachte. Er wollte sichergehen, dass ich das Gebäude ohne Umwege verließ. Ohne Begleitung bestünde die Gefahr, dass ich auf dem Weg nach draußen herumspionierte.

Mein Bauchgefühl sagte mir, dass Hannah sich auf der Insel befand, aber die Einrichtung erschien mir wie eine uneinnehmbare Festung. Ich musste ein paar wichtige Telefonate führen, um Hannah da herauszubekommen. Die auf die Story angesetzten Medien würden weiteren Druck ausüben. Zudem fragte ich mich, welchen Einfluss mein unangemeldeter Besuch und die bewusst hinterlassenen Informationen hatten. Dr. Friedgeist musste jetzt handeln, ganz klar, aber wie würde er auf den Druck von außen reagieren? Ich musste mich beeilen, bevor er Hannah möglicherweise etwas antat.

Doktor Friedgeist

Die Wände kamen auf ihn zu; sie erdrückten ihn. Er musste handeln; und zwar schnell. Er genehmigte sich einen doppelten Scotch und blickte aus dem Bürofenster.

Wenn die Öffentlichkeit davon erfährt, dann ...

Er hatte schon einmal mit dem Rücken zur Wand gestanden. Nazideutschland hatte am Boden gelegen, und die Alliierten das Gebiet belagert. Doch statt vor einem internationalen Gericht gestellt und für seine Taten bestraft zu werden, durfte er unter einer anderen Landesflagge weiter experimentieren. Im Namen der medizinischen Wissenschaft.

In seiner jetzigen Mission fühlte er sich weiterhin bestätigt und gesichert.

Irgendwie.

Wer den Zweiten Weltkrieg überlebt hatte und einem Gerichtsprozess entgangen war, stolperte doch nicht über diesen lächerlichen Inspektor. Der stellte für ihn doch keine Gefahr dar. Im Gegenteil, er war für dessen unangemeldeten Besuch sogar dankbar. Dieser hatte ihn darauf aufmerksam gemacht, wen er überhaupt beherbergte. Er bekam die Chance, den Fehler zu korrigieren und seinen König in Sicherheit zu bringen. Noch war er nicht schachmatt. Doch er musste sich um die entlarvte Schwachstelle im System kümmern.

Und zwar sofort.

Sobald die Medien von seiner Einrichtung berichteten, würde das Militär ohne anzuklopfen eintreten und eine interne Untersuchungskommission einleiten. Sie würden auf Hannahs Akte stoßen, auf die Interviews und Videoaufzeichnungen; selbst jene mit den sexuellen Handlungen.

Und Hannah selbst würde plaudern. Sie würde das Erlebte über ihre Zeitung ganz groß aufziehen und damit ihre Karriere vorantreiben. Auf seine Kosten, den großartigen Dr. Friedgeist, der bei der jungen Journalistin aus Washington eine multiple Persönlichkeitsstörung diagnostiziert hatte, die nun zu seiner Achillesferse geworden war. Es sei denn …

„Alles in Ordnung, Dr. Friedgeist?", fragte eine kichernde Stimme.

„Wie?"

Betty hatte sein Büro unbemerkt betreten und ihn aus seinen Gedanken gerissen. Sich wieder sammelnd, starrte er auf die Zigarre auf dem Schreibtisch, vom Inspektor demonstrativ abgelegt und liegen gelassen. Er hob sie auf und betrachtete sie von allen Seiten. „Wir haben eine kleine Planänderung."

Ab in die Höhle

Wenn man sich in einem Albtraum befindet, wünscht man sich, dass dieser endet. Er endet, wenn man in eine neue Traumphase übergeht, oder wenn man stirbt. Denn wer tot ist, existiert nicht mehr. Auch nicht im Traum. Aber was, wenn man wirklich starb? Also im realen Leben? Wartete das Licht auf einen? Musst man durch dieses hindurchgehen? Begann dahinter eine neue Lebensphase? Eine neue Realität? Wo wurde man wiedergeboren? In der Welt, in der man zuvor gelebt hatte oder in einem Paralleluniversum? Wurde man als Mensch, Tier, Pflanze oder als Geist wiedergeboren? Oder kam nach dem Licht einfach nur das Nichts? War es möglich, dass man nur dieses eine Leben geschenkt bekommen hatte und nach dem Tod nie wieder zurückkehrte?

Als kleines Mädchen konnte Hannah eine Zeit lang abends nicht einschlafen. Der Gedanke, dass, wenn man stirbt, nie wieder auf die Erde zurückkehrt, dass man für immer fortgeht, hielt sie fest im Griff. Die Eltern erklärten ihr immer wieder – natürlich altersgerecht –, dass man wissenschaftlich betrachtet nicht wusste, was nach dem Tod passierte, und dass die Religionen und Lebenslehren unterschiedliche Vorstellungen über die Existenz nach dem Tod hatten.

Die Gewissheit, dass neues Leben – in welcher Form auch immer – möglich war, half Hannah, mit dem Tod fertig zu werden. Es beruhigte sie. Auch als ihre Großeltern und ihr

Vater ums Leben kamen.

Trevor, wo bist du?

Sie blendete den Tagesraum und die Insassinnen um sich herum aus. Sie flüchtete in die Welt ihres Herzens, die ihr den Antrieb gab, den Alltag in der Einrichtung zu überstehen. Eine Welt, die nur eine Mauerbreite vor ihr lag; und dennoch so fern.

Plötzlich rammte sich eine Spritze in ihren Körper. Dann griffen fremde Hände nach ihr und zerrten sie davon. Ihre nackten Füße, die über den hässlichen grünen Linoleumboden schrammten, brannten.

Wie im Kindergarten abgesetzte Kinder, die ihren Eltern zum Abschied hinterherwinken, winkten einige Frauen Hannah hinterher. Andere starrten ziellos durch die Gegend oder lauschten dem vor sich hin dudelnden Song aus den Lautsprecherboxen. Hannah vernahm nur einen akustischen Brei, alles verschleierte sich.

Was haben die mir gegeben?

Was geschieht mit mir?

Ich fühle mich so …

Sie glaubte, Priscillas Monolog echohaft wahrzunehmen. Aber es konnte auch eine Erinnerung sein, hervorgerufen durch ihr Gehirn.

„Man durchschreitet diese Tür nur zweimal. Einmal kommt man durch diese hinein. Als Mensch. Mit einer Seele, und sei diese noch so verwirrt. Beim zweiten Mal geht man durch diese hinaus; und man wird zum Geist. Man kommt nie wieder zurück. Man geht für immer."

Die Lehrstunde

Betty beobachtete mit Sorge, wie zwei Wachmänner Hannah wegtrugen. Dabei hallten Priscillas Worte in ihren Ohren nach. Sie hatte die Phrasen zwar schon oft von ihr vernommen, aber dieses Mal fühlte es sich … unheimlich an.

(… in die Höhle …)

„Kommen Sie bitte mit, Betty!" Dr. Friedgeist, der unbemerkt an sie herangetreten war, griff den Arm der Lernschwester und zog sie mit. Sie schritten mit Dolores, den beiden Wachmännern und Hannah durch die gefürchtete Tür

(… Man kommt nie wieder zurück …),

die sich hinter ihnen schloss. Wie bei einem Theaterstück, das mit dem Zuziehen des Vorhangs zu Ende ging.

Das Tageslicht, welches spärlich durch das Deckenfenster schimmerte, spendete dem unheimlichen Treppenhaus kaum Licht. Es lag fast vollständig im Dunkeln. Jenes Treppenhaus, durch das man Hannah anfangs vom Kellergewölbe in den Frauentrakt hinaufgeführt hatte. Dieses Mal ging die Reise abwärts.

Hannah hoffte, dass das Raubtier aus der Finsternis hervorsprang und alle Personen um sie herum zerriss und zerfleischte: den Doktor, die lüsterne und kaugummikauende Betty, die vom Leben frustrierte Oberschwester Dolores sowie die stummen Wachmänner. Aber das Tier zeigte sich nicht.

Dann passierten sie Räume, die zuvor geschlossen gewesen waren. Trotz der nebligen Sicht, die die Medikamente verursachten, erkannte Hannah die Umrisse des Kellergewölbes, in dem ihre Tortur begonnen hatte: die Gummizelle, das erste Gespräch mit Dr. Friedgeist sowie der Behandlungsraum mit dem unhygienischen Zahnarztstuhl, wo die gezogenen Zähne samt Wurzeln in Einmachgläsern aufbewahrt wurden.

„Betty, ich denke, es ist Zeit, dass Sie eine neue Lektion erteilt bekommen. Daher werden Sie der bevorstehenden Behandlung von Hannah beiwohnen."

Das Kaugummi blieb still und verharrte im Mundraum. „Was wird mit ihr geschehen?"

„Hannah wird aus dem *Projekt* genommen. Sie ist für uns nicht mehr tragbar und dient uns nun für andere Forschungszwecke zur Verfügung."

Für Betty brach die Welt, so wie sie sie gekannt hatte, zusammen. Die Oberwelt hatte sie bisher wie ein spezialisiertes Krankenhaus empfunden, wo die Irren in konfusen Welten lebten, seltsam und ziellos über die Flure wandelten, komisches Zeug brabbelten und Tabletten in den Rachen geschoben bekamen. Aber die Unterwelt war eine komplett andere. Sie relativierte die bisherigen Erfahrungen aus der Oberwelt. Mit offenem Mund lief Betty den Korridor entlang. Sie kannte den Keller – zumindest jenen Abschnitt mit den Gummizellen und dem Aufwachraum –, aber dieser Trakt, wo die Räume Folterkammern glichen, wo merkwürdige und grausame Gerätschaften herumstanden und darauf warteten, ihren Gelüsten freien Lauf zu lassen, kannte sie noch nicht. Sie spürte den in sich aufkommenden Konflikt. Und als die Gruppe einen dieser Räume betrat, begann Bettys Herz zu rasen. Hannah stand etwas Schlimmes bevor, und zwar mehr, als nur eine zu verabreichende Spritze oder das Abtauchen des Kopfes in eine mit Wasser gefüllte Badewanne.

Betty mochte vielleicht jung und naiv erscheinen, doch hinter der verspielten und kaugummikauenden Fassade der Lernschwester schaltete sich neben der Vernunft ein zuvor unterdrücktes Rechtsempfinden ein. Was hatte der Doktor mit Hannah vor?

Auch Hannah spürte, was ihr drohte. Die zwei Wachmänner legten sie auf eine Liege in der Mitte des Raumes und schnallten sie fest: an den Hand- und Fußgelenken, an den Oberschenkeln und am Brustkorb. Anschließend verließen sie den Raum.

Dr. Friedgeist machte sich derweil Gedanken um die richtige Atmosphäre. „Ich brauche etwas Beruhigendes. Nocturnes wären genau das Richtige. John Field vielleicht? … Oh ich weiß. Mir ist heute nach Chopin."

Mit klassischen Klängen im Hintergrund schob Oberschwester Dolores ein Messgerät heran und stellte es neben den Beistelltisch, auf dem Werkzeuge und andere besorgniserregende Dinge lagen: Skalpelle, Hammer, Scheren, Klemmen, Messer, Zangen, Pinzetten in verschiedenen Größen und Formen sowie ein Gebilde, welches einem Schraubenzieher glich. Daneben Nieren- und Lösungsmittelschalen.

Auch wenn Hannah nicht klarsehen konnte, ihr Herzpegel stieg. Ihr Puls pochte im Hals und an den Schläfen.

Dr. Friedgeist nahm die Musik entspannt in sich auf. Er näherte sich der Patientin, als wolle er zu Thanksgiving vor Freude einen Truthahn schlachten. Und Dolores brachte die Instrumente in Position, als stünde Hannah ein weiterer

Haarschnitt an.

Allein Betty stand wie versteinert in einer Ecke des Raumes. Sie wandte sich immer wieder vom Geschehen ab, um dann wieder hinzusehen.

„Betty, bitte bereiten Sie die Insulinspritze vor; sowie die Spritze für danach", forderte der Doktor sie auf. Mit zittrigen Händen holte sie die notwendigen Dinge aus dem Apothekerschrank. Sie steckte die erste Spritze in die Ampulle mit Insulin und füllte sie damit auf. Die Zweite befüllte sie mit Glucagon. Anschließend brachte sie beide in einer silbernen Nierenschale an den Tisch.

Dr. Friedgeist registrierte die Nervosität der Lernschwester, ging aber nicht darauf ein. Stattdessen griff er nach der Insulinspritze und schwang sie wie einen Dirigentenstab taktvoll zur Musik.

Hannahs Herz würde unter die Decke gehen, wäre ihr Brustkorb nicht fixiert. Ihre Augen bewegten sich im Rhythmus der Versuche, Luft zu bekommen, panisch hin und her.

Dolores steckte ihr ein Stück Plastik zwischen die Zähne. „Ruhig atmen, Schätzchen, sonst überventilierst du noch", sagte sie. Dann drückte sie Hannahs Schultern auf die Liege und brummte zu Betty: „Besser, du stellst dich in Griffnähe ihrer Fußgelenke."

Betty gehorchte.

Die Spritze bewegte sich auf Hannah zu.

Ein Stich.

Alle schwiegen und beobachteten den jungen Körper vor ihnen.

„Was können Sie mir über die Insulinspritze sagen, Betty?", unterbrach Dr. Friedgeist die Stille.

Die Lernschwester kam sich vor wie in einer Prüfung.

„Durch das verabreichte Insulin wird der Zucker künstlich abgebaut. Der Körper fällt in ein Koma. Dabei kommt das Gehirn zur Ruhe und kann sich neu sortieren. Mögliche Begleiterscheinung sind …"

Hannahs Körper verkrampfte, zuckte unrhythmisch zu den Klängen Chopins.

„Krampanfälle. Richtig", beendete der Doktor den Satz. Er blickte zuerst auf die Wanduhr und dann auf Bettys nervösen Hände. „Es gibt keinen Grund, aufgeregt zu sein. Machen Sie sich keinen Kopf. Alle Frauen in dieser Einrichtung wurden von der Gesellschaft verstoßen. Außerhalb unserer Anstalt würden sie in der Gosse landen und sterben. Hier dienen sie uns immerhin noch als Forschungsmaterial."

„Forschungsmaterial?" Betty war schockiert. „Hannah dient uns als Forschungsmaterial?"

„Der medizinische Fortschritt geht voran. Die Menschen leben länger als in den Jahrzehnten zuvor. Wir können mittlerweile viele Verletzungen und Krankheiten heilen und beheben."

Ein kurzer prüfender Blick auf die Uhr an der Wand, dann wieder zurück zu Hannah.

„Aber wie unser Gehirn arbeitet, oder wie mentale Krankheiten und Störungen entstehen und geheilt werden können, darüber wissen wir noch zu wenig. Viel zu wenig. Dank der Forschung in unserer Einrichtung gewinnen wir mehr und mehr Erkenntnisse darüber. Hannah ist für unser Hauptprojekt nicht mehr von Nutzen; und eine Entlassung ist unmöglich. Also dürfen wir sie jetzt zum Zwecke der Forschung des menschlichen Gehirns einsetzen. Und Sie, Betty, haben Anteil daran. Freuen Sie sich. Sie bekommen heute eine Demonstration Deluxe geboten."

Dolores, die sich im Hintergrund gehalten hatte, lachte nun im Einklang mit dem Arzt. Sie hatte augenscheinlich Vergnügen daran, Hannah zu quälen und Schwester Betty leiden zu sehen. Dolores war es egal, ob das, was der Doktor tat, medizinisch korrekt war oder nicht. Oder ob es der Menschenwürde entsprach.

Betty, die Hannahs zappelnden Körper anstarrte, quälte sich zu einem Lächeln, um im Protokoll zu bleiben. Sie hatte Angst, bestraft zu werden, und spielte weiter mit. *Wie kann man nur so grausam sein?*, dachte sie.

Minuten vergingen, bis der Arzt eine weitere Spritze verwendete. „Was wissen Sie über Glucagon?"

„Glucagon bringt den Körper dazu, Glucose aus den eigenen Speichern frei zu machen und auszuschütten, wodurch wieder der Normalwert des Zuckerspiegels erreicht wird. Der Patient erwacht aus dem Koma."

„Richtig. Haben Sie schon mal einer Elektroschocktherapie beigewohnt?"

„Nein."

„Nun ja, es gibt immer ein erstes Mal", grinste er und lauschte mit geschlossenen Augen für eine Weile der Musik.

Hannahs Körper lag flach und erschöpft auf der Liege. Der Schweiß lief ihr übers Gesicht. Ihr Shirt war durchtränkt und klebte auf der Haut.

Betty wusste nicht, ob Hannah noch bei Bewusstsein war, als Dolores die Elektroden an Hannahs Schädel ansetzte und das Mundstück in ihrem Mund neu ausrichtete.

„Betty, ich möchte, dass Sie das Gerät bedienen." Dr. Friedgeist forderte die Lernschwester mit einer Handgeste dazu auf, den Schalter zu betätigen, und Betty griff nach diesem. Doch zu Hannah schauend, hielt sie inne.

„Worauf warten Sie? Es ist nur ein Schalter. Kurz einschalten und dann gleich wieder abschalten!"

Betty aktivierte, wenn auch zögernd, den Schalter. Die Nadel vor der Messskala schlug im dreistelligen Volt-Bereich aus und zappelte. Der Stromimpuls, der durch Hannahs Kopf schoss, löste in ihr einen weiteren Krampfanfall aus. Dieses Mal stärker.

Nur einen Wimpernschlag später fiel die Nadel wieder zurück auf null. Betty hatte das Gerät abgeschaltet.

Hannahs Körper jedoch zuckte weiter.

„Geht doch", lobte Dr. Friedgeist sie.

(… *eins, zwei, drei, vier* …)

„Etwa dreißig bis neunzig Sekunden lang wird dieser Anfall dauern", kommentierte er und schaute zwischen Hannah und der Uhr an der Wand abwechselnd hin und her.

(… *sieben, acht, neun, zehn* …)

„Dann kommt der Körper wieder zur Ruhe, zumindest äußerlich."

(… *dreizehn, vierzehn, fünfzehn* …)

„Im Gehirn, so nehmen wir an, werden die Nervenbahnen neu sortiert. Dadurch werden die neurologischen Verbindungen, die für eine seelische Störung verantwortlich sind, gelöst."

Betty hatte das Elektroschockgerät vor zwanzig Sekunden für nur einen Wimpernschlag aktiviert, dennoch schoss der Strom weiter unaufhörlich durch Hannahs Kopf und Körper, der nach wie vor taktlos zu Chopins Klängen zitterte. Ohne die Gurte, die sie immer wieder auf die Liege zurückwarfen, würde sie abheben und zu Boden fallen.

(… *zwanzig, einundzwanzig, zweiundzwanzig* …)

„Natürlich bedarf es mehrerer Behandlungen, um einen Erfolg zu erzielen."

Betty kämpfte mit den Tränen, wandte sich gelegentlich vom Geschehen ab und visierte im Raum einen neutralen Punkt an. Doch auch wenn Hannahs Körper aus ihrem Augenwinkel verschwunden war, sie konnte den wild auf- und abspringenden Korpus hören.

Wer rechtfertigt diese Behandlung?, fragte sie sich. *Sie ist in meinem Alter!*

Hannah zuckte und zappelte, kam einfach nicht zur Ruhe.

(… neunundzwanzig, dreißig, einunddreißig …)

„Schauen Sie hin, Betty!", forderte Dr. Friedgeist sie auf, als er bemerkte, dass sie zur Tür blickte.

(… sechsunddreißig, siebenunddreißig …)

„Sie wird noch eine Weile wackeln", sagte er. „Aber die Zuckungen werden weniger. Es gibt jetzt kleine Unterbrechungen von ein bis drei Sekunden. In etwa einer halben Stunde wird Hannah wieder aufwachen."

„Warum machen Sie das? Was ist, wenn sie stirbt?" Betty hoffte, dass die Tortur bald ein Ende fand und Hannah keine bleibenden Schäden davontrug.

„Das sind Behandlungsmethoden, die in den USA und in Großbritannien Anwendung finden. Wir machen nichts Verbotenes. Eine weitere Methode zeige ich Ihnen jetzt, denn wir beginnen mit einer kleinen Operation mit großer Wirkung."

Mit dieser Aussage machte der Doktor die Hoffnungen der Lernschwester zunichte. „Operation?"

„Bei gewissen psychischen Störungen ist es unausweichlich, direkt an die Quelle zu gehen."

„Sie meinen …?"

„Gehirnoperationen gab es wohl schon bei den Neandertalern, später bei den Griechen und Römern. In den 1880ern entfernte der Schweizer Gottlieb Burkhardt bei sechs Patienten, die an Halluzinationen und anderen Störungen litten, Teile der Großhirnrinde, der Kortex. Zwei seiner Patienten starben wenige Tage später, aber die anderen waren nach dem Eingriff friedlich und gehorsam.

In den 1930ern erfand der Portugiese António Egas Moniz die Arteriografie. Man spritzt Kontrastmittel in den Körper lebender Patienten, um auf Röntgenaufnahmen beispielsweise Tumore zu erkennen. Herr Moniz erfand auch die präfrontale Leukotomie, bei der Nervenbahnen in der vorderen Gehirnregion durchtrennt werden. Dazu bohrt man zwei Löcher in den Kopf und injiziert puren Ethylalkohol beziehungsweise reines Ethanol in den präfrontalen Kortex. Der Alkohol soll die Nervenbahnen stören und erschüttern, die für die psychischen Störungen verantwortlich sind. Später benutzte Moniz ein dazu passendes Werkzeug: *das Leukotom*, erfunden vom kanadischen Neurochirurgen Dr. Kenneth McKenzie. Durch ein Loch im Schädel wird das Leukotom direkt in das Gehirn geführt und mit der kreuzförmigen Spitze darin gedreht. Leider fielen die Resultate der Eingriffe unterschiedlich aus und die Erfolge waren eher bescheiden. Die Methode wurde überwiegend bei Frauen angewandt, meist ohne deren Zustimmung. Bei einigen waren die Wahnvorstellungen danach verschwunden, bei manchen aber auch die Persönlichkeit und Intelligenz. Zudem traten Antriebslosigkeit und Emotionslosigkeit ein. Die Patienten blieben nach dem Eingriff meist ein Pflegefall. Einen medizinischen Nachweis, dass die Methode zum Erfolg führte, gab es nicht. Dennoch erhielt Herr Moniz dafür 1949 den Nobelpreis."

„Wie bitte?" Betty glaubte nicht, was sie hörte.

„Das Verfahren der Leukotomie findet viele Anhänger. Walter Freeman ist ohne Zweifel der größte Genosse. Er hat das Verfahren sogar modernisiert und nennt es *präfrontale Lobotomie*. Das ist altgriechisch und heißt nichts anderes als *Lappen schneiden*. Er ist regelrecht überzeugt davon und praktiziert es bis heute."

„Was ist Lobotomie denn genau für eine Methode?" Obwohl sie die Frage gestellt hatte, wollte sie die Antwort gar nicht wissen. Sie blickte zu Hannah, die jetzt regungslos auf der Liege lag. Man könnte meinen, sie sei tot.

„Das zeige ich Ihnen." Der Doktor nahm eine schwarze Tasche mit Druckknöpfen vom Tisch, auf dem diverse Instrumente lagen, die eines Mörders würdig waren, und öffnete sie. Ein Hammer und zwei etwa zwanzig Zentimeter lange Nägel, die wie Eispickel aussahen, kamen zum Vorschein. Dolores faltete derweil ein weißes Handtuch und legte es auf Hannahs rechte Gesichtshälfte.

Doktor Friedgeist nahm einen der *Eispickel* und setzte dessen Spitze in einem 45-Grad-Winkel an Hannahs linkem Auge an. Mit zwei Fingern der anderen Hand hielt er dabei ihr Augenlid hoch. Die Spitze glitt entlang des Nasenflügels am Augapfel vorbei, bis sie die Wölbung im Inneren berührte, dort, wo eine dünne Knochenwand die Augenhöhle und das Gehirn voneinander trennte. Anschließend griff der Arzt zum Hammer.

„Rammen Sie den Nagel etwa noch weiter in den Schädel hinein?", fragte Betty entsetzt.

„Rammen würde ich jetzt nicht sagen, aber ja." Der Doktor klopfte vorsichtig auf den Eispickel, während Dolores Hannahs Kopf festhielt. Der Eispickel durchbrach die dünne Knochenwand und schob sich einige Zentimeter in das Gehirn hinein.

Die Hannah-Puppe rührte sich nicht.

Betty war fassungslos. „Glauben Sie wirklich, dass Sie Hannah von ihrer psychischen Störung heilen, indem Sie einen Nagel in ihr Gehirn hämmern?"

Entspannt nahm Dr. Friedgeist den anderen Nagel und hämmerte diesen an Hannahs rechtem Auge vorbei. Nun steckten beide Eispickel in den Augenhöhlen, verankert im Gehirn.

„Warum tun Sie das?", fragte Betty.

Der Doktor blieb gelassen. Er fasste beide Eispickel an den freistehenden Enden an und schwenkte sie im Rhythmus der Musik. „Die Nervenfasern verbinden die Wahrnehmungen und Gedanken mit Gefühlen. Mit der Durchschneidung – nichts anderes tue ich gerade – werden die Verknüpfungen, die für die aggressiven Anfälle und andere bizarren Verhaltensweisen verantwortlich sind, beseitigt."

Betty verließ kopfschüttelnd den Raum. Dolores wollte ihr hinterherlaufen und sie zurückholen, doch der Doktor stoppte sie: „Lassen Sie sie ruhig gehen. Wer kann ihr das verübeln. Sie muss die Eindrücke erst einmal verarbeiten."

Er zog die Eispickel aus den Augenhöhlen heraus, und Dolores wischte mit dem weißen Handtuch das Blut aus Hannahs Gesicht.

„Sie können auch gehen, Dolores. Und nehmen Sie die beiden Wachleute mit. Ich werde heute alles allein aufräumen."

Dolores nickte und marschierte mit den beiden Wachmännern davon.

Nun war er allein mit Hannah. Erleichtert atmete er tief ein und aus, dann inhalierte er die schallende Musik.

Herrlich. Es gibt nichts Besseres als die Klassische Musik. Außer so ein hübsches Ding dazu wie dich natürlich.

Er wusste, dass Dolores keine Fragen stellte. Und Betty war noch zu jung und naiv. Hannah vor den Augen der Lernschwester zu schaden und die Aktion wie eine Lehrdemonstration erscheinen zu lassen, war das perfekte Alibi. Insulinspritzen, Elektroschocks und Lobotomien waren in diversen Einrichtungen weltweit Alltag. Auf diese Weise war es ihm möglich gewesen, Hannah die Seele zu nehmen und ihre Persönlichkeit auszulöschen. Und damit auch ihre Erinnerungen an seine Einrichtung. Die gefährliche Augenzeugin war beseitigt. Bloß kein Risiko eingehen.

Hannahs Seele war verflogen, ihr Körper war jedoch noch da.

So jung und knackig, die Haut so straff, einfach perfekt, ein Traum. Welch eine Verschwendung.

Der Mediziner löste die Fesseln und trug die bewusstlose Hannah in den Nebenraum. Dort setzte er sie auf einen Untersuchungsstuhl, ähnlich wie beim Frauenarzt, nur dass dieser zu einem Folterstuhl modifiziert worden war. Zuerst führte er ihre Hände nach hinten, um diese hinter der Rückenlehne zu fesseln, dann fixierte er ihre Füße an den vorderen beiden Stuhlbeinen. Als er anschließend die Kamera einschaltete und diese auf Hannah richtete, blinzelten ihre Augen. Man konnte meinen, dass sie wieder zu sich kam; vielleicht waren es aber auch nur die Nerven im Gehirn, die das Blinzeln unkontrolliert auslösten. Sie war wehrlos, körperlich wie auch geistig.

Doktor Friedgeist hatte die Macht, das wusste er, und er ergötzte sich daran. Hannah war seine Trophäe, und er durfte mit ihr machen, was er wollte. Die ganze Nacht lang. Bevor ihn vermutlich der Inspektor oder ein militärisches Untersuchungskomitee erwartete.

Dies ist jene Szene, die ich Ihnen zu Beginn meiner Erzählung geschildert habe. Mehr will ich dazu nicht sagen, sonst blättern Sie zum Anfang zurück, wenn es sein muss, um das Bild aufzufrischen. Ansonsten blättern Sie einfach weiter.

Betty

Eine Gruppe war nur so stark wie ihr schwächstes Glied. Für Betty war diese Weisheit vollkommen egal. Sie handelte rein impulsiv und emotional. Sie wollte die Gefühle, die an ihrem Gewissen nagten, loswerden. Sie wollte mit sich selbst ins Reine kommen.

Seitdem Dr. Friedgeist im Einklang mit Chopins Klavierkompositionen und im Namen der medizinischen Wissenschaft Hannah systematisch hingerichtet hatte, hatte Betty den Arzt nicht mehr gesehen. Vermutlich hielt er sich noch im Kellergewölbe auf, denn aus seinem Zimmer erklang kein Tschaikowsky, kein Vivaldi, kein Beethoven, Mozart oder Rossini, wie sonst um diese Zeit, tief in der Nacht.

Die Gedanken, die den inneren Konflikt vorantrieben, hielten Betty vom Schlaf ab. Hannah war verloren, und sie hatte es mit ansehen müssen. Doch sie wusste, dass sie etwas unternehmen musste. Die Wahrheit musste ans Licht. Das war sie ihr schuldig!

Sie verließ ihr Zimmer.

Auf dem düsteren Verwaltungsflur war es derartig still, dass man das Wasser hören konnte, welches sich am Wasserhahn sammelte und in das Waschbecken tropfte. Das Waschbecken diente zum Händewaschen, und als Trinkquelle. In den Trakten, in denen die männlichen und weiblichen Insassen untergebracht waren, war eine solche Stille unvorstellbar. Immer weinte oder schrie jemand in seiner Zelle, und irgendwer schlug immer gegen die Wände und

Türen.

Schnell, bevor der Wachmann kommt!

Sie wusste, in welchem Turnus die Wachleute ihre Runden drehten, denn das Personal absolvierte seine Runden immer zu festen Zeiten. Sie veränderten sich so gut wie nie. Es kam nur dann zu Abweichungen, wenn einer der Wachleute versehentlich eingepennt war, zu lange dem Radio lauschte oder auf der Toilette in einer Illustrierten *vertieft* war. Die Kontrollgänge dienten als Alibi, zur Beruhigung der Vorgesetzten, die ihr Büro außerhalb der Inselmauern hatten. Bei all den Überwachungsmechanismen, die bereits auf der Festlandseite begannen – Kameras, Wachposten, die Zugbrücke –, war es schier unmöglich, unbemerkt ins Gebäude einzudringen oder dieses zu verlassen. Das wusste Betty zu gut, denn sie hatte sich nicht selten nachts aus dem Zimmer des Doktors geschlichen. Nur einmal wurde sie vom Scheinwerferlicht einer Taschenlampe erfasst. Als sie sagte, sie könne nicht schlafen und deswegen umherliefe, ging der Wachmann weiter. Glücklicherweise kam niemand dahinter – außer Dolores, der man nichts vormachen konnte. Doch sie behielt es für sich, sodass die Beziehung zwischen dem Doktor und Betty geheim blieb.

Eine Möglichkeit, sich im langgezogenen Verwaltungsflur zu verstecken, gab es nicht. Auf den Fußspitzen schwebend, konnte es ihr nicht schnell genug gehen, den Zielort zu erreichen. Dort angekommen, schimmerte ihre Silhouette durch das Milchglas der Tür, auf der der Schriftzug *Dr. J. Friedgeist* zu lesen war. Sie öffnete vorsichtig die Tür, betrat das dunkle Büro, steuerte im einfallenden Licht des Mondes einen Aktenschrank an und wühlte in der Schublade, die mit dem Buchstaben „S" beschriftet war. Die Akten waren alphabetisch sortiert.

„Sa … Se … Si … Sm … So …"

Schließlich hob sie eine Akte an und leuchtete mit der Taschenlampe darauf. Für eine Sekunde war der Name der Person zu lesen:

SOLDTOBURY, Hannah.

Sie zog das Dokument heraus und ließ es unter ihrem Kleid verschwinden.

Plötzlich ein Scheinwerferlicht, welches vom Flur kam.

Der Wachmann!

Sie schob die Schublade zu und versteckte sich hinter dem wuchtigen Schreibtisch des Doktors.

Auf den Wachmann ist auch kein Verlass!

Ausgerechnet in dieser Nacht wich dieser von seinen gewohnten Zeiten ab.

Bitte geh weiter!

Das Licht der Taschenlampe schien durch die Glastür. Die Tür öffnete sich, und das Licht zog halbherzig durch den Raum. Betty versteinerte, sie atmete nicht. Der Lichtstrahl wanderte einmal über den Schreibtisch hinweg, ehe er wieder verstummte. Die Tür schloss sich, und der Wachmann verschwand.

Schnell! Zurück auf mein Zimmer!

Hannahs Patientenakte verweilte die Nacht über unter dem Kopfkissen. Betty hoffte, in den restlichen Stunden ein wenig Schlaf zu finden.

Am nächsten Morgen meldete sie sich krank und wurde freigestellt. Sie wartete, bis der alltägliche Betrieb aufgenommen wurde, dann verließ sie ihr Zimmer mit der Akte unter der Jacke. In der Eingangslobby mit dem Mosaikboden und dem Springbrunnen schallte Vivaldis *Frühling* aus *Die vier Jahreszeiten*. Die euphorischen Klänge stimmten Betty noch nachdenklicher und trauriger. Sie kannte die Wahrheit hinter den Kulissen, und sie hatte genug gesehen. Ihr Entschluss stand fest, er war unveränderlich.

Das fledermausartige Gebäude hinter sich lassend, marschierte sie auf die hochgezogene Zugbrücke zu, an deren Fuß ein Wachhäuschen stand. Es war unbewacht. Auf der Anlage selbst sah man keinen Anlass, dort permanent einen Wachposten abzustellen. Die Patrouillen liefen – wie nachts im Gebäude – ihre Runden in zeitlich geregelten Abständen. Nur wenn Besuch, ein Transport oder andere Gründe bevorstanden, postierte man welche. Zudem verrichteten Bewegungsmelder, die auf der Anlage überall installiert waren, ihren Dienst. Und selbst wenn, dann würde Betty behaupten, im Ort ein paar Besorgungen machen zu wollen.

Betty ging in das kleine Wachhaus hinein. Sie strebte jedoch nicht den Ziffernblock an, über den man die Zugbrücke hinunterlassen konnte, denn sie kannte den dazu erforderlichen Code nicht. Stattdessen drückte sie auf den Knopf des installierten Funkgeräts, um den Wachposten auf der anderen Seite anzusprechen.

„Hallo?"

Es knarzte im Hintergrund, und eine dünne, männliche Stimme mischte sich hinzu. „Ja?"

„Erwin? Bist du das?"

„Ja", bestätigte die unsichere Stimme.

„Ich bin's. Betty."

„Ooh, B-B-Betty." Zu der dünnen Betonung kann ein Stottern hinzu. „Was k-k-kann ich f-f-für d-d-dich tun?"

„Ich möchte nach Greenwood rüber. Ich muss heute nicht arbeiten."

„D-d-du w-w-willst rüber?"

„Kannst du die Zugbrücke für mich herunterlassen?"

„Ha-a-ast du eine G-genehmigung?"

„Habe ich", sagte Betty, obwohl das eine Lüge war.

Ein *Ok-k-kay* ertönte, das Krächzen aus der Funkanlage erlosch und die Zugbrücke setzte sich in Bewegung.

Hoffentlich wird keiner misstrauisch.

Betty drehte sich mehrmals nervös um, und kaum hatte die Zugbrücke mit dem Inselboden gemündet, ging sie zügig hinüber. Der junge Wachmann auf der anderen Seite wartete bereits auf sie. Es war der unsichere junge Rotschopf, der versucht hatte, dem Inspektor den Zugang zur Insel zu verweigern.

„Danke", sagte sie und lächelte verkrampft.

„D-die Ge-g-genehmigung?"

„Willst du, dass ich in der Kälte meine Jacke ausziehe? Willst du mich abtasten und mir unters Kleid schauen?", fragte sie provozierend. Sie war sich sicher, dass er sich das vielleicht wünschen, aber nicht trauen würde.

„I-i-ist schon gut, a-aber die G-genehmigung."

„Ich habe einen Geheimauftrag."

„D-d-du w-willst mich ver-verschaukeln?"

Betty wollte nicht Erwins Gutgläubigkeit und Naivität herausfordern, denn er versuchte, ein gewissenhafter Soldat zu sein – auch wenn er nur diese Brücke bewachte. Sie musste improvisieren; und Männer manipulieren konnte sie gut.

„Dr. Friedgeist sagt, dass du mit mir kommen sollst. Es wird gleich jemand kommen und dich ablösen. Du sollst die

Zugbrücke aber in der Zwischenzeit wieder hochfahren", sagte sie mit einem unschuldigen Blick.

Einige Sekunden vergingen und in Erwins Gesicht wanderten die Fragezeichen umher. Seine Zähne knabberten an der Oberlippe. „Stimmt das auch?"

„Traust du mir etwa nicht?"

Bettys einladenden Augen und Worte überredeten Erwins innere Stimme der Vernunft, und beide gingen davon. Natürlich erst, nachdem er pflichtbewusst die Zugbrücke hochgefahren hatte.

Beim Sheriff

„Sheriff, wir müssen mit Ihnen reden!", wurde der verwunderte Sheriff auf der Veranda begrüßt. Die Kleidung der beiden jungen Menschen hätte nicht unterschiedlicher sein können. Die Dame mit dem Krankenschwesterdress unter der geöffneten Jacke, der Mann in seiner Soldatenuniform.

„Worum geht es denn?"

Als die Krankenschwester den Namen Hannah Soldtobury erwähnte, hatte sie seine volle Aufmerksamkeit. Er bat die beiden herein und bot ihnen ein Getränk an.

„Sie müssen uns versprechen, uns zu beschützen, da wir ohne das Wissen unserer Befehlshaber hier sind."

Erwin konnte nicht fassen, was er da hörte. Er wurde wütend und ängstlich zugleich. Wütend, weil Betty ihn angelogen hatte, und verängstigt, weil er den Wachposten verlassen hatte, welches ein Disziplinarverfahren oder zumindest eine Abmahnung zu Folge haben würde. Aber nachdem Betty anfing, von Hannah zu erzählen, und davon, was innerhalb der Einrichtung vor sich ging, rückten seine eigenen Belange in den Hintergrund.

„Ich habe Beweise." Betty holte Hannahs Akte unter ihrer Jacke hervor und gab sie Sheriff Baxter. Bettys Worte und das, was in dem Dokument niedergeschrieben stand, ließ ihn fast zusammenbrechen.

„Wie geht es ihr jetzt?"

„Tod! Mit hoher Wahrscheinlichkeit nicht mehr am Leben. Ich habe es mit ansehen müssen. Sie hat sich am Ende nicht mehr bewegt."

Der Sheriff fuhr mit den Händen durch sein Gesicht. Seine Hoffnungen waren dahin.

„Ich muss einen Anruf machen. Ich werde dafür sorgen, dass euch beiden nichts geschieht." Er griff zum Telefon. „Inspektor Garnier? Sheriff Baxter hier ..."

Der Abgang

Das ist das Ende! Dieser verfluchte Inspektor! Verdammte Journalisten!

Der Telefonhörer knallte auf die Gabel. Die Nachricht, dass eine Journalistin aus Washington sich als Patientin in seine Einrichtung geschleust hatte, verbreitete sich wie ein Teppichbrand. Auch das Militär war informiert.

Die werden einen Sündenbock suchen!

Mich!

Nachdem der Doktor sich an seiner Bar im Büro bedient hatte, begab er sich zum Regal, in dem zahlreiche Schallplatten zur Auswahl standen. Seine Finger glitten über diese auf und ab, bis sie stehenblieben und eine Platte herauszogen.

Das Militär wird sich aus der Affäre ziehen!

Die werden alle Spuren verwischen!

Die Nadel des Schallplattenspielers wurde zur Anfangsrille bewegt, und die Musik begann, *Amazing Grace* zu spielen. Das Lied wurde vom Briten John Henry Newton Jr. verfasst. Als Sklavenhändler auf Schiffen unterwegs, erlitt er 1748 auf einer Überfahrt Seenot – und überlebte. Dass Gott mit ihm Erbarmen hatte und ihn überleben ließ, führte dazu, dass er die Sklaven fortan humaner behandelte und sich später für die Abschaffung der Sklaverei einsetzte.

Amazing Grace handelt von Gnade und die Befreiung von Sünden. Ob Doktor Friedgeist bei all seinen Taten eines Tages Gottes Gnade erhielt, blieb ungewiss. Auch seine

Vorgesetzten hatten noch ein Wörtchen mitzureden.

Das Militär wird alles mitnehmen und mich an den Pranger stellen. Mich, den alten Nazi!

Ein letztes Mal vernahm er die Klänge der Musik. Das Glas in seiner Hand tanzte durch die Luft.

Seine Vorgesetzten aus Washington hatten ihm telefonisch mitgeteilt, dass das Projekt gefährdet sei. Eine operative Durchführung sei nicht mehr gewährleistet. Die Geheimhaltung könne man nicht weiter aufrechterhalten. Man werde die Einrichtung schließen und andernorts neu aufbauen und fortführen, jedoch ohne ihn. Bezüglich seiner Zukunft würde er bald Besuch bekommen.

Ich habe stets hervorragend gedient. Ich habe das gemacht, was von mir verlangt worden ist, ob für die Nazis oder für die Amis. Und doch habe ich keine Unterstützer. Ich bin der Sündenbock, ich bin das Bauernopfer.

Das Militär wird mich den Medien vorwerfen und sich vom Skandal distanzieren.

Wie beim Roswell-Zwischenfall 1947, wo Major Jesse Marcel öffentlich eingestehen musste, dass die Trümmerteile, die in der Wüste New Mexicos gefunden worden waren, nicht von einem UFO stammten, sondern von einem Wetterballon. Als ob ein Mann eines solchen Ranges nicht wüsste, was ein Wetterballon ist. Das ich nicht lache. Für den globalen Aufruhr, den er mit seinem vermeintlichen Irrtum verursacht hatte, musste er seinen Kopf hinhalten, während das Militär weiterhin das Geheimnis bewahrt.

Ich habe den Zweiten Weltkrieg überlebt, und ich bin dem Kriegsgericht entkommen. Trotz meiner aktiven Beteiligung und Unterstützung des Nazi-Regimes wurde ich von den Amerikanern verschont, weil ich für sie funktional bin; zumindest bis jetzt. Denn ich bin nach wie vor ein Gefangener in einem fremden Land. Jeder meiner Schritte wird überwacht. Was werden die mit mir anstellen, wenn ich für sie keinen Nutzen mehr habe? Mit all meinem Wissen über das Projekt? Ohne mich hätte das Projekt nicht derartige Fortschritte erzielt.

Das ist mein Werk!

Soll ich zulassen, dass man mir meine Arbeit wegnimmt und mich klangheimlich verbuddelt? Soll ich den Besuch des Militärkomitees und dessen Urteil abwarten? Nein, ich werde meinen Abgang selbst wählen und mein Werk mitnehmen. Niemand soll es bekommen.

Es ist meins!

Nachdem die Nadel das Ende der Schallplatte erreicht hatte, parkte sie an der Kante des Langplattenspielers. Das Vinyl drehte schweigend seine Auslaufrunden.

Ein weiteres alkoholisches Getränk wurde eingeschenkt. Und es wurde eine neue Schallplatte aufgelegt.

Johann Sebastian Bachs *Orchestersuite Nr. 3 D-Dur BMV 1068* erklang, jedoch nicht von Anfang an. Dr. Friedgeist suchte eine bestimmte Stelle. Nach zwei Versuchen und nur wenigen Takten fand er sie schließlich. Der zweite Satz erklang, die Aria, bei der die Pauken und Trompeten schweigen und die Streicher dominieren. Sie umarmten das gesamte Büro, so gefühlvoll und zart. Und es schien, als ob der Arzt in der Melodie schwimmen oder sich in ihr sonnen würde. Er war eins mit ihr.

Die Sonne verlor von Tag zu Tag an Kraft. Die grünen Wiesen wurden blasser und von den hinuntertanzenden Blättern zunehmend bedeckt. Die Bäume ließen sie fallen, um sich auf die bevorstehende kalte Jahreszeit mit ihren dunklen Tagen vorzubereiten.

Ein schöner Tag! Fast so wie die Nacht mit Hannah! Die war, in der Tat, unbeschreiblich und unvergesslich.

Dr. Friedgeist nahm seinen letzten Schluck …

Incendium

Zu gehen, ist eine Sache, aber es kommt auf das *WIE* an. Er hätte seine Koffer packen und die Insel verlassen können. Er hätte auf eine Zyankalikapsel beißen oder sich die Kugel geben können. Aber er war Dr. Friedgeist. Sein Abgang musste theatralisch sein. Niemand sollte ihn bekommen, nicht einmal seinen Leichnam, und auch nicht sein Werk.

Die schnellwachsenden Flammen vereinnahmten alles, was sie kriegen konnten, begleitet von klassischer Musik im Hintergrund. Sie fraßen die Vorhänge, und verschonten auch die anderen Textilien nicht. Die Bücher loderten beim ersten Funkenflug, der Kunststoff krümmte sich vor Schmerz und das Holz ging in die Knie. Die Stahlschränke hielten eine Weile dagegen, aber auch sie verloren den Kampf mit den Flammen. Mitsamt den Akten und Videokassetten wurden sie zur Strecke gebracht.

Die schreienden Seelen in ihren Zellen schrien vergeblich, als deren Hüllen verbrannten, deren Haut sich löste und deren Blut verdunstete. Binnen weniger Sekunden höllischer Schmerzen und Zuckungen gingen sie zu Boden, blieben regungslos liegen und verkohlten.

Hannahs Szenario aus der ersten Nacht in der Zelle, in dem die Insassen elendig verbrennen, wurde zur Wirklichkeit. Die Zellentüren und Zugänge waren verschlossen. Einen Feueralarm gab es nicht. Die Patienten waren dem Doktor ebenso egal wie sein Personal, auch sie gehörten zu seinem *Werk*, auch über sie durfte er verfügen. Nur wenige konnten sich retten.

Die Einwohner standen am Flussufer und sahen, wie die architektonische Fledermaus heulte und knarzte. Sie verbrannte aus ihrem Inneren heraus. Das Feuer wanderte vom Rumpf aus weiter, kroch den Kopf hinauf und breitete sich zugleich über den linken und rechten Flügel aus. Die Feuerwehr, die von außer Orts über die heruntergelassene Brücke herangeeilt war, versuchte die Flammen unter Kontrolle zu bringen. Doch die Hitze, die das fackelnde Gebäude umgab, war unerträglich. Ein Feuerwehrwagen musste zurückgesetzt werden, da dessen Außenspiegel und Fenster zu schmelzen begannen.

Kurz darauf kreisten zwei Militärhubschrauber in der Luft. Über Seile setzten sie ein paar Soldaten auf die Insel ab, ehe sie selbst am anderen Ufer des Mississippi River landeten und deren Rotorblätter heulend an Geschwindigkeit verloren.

Letztendlich konnten die Rettungshelfer, die Soldaten und die Schaulustigen nur zuschauen. Zuschauen, wie die Seelen aus der brennenden Fledermaus entwichen und mit dem Rauch emporstiegen. Die Fledermaus brannte bis auf ihre Knochen nieder. Der Geruch von Verbranntem sollte später noch tagelang in der Luft liegen.

Sheriff Baxter beobachtete das Geschehen von der Veranda seines Büros aus. Er war in Gedanken bei den Opfern, und bei Hannah. Das kleine Mädchen, das einst frei und vergnügt auf dem Grundstück ihrer Großeltern am Rande des Mississippi River gespielt hatte, war nun auf der anderen Flussseite als Gefangene gestorben. Total verängstigt und allein. Greenwood hatte Hannah zu sich genommen. Wie ihre Großeltern und Eltern zuvor.

Winterliches Greenwood

Dezember 1952. Der Fall war abgeschlossen, wobei ich die Geschichte selbst bis heute nicht vergessen kann.

Trevor Banks und Sheriff Baxter standen an meiner Seite. Wir alle trugen zivile Kleidung, als wir ein letztes Mal als Trio den Ort des Ereignisses aufsuchten. Gesprochen wurde kaum. Die Szenerie und die in der Luft schwingenden Erinnerungen an das, was geschehen war, waren erdrückend. Wir starrten auf die beiden Brandruinen: das Haus der Großeltern und die Einrichtung auf der Insel.

Das winterliche Weiß bedeckte den gesamten Ort, und von oben kam ständig neuer Schnee hinzu. Es schneite mild, aber unaufhörlich, und das schon seit Tagen. Für viele mochte die Winteridylle romantisch daherkommen, doch für mich waren die Schneeflocken wie Asche, die von einem Vulkan ausgespien wurde, zu Boden regnete und alles unter sich begrub. Wie in Pompeji.

Normalerweise hätte die Einrichtung von Anfang an als Tatort bezeichnet werden müssen. Niemand weiß, wie viele Frauen irgendwelchen Experimenten zum Opfer gefallen waren – und Männer aus dem anderen Trakt. Niemand hatte es gewagt, Fragen zu stellen. Die Einrichtung war all die Jahre geduldet worden, mögliche Straftaten hatte man einfach ausgeblendet. Man hatte weggesehen.

Erst als Hannahs Geschichte publik wurde, hatte man die Einrichtung zu einem Tatort erklärt. Hannah hatte den ersten Dominostein angestoßen und damit die Sache ins Rollen, oder besser gesagt, ins Kippen gebracht.

Trevor Banks und Mr. Aden nutzten die Macht ihrer Zeitung, um in Washington, D. C., ein Echo auszulösen, den die dort ansässigen Politiker nicht überhören konnten. Sie mussten handeln.

Wie auch das Militär. Bereits beim Brand der Einrichtung war es angerückt. Wochenlang blieb die Insel militärisches Sperrgebiet. Es wurde streng bewacht und kontrolliert. Um keinen Preis durften interne Informationen an die Öffentlichkeit gelangen. Offizielle Stellungnahmen seitens des Militärs gab es nur eine. Es hieß, es sei ein ganz normales Krankenhaus für Menschen mit besonderen Krankheitsbildern gewesen; und die Brandursache sei ein technischer Defekt. Über Doktor Friedgeist verlor es kein Wort. Einen Ex-Nazi beschäftigt zu haben, der während des Naziregimes grausame Experimente an Menschen durchgeführt und dann Patienten auf amerikanischen Boden missbraucht hatte, war ein Skandal, der geheim gehalten werden musste.

Umso mysteriöser war das Erscheinen eines Soldaten in jenem St. Louis Police Department, in dem ich arbeitete. Ohne ein Wort zu sagen, stellte er mir einen Karton auf meinen Schreibtisch und verschwand wieder. Im Karton befanden sich Ton- und Videoaufzeichnungen, auf der Hannah zu sehen und zu hören war. Auch jene, die ich Ihnen bereits geschildert habe. Vermutlich waren sie im Keller oder in einem feuerfesten Tresor versteckt gewesen, wie sonst sollten sie den Brand überstanden haben?

Unabhängig davon, überließ mir Sheriff Baxter Hannahs Akte, die Betty hinausgeschmuggelt hatte. Nach der Geschichte hatte er sich zur Ruhe gesetzt, blieb Greenwood aber treu. Der Ort war nach wie vor seine Heimat.

Lernschwester Betty und der rothaarige Soldat Erwin wurden in ein Zeugenschutzprogramm aufgenommen, dafür hatte ich noch gesorgt. Ich wollte nicht, dass sie für ihren Verrat dem Militär vorgeführt wurden.

Mr. Adens Zeitung lief weiterhin gut, auch wenn ihn Hannahs Verlust sehr mitnahm.

Das Hotel von Mr. Pukowski wurde über Nacht bekannt. Die Anzahl der Gäste stieg und war fortan ausgebucht.

Und Trevor Banks? Nun, ich wusste, dass er seinen Weg gehen würde. Noch so jung, aber schon aufgeklärt und tiefgründig. Er musste mir versprechen, die Quelle seines Wissens geheim zu halten. Niemand sollte erfahren, wie er an die Unterlagen und Dokumente herangekommen war.

Die Geschichte mit Hannah hatte ihn sehr erwachsen werden lassen. Dies zeigte sich in einem Fernsehinterview mit dem Moderator Mr. Wright. Ich erinnere mich noch, wie meine Frau und ich das Interview über unseren Schwarz-Weiß-Fernseher angeschaut haben.

„Mr. Banks, wieso sind Sie sich so sicher, dass es so abgelaufen ist, wie Sie es beschreiben?", fragte Mr. Wright mit kritischem Unterton. „Keine offizielle Stimme hat Ihre Aussage und Schilderung je bestätigt."

„Das wird auch niemand", konterte Trevor gelassen. „Keine Krähe sticht der anderen ein Auge aus."

„Wie meinen Sie das?"

„Die Einrichtung ist nur noch Staub und Asche. Dr. Friedgeist ist tot. Das meiste Personal sowie alle Insassen kamen ums Leben. Darunter auch Hannah."

Trevor hielt kurz inne.

„Ich dachte, ich würde nie erfahren, was hinter den Mauern geschehen ist und wie es Hannah dort ergangen war.

Aber dann erhielt ich von einem anonymen Absender ein Paket. In dem Paket befanden sich Hannahs Patientenakte, transkribierte Sitzungsprotokolle sowie Ton- und Videoaufzeichnungen."

„Sie haben nicht herausbekommen, wer Ihnen das Paket geschickt hat? Ich meine, es könnten ja Dokumentenfälschungen sein?"

„Inoffiziell habe ich die Bestätigung bekommen, dass die Dokumente echt sind. Und das Militär hat in einer Presseerklärung ja bestätigt, dass die Einrichtung militärisch geführt worden war, aber eben ein normales Krankenhaus für Menschen mit besonderen Krankheitsbildern gewesen sei. Von einem Dr. Friedgeist will das Militär bis heute nichts wissen. Aber man hat diesem Mann im weißen Kittel eine Einrichtung gegeben, auf dieser Insel, und dazu Personal, Patienten, finanzielle Mittel und … Vertrauen.

Er hat sich so sicher gefühlt, und mächtig, dass er sich von seiner schlimmsten Seite gezeigt hat. Unbemerkt von der Öffentlichkeit hat er mysteriöse Untersuchungen und Operationen durchgeführt; und er hat sich an den Frauen vergangen."

„Das Militär hat Dr. Friedgeist also nicht geschützt?"

„Das Militär bestreitet, je einen Dr. Friedgeist in den eigenen Reihen beschäftigt zu haben."

„Interessant. Kritische Stimmen sagen, dass Sie Ihren unglaublichen Aufstieg als Journalist nur Hannah zu verdanken haben", sagte der Talkshow Host provokativ. „Wie sehen Sie das?"

„Diese Kritik ziehe ich mir an, weil sie der Wahrheit entspricht. Eigentlich wäre Hannah diejenige von uns beiden gewesen, deren Karriere bei der Zeitung bevorstand; und später vielleicht beim Fernsehen. Ich hätte immer in ihrem Schatten gestanden. Das war schon seit der High-School so, aber ich hatte nie Probleme damit."

„Entschuldigen Sie, Mr. Banks, dass ich Sie unterbreche, aber gerade, weil Sie ihr so nah gestanden haben und das Vertrauen der jungen Frau besaßen, fragen sich viele, wie Sie Hannah in der Öffentlichkeit so bloß stellen können. All diese intimen Details. Wieso dieses Buch?"

„Das Festhalten von Hannahs Schicksal in Form eines Buches ist mir wirklich nicht leichtgefallen. Dennoch habe ich es umgesetzt. Mir war nicht bewusst, dass Hannahs Trip in diese Einrichtung solch ein mediales Echo auslösen würde. Und auch nicht, dass mein Buch auf den Bestsellerlisten landet. Aber das zeigt, wie sehr die Amerikaner dieses Thema interessiert. Sie wollen wissen, was im eigenen Land passiert. Wir haben den Zweiten Weltkrieg überstanden und leben nun in einer Zeit, in der wir eine eisige Beziehung mit der Sowjetunion führen.

Und wir wollen wissen, was das Militär mit der ganzen Sache zu tun hat. Es war zu keiner Sekunde meine Absicht, Hannah bloß zu stellen; und ist es nach wie vor nicht. Im Gegenteil. So wie ich Hannah kennengelernt und geschätzt habe, weiß ich, dass sie es so gewollt hätte. Sie hätte gewollt, dass die Menschen erfahren, zu was Ärzte und das Militär in der Lage sind. Im Namen der Wissenschaft, im Namen des medizinischen Fortschritts und der inneren Sicherheit. Und es ist Hannahs Verdienst. All das hier hat sie erschaffen, nicht ich. Aus diesem Grund habe ich einen großen Teil des Erlöses, der bisher aus dem Verkauf des Buches erzielt worden ist, gespendet. Unter anderem für die Erforschung seelischer beziehungsweise psychologischer Störungen.

Dass ich jetzt im ganzen Land bekannt geworden bin, hilft mir, Hannahs Wunsch und Ziel umzusetzen: Die Etablierung eines aufklärenden Journalismus."

Ich stimmte Trevor an dieser Stelle voll zu und nickte, auch wenn er mich, auf meinem Sofa vor dem Fernsehgerät sitzend, nicht sehen konnte. Hannah hat viel dazu beigetragen. Zum aufklärenden Journalismus, meine ich.

Als ich nach dem Interview ins Bett ging, fragte ich mich, ob es wirklich Hannahs Schicksal gewesen war, so zu enden. Oder ob sie sich diesen Weg ausgewählt und erst zu ihrem Schicksal gemacht hatte.

Gibt es so etwas wie ein Schicksal überhaupt? Oder ist Schicksal das, was man daraus macht?

Hannahs Name ziert nun zwei Grabsteine. Ich meine, das ist schon ungewöhnlich, es gibt ja nicht einmal eine Leiche von ihr. Das Feuer hat ihre sterbliche Hülle genommen.

Ein Grab befindet sich in Washington. Hannah hatte dort mit ihren Eltern gelebt und für Mr. Adens Zeitung gearbeitet. Auf dem Grabstein stehen alle drei Namen, aber nur Hannahs Vater wurde hier physisch begraben. Denn auch Hannahs Mutter wurde vom Feuer genommen, im Haus der Großeltern, nur wenige Meter von der Einrichtung entfernt.

Das andere Grab befindet sich – genau, Sie haben es erraten – in Greenwood. Wobei es kein Grab im klassischen Sinn ist, sondern ein kleiner Gedenkstein, der neben dem Grab ihrer Großeltern aufgestellt wurde. Sheriff Baxter und Trevor Banks wollten es so. Ihrer Meinung nach gehörte Hannah zu Greenwood. Trevor Banks kam für die Kosten auf.

Irgendwas wollte ich noch sagen?

Ach ja, Sheriff Baxter, Mr. Banks und ich lösten unsere Dreiergruppe vor den Brandruinen in Greenwood am besagten verschneiten Wintertag im Dezember 1952 auf.

Mr. Banks fuhr mit mir zurück nach St. Louis, denn er hatte seinen Cadillac vorm Polizeirevier stehen lassen. Er erzählte mir von einer Begegnung der übersinnlichen Art. Es hörte sich verrückt an, zugegeben, aber ich glaubte ihm. Ich denke, jeder hat bereits solch ein Erlebnis gehabt. Manche glauben daran, andere halten es für ein geistiges Trugbild. Er erzählte mir, wie er am Ufer des Mississippi River gestanden und fassungslos auf die Insel herübergeblickt hatte. Überall lag die Asche verstreut, die einst das stolze fledermausartige Gebäude formiert hatte. Obwohl seit dem Brand der Einrichtung einige Wochen vergangen waren, meinte Trevor, dort immer noch qualmenden Rauch wandern zu sehen und den Geruch von Verbranntem zu riechen. Und er hatte in seinem Augenwinkel einen Schatten vernommen.

„Das war Hannah", sagte er zu mir, während er aus dem Seitenfenster sah. „Sie stand einfach da. Inmitten der Asche, gekleidet in einem schwarzen Slip und einem enganliegenden weißen Shirt. Ihre Haare waren kurzgeschoren. Ihre aufgequollenen und seelenlosen Augen fixierten mich an. Sie lächelte und nickte mir zu. Dann verwandelte sich ihre Gestalt in die bildhübsche Hannah, wie ich sie von der Jefferson High-School kannte. Ich blinzelte, und dann war sie weg. *Einbildung*, dachte ich."

Mr. Banks hatte eine glorreiche Karriere vor sich. Nach einer erfolgreichen Zeit bei der Zeitung wechselte er in die Fernsehlandschaft und wurde zu einem national bekannten und anerkannten Journalisten und Moderator. Er deckte

Skandale auf und bewegte die Emotionen des amerikanischen Volkes. Er führte das Leben, das er für Hannah erwartet hatte, ihr aber nicht gegönnt war. Das Schicksal hatte wohl etwas dagegen.

Oder Schicksal ist das, was man daraus macht.

Sie fragen sich sicher auch, was aus mir geworden ist, oder? Verzeihen Sie mir, bitte.

Ich habe weiter als Inspektor für die Polizei in St. Louis gearbeitet. Das ist das, zu was ich fähig bin. Mit dem Rauchen habe ich wirklich aufgehört. Nach meinem Besuch bei Dr. Friedgeist, wo ich meine Zigarre liegen gelassen hatte, habe ich nie wieder eine Zigarre oder Zigarette angefasst. Sehr zur Freude meiner Frau.

Ich denke, wir sind nun am Ende der Geschichte angekommen. Zeit, auf Wiedersehen zu sagen. Und ich möchte es kurz machen. Meine Frau sagt immer, ich würde zu viel reden und nie auf den Punkt kommen. Aber, nun ja. Daher sage ich einfach *auf Wiedersehen* und hoffe, Sie konnten aus meiner Geschichte etwas mitnehmen.

Schicksal ist das, was man daraus macht.

Interessant. Ja, sehr interessant …

ENDE